暖心小閨女 2

醺風微醉 著

文創風 399

目錄

第三十一章 鬧鬼

姚姑這一覺睡得很沈，連半個夢都沒有，若不是屋裡的西洋大笨鐘敲了幾聲吵醒她，只怕還在昏睡中。

睜開沈重的眼皮，才要拉鈴讓丫鬟們進來服侍，不承想半途被一隻手阻止，姚姑這一嚇頓時清醒過來，睇目看過去竟然是姚姒。

「怪嚇人的。」姚姑嗔了一下妹妹。「這大清早的，妳怎麼在我房裡？」

話說完才發現妹妹青白著一張臉，那神情她無法用言語形容，尤其是妹妹那雙黑漆漆的眸子裡，此刻竟蘊含太多悲忿和諸多複雜情緒。「姒姊兒，出了什麼事？妳是怎麼了？」

「一會兒不管發生什麼事，妳都不要同老太太頂嘴對著來。姊姊，千萬記著我的話。」姚姒緊緊握了握姚姑的雙手便放開，轉身頭也不回地走出內室，留下姚姑一臉莫名，坐在床沿沈思良久，才拉鈴讓丫鬟進來。看見走進來的是一臉疲倦的采菱，她有些奇怪，今兒不是采芙當值嗎？

采菱未讓姚姑久等，她撲通一聲端端正正跪下來，沈痛道：「小姐，三太太昨兒半夜裡沒了！」

「什麼沒了？」姚姑懷疑自己聽錯了，昨兒青橙還給母親把了脈，說她身子沒大礙了，怎麼會人沒了？

「小姐節哀！三太太昨兒半夜去了！小姐睡得早不知道，奴婢和三房其他丫鬟婆子昨兒被審了一夜，將將才放回來，府裡已經掛起了白幡，三太太的靈堂都已設起來了。」

姚姑霍地站起來，連鞋都來不及穿就往姜氏屋裡跑，見屋裡早已沒了姜氏的身影，只有幾個面生的小丫鬟在打掃，姚姑頓時懵了。

采菱一把拉住她，哭著勸道：「大奶奶吩咐奴婢們得儘快替小姐換上喪服，一會兒就要到靈前哭喪，小姐驟然失母傷心是有的，但您是三房嫡長女，聽說孫嬤嬤和錦蓉、錦香都殉了主，三房如今只能靠您了，小姐您要撐起來啊！」

姚姑腳下一個踉蹌，眼淚猝然奪眶而出，顧不得采菱百般勸說，她甩開幾個小丫頭的手，猛地往雁回居跑。

芙蓉院裡早已掛起白幡孝布，她一把推開雁回居的門，見妹妹一身麻衣孝帽早已穿戴好，她猶不相信這是真的，身子一軟，扯住妹妹的手啞聲問：「姒姊兒，這不是真的，昨兒娘不是還好好的嗎？怎麼說沒就沒了？」

問完才發現妹妹悲愴的眸子裡似乎蘊含著一團烈焰，她的眼淚掉得越發厲害。「妳說呀！這不是真的！這都是怎麼了？娘呢？她在哪裡？」

姚姒挽住姊姊的手將她拉到裡間，屋裡沒人，她掏出帕子替姊姊拭淚，沈靜的聲音裡既無一絲哀傷也無一點悲忿，只是那聲音聽到人耳裡，冷幽幽的像刀子一樣刮過，叫人心驚得厲害。「娘已經不在了，還請姊姊節哀！」

姚姞頹然鬆了手，母親就這麼去了？悶悶的痛伴著暈眩感驟然襲來，她身子一歪眼看就要倒下，姚姒早有預料，眼疾手快地扶她坐到一邊的椅子上，又往她胸口順了幾順。

姚姞才回神，這回眼淚如雨落下，口中直喃道：「姒姊兒，怎麼會這樣？」

她才剛回到姜氏身邊，母女情才開始，怨了這些年，盼著能像旁人家一樣母女親暱無間、承歡膝下，她還來不及與母親解開心結、來不及盡孝、來不及……有那麼多的悔恨，來不及的一切一切。

姚姒自然知道她一時難以接受，但看她傷心沈痛的模樣，想到姜氏為她百般籌謀，如今她的哀痛不似作偽，心裡多少替母親感到安慰。

她圈住姊姊的肩膀，定定地看著她。「姊姊，記住我先前對妳說的，不要問娘是怎麼去的，這姚府裡鬼魅橫行，姊姊要小心，不該問的不問，不該說的別說，咱們好好地送走母親，讓她在地下不至於還為我們操心。」

姚姞不笨，妹妹的話讓她心驚，所有的疑問一下子梗在喉間說不出來也吞不下去，妹妹分明是知道些內情的，她冷冷地環顧這偌大的屋子，腦中一片混亂。

姜氏的身後事姚蔣氏吩咐下去大肆操辦，按足了二品誥命夫人的排場，因天氣逐漸炎熱起來，庫房的冰塊不夠用，大奶奶只得打發人去幾家相好的人家借冰回來，好歹能多保幾天姜氏的身子，不那麼快腐壞。

前來姚府弔唁的人絡繹不絕，許是老太爺花了大力氣打點，外面竟然聽不到絲毫難聽的傳言，人有生老病死，彷彿姜氏的逝去不過是再平常的事。

姚姒和姚姮足足在靈前跪了十四天，姜氏才被葬入姚家在城外的祖墳。姜氏喪事畢，姊妹倆瘦了一大圈，趁著第二日請早安時，姚姮帶著姚姒跪在老太太面前請求。「孫女和姒姊兒驟然沒了母親，心裡實在是傷心，在芙蓉院裡守孝，日日對著舊景實難免傷情，孫女想帶著妹妹去琉璃寺給母親守三年孝，求老太太成全！」

姚姮的話裡半句沒提姚嫻，姚嫻也不惱，竟微微掩袖笑了笑，毫不在意姚姮對她的無視。

屋裡其他人經了這場事故，心裡或多或少都是明白些內情，姜氏去得急，這裡頭很難說沒有隱情。如今三房的兩個嫡女要避出去守孝，眾人心裡多有同情，姚蔣氏聽到這話後，卻皺了下眉頭，沒有立即答話。

五太太是深知內情的，三房沒了姜氏這個正室，姚蔣氏接下來一定會替三老爺續弦，三房的嫡女避出去守孝，此舉說不定正合姚蔣氏的心意，此刻如此作派，不過是怕人說她太過無情。五太太瞬間有了打算，她上前拉起姚姮和姚姒，很慈愛地道：「三嫂在天有靈，是知道妳們一番拳拳孝心的，只是妳們若去琉璃寺替母守孝，這叫外頭的人如何瞧咱們姚家？不知情的還以為是咱們家容不得妳們兩個孤女，還不指著妳們的祖母罵？」

姚姑抹了把眼淚對五太太道：「姪女萬萬不敢有這個心陷祖母於不義，咱們彰州誰不知道祖母的為人？誰敢拿這事來編排姚家，姪女一定上前替姚府正名。求五嬸替姪女向老太太說和，實在是姪女觸景傷情，離開府裡一些時日許是最好的，還望五嬸憐惜姪女一番。」

五太太剛才那番話不過是替姚蔣氏搭梯子，此刻也就順著姚姑的話真向姚蔣氏說和起來。「老太太，姑姊兒孝心可嘉，您不如就成全她們兩個的心願吧，到時若想念姊兒兩個，就打發人常常去看看她們，兩個姊兒必定會念著老太太的好，待守完孝，老太太您再把人接回來，到那時誰還敢說道什麼？」

大奶奶看了看五太太，又瞧了瞧姚蔣氏，把嘴抿得緊緊的，半句話也不多說。二太太這個時候也閉起嘴，四太太一如往常形同透明人，倒是姚姮拉了拉四太太的袖子，四太太極快地瞪了女兒一眼，姚姮再也不敢有所動作。

姚姒把眾人的嘴臉盡收眼底，心裡再無一絲溫暖。

姚蔣氏巴不得把這兩個礙眼的孫女打發走，卻又怕世人指責自己不慈，既然五太太出來替這兩個丫頭說和，她也就略端了端姿態，說是要同老太爺先說說，成不成就看老太爺能否首肯。

姚姑聽到這話後，複雜莫名地朝姚蔣氏望了一眼，冷眼打量了下屋裡眾人的神情，彷彿下定決心似的，再不多瞧這些人一眼。

過了兩天，姚蔣氏把姚姞叫過去，說是老太爺同意讓她們姊妹出府去琉璃寺替姜氏守孝，又說已經派人去琉璃寺打點了，兩人出府的日子就定在姜氏七七之日的第二日。

姚姞心裡對姚蔣氏很是譏諷，如此迫不及待，莫不是心虛？回來便同姚姒說起這事，很是不忿了一番。

姚姒便問：「老太太有沒有提過如何歸置娘的嫁妝之事？」

按理，姜氏的嫁妝不屬於姚家財產，由於姜氏沒有兒子，她的嫁妝按世人的看法，是要分給兩個女兒的。

姚姞一愣，她倒是還沒想到這上頭來，頓時搖頭道：「我瞧著老太太也不想與我多說話，略微交代了一些事情便打發我出來，倒是絕口未提娘的嫁妝之事。」

姚姒脣邊扯了個嘲諷的笑。「無論如何，娘的東西他們休想染指，我們一定要把娘的嫁妝在走之前取回來。」

姚姞瞧著自從母親過世後越來越鋒芒內斂的妹妹，她朝外看了看，只見姚蔣氏派來說是照顧她們、實際是監視她們動靜的婆子被采菱纏住，她壓低聲音問道：「妳之前讓我當著幾房人的面向老太太開口求情，讓她放我們出府，難道那個時候妳就想好了這一出去後咱們再也不回府了？姒姊兒，妳同我交個底，當日娘是怎麼去的？如今妳還要讓我猜嗎？」

「等出去了，我自會一五一十同妳細說，現在麼……咱們不妨商量一下怎樣拿回娘的嫁妝。」

姚姑頓時有些洩氣，覺得這個原本甚是活潑的妹妹越發讓人看不明白了，她既傷心又難過，拉住妹妹的手很自責。「都是我這做姊姊的沒用，妳還這麼小就要百般籌謀。我其實都知道，姒姊兒，這吃人的地方我不留戀，從今以後妳我二人相依為命，離這骯髒地遠遠的，再也不回來。」

許是說到傷心處，她的肩膀頓時抽動了幾下，眼淚傾瀉而出。

姚姒沒作聲，只是緊緊抱住她。

接下來幾天，姚姑忙著打點出府的行頭，又安排各色跟去的人選，姚姒也沒閒著，她親自在姜氏屋裡收拾一通，把姜氏常用的頭面衣裳等等一應日常用品都拿樟木箱子裝起來，等忙完後，和姚姑商量了一回，對於如何拿回姜氏的嫁妝，兩人也都有了盤算。

五太太心裡也在盤算，兔死狐悲、唇亡齒寒這些道理她如何不明白，想回京城的心就越發迫切了。

姚姑當初既然承了五太太的人情，自然要表示一番謝意。過了兩天，便帶著采菱拿了個小匣子，往五太太的梨香院走了趟。五太太看到姚姑登門略有些意外，她不動聲色地向她的丫鬟使了個眼色，上前迎了姚姑到屋裡說話。

「五嬸娘，姪女來得冒昧，本來身有重孝是不該出來走動的，只是過了幾日就要去琉璃寺，這一別還不知道何日才能相見，姪女特地來多謝五嬸娘前日的仗義執言。」姚姑說明來意，屈膝給五太太行了一禮。
五太太扶她起身。「不過是順口幾句話而已，哪裡當得起妳親自來道謝，是姪女太知禮了，這都是三嫂教導得好。」
五太太善於在言行上籠絡人，這個時候不經意提起姜氏來，姚姑的眼圈一紅。「如今還能提起我娘來的，只怕在這個府裡已經不多了。」
五太太溫言勸道：「斯者已逝，活著的人更要好好活著，妳娘在天上也會保佑妳們姊妹的。」五太太猜不出姚姑此番目的，只得打起太極，說些勸慰之言。
姚姑來前，姚姒已經教了她要如何行事，見五太太滴水不漏的，便收斂了悲悽之色，對五太太道：「母親去得急，什麼事情也沒來得及交代，這些天我和姒姊兒一道整理母親的遺物，這不想著順道來送一點我娘的故物給五嬸做個念想。」言罷，從采菱手上接過小匣子親自遞給五太太。
五太太看到那小匣子做得十分精緻，上頭浮雕著一片並蒂蓮花，她有一刻愣怔。
五太太最愛並蒂蓮花，睇目掃了一眼姚姑，見她只是低頭喝茶未留意自己的神情，五太太把匣子打開來看，裡頭一支八寶玲瓏簪寶光燦然，是難得的上品。
連自己的喜好都打聽得這般清楚，挑著她的心頭好來送禮，莫不是有所求？五太太心存疑竇卻不動聲色，笑吟吟地讚了這簪子幾句，其他一概不提。
姚姑倒真就這簪子說起往事。「往常也聽過府裡的嬤嬤們說古，倒也聽了一些趣事。說起來，五嬸與五叔父能結為夫妻，這其中亦是有個『拾簪』的典故。五叔父當年上京趕考，在大相國寺裡偶然撿到五嬸遺失的簪子，幾經轉折方才物歸原主，這簪子倒真成全了一段好姻緣。」

睇目瞧了眼依然不動如山的五太太，姚姞接著道：「姪女雖年紀小，倒也常聽婆子們閒聊時說起五叔父和五嬸就如那並蒂蓮般夫妻情深，如今瞧來果真不假，五嬸回來老宅這些日子，倒是經常打發人上京送些物什，看得出來五嬸對五叔父多有掛心，前兒我在老太太屋裡聽到十二妹在老太太跟前說想念五叔父，想必五嬸也想回京與五叔父團聚吧？」

五太太聽了姚姞的話面上不顯，心裡卻起了滔天大波，就連自己讓女兒去老太太跟前探口風的事情都打聽得這般清楚，五太太覺得以往倒真小瞧了她。

五太太這一生中最不能讓人說道的便是這「拾簪」的典故，只有她自己知道，五老爺生得十分俊美，五太太年輕貪戀好顏色，便使了這拾簪一招。五老爺人情世故很精明，當然半推半就的，在中了進士後，便使人去提親。女子在未出閣前便與男子有接觸，這說出去哪裡還能有好聽的話，尤其五太太自詡京城閨秀，骨子裡便總有些目下無塵的傲氣，也更重視自己的名聲。

五太太妙目幾轉，把八寶玲瓏簪交到丫鬟手上，對姚姞笑道：「妳五叔父性子古怪得很，離了我叫丫頭們去替他張羅，又怕丫頭們服侍得不盡心，我這就是操心的命，哪裡是想念妳五叔父。」五太太幾句話就圓了過去。「姪女送的東西，既是做個念想，那五嬸娘便厚臉皮收下來了。」

「五嬸不必客氣，您心地好，想來必定會心想事成的，我和姒姊兒雖人小力弱，但若五嬸需要幫忙，我們姊妹絕對會鼎力相助。」姚姞說了幾句客氣話便告辭出來，蘭嬤嬤迎上來，兩人眼神一接觸，蘭嬤嬤微笑著點了下頭，兩人便出了梨香院。

五太太的心腹崔家的貓身進來，見五太太朝她點了下頭，崔家的便道：「蘭嬤嬤言語間倒是透了幾分意思來，三太太的嫁妝如今老太太還沒發話，若是有那無良的下人趁此機會矇去一些還真不是沒有的事，姞姊兒這些日子也不知聽了誰的話，一門心思地想趁著離府前拿回三太太的嫁妝。」

五太太一哼，氣道：「這分明是人家故意叫妳知道的，倒是我小瞧了姞姊兒，若說姜氏的嫁妝要讓老太太鬆口給了她兩姊妹也不是難事，只是今兒她這一手令我非常不快，什麼人物，也敢拿這事到我面前要脅。」

「奴婢也是這樣想的，一個毛丫頭，要求人就要有求人的樣子，拿了這等事來要脅也太下作了。」不過崔家的卻接著道：「只是姞姊兒臨走時所說的話，奴婢瞧著倒有些意思，太太如今急著回京，說不定姞姊兒倒真有些本事助太太成事。」

「是嗎？」五太太有些不以為然，姞姊兒能有什麼能耐，不過是怕自己不幫她們向老太太要嫁妝而下的餌而已，五太太沒當多大的真。

「太太當真要幫她們向老太太討要嫁妝？這樣會不會得罪老太太去？」崔家的很擔心，

只是現在五太太的事情給人知道了，這事怕沒這麼好收場。

「這事我心裡有數。」五太太淡淡地說道。

姚姑回到芙蓉院後，直接去了姚姒的屋裡。「我瞧著五嬸面上不顯，但咱們拿著把柄要脅她幫咱們要回娘的嫁妝，就不怕她心裡存了氣對咱們使壞？」

姚姒很肯定地道：「不會的，五嬸這個人極看重名聲，這事說大不大說小也不小，何況我們要回娘的嫁妝名正言順，五嬸只稍出一些力氣便能說和老太太，這事不虧本。」姚姒還有些話未說出口，若能借著這件事讓姚蔣氏與五太太生了嫌隙，將來五太太可是一步好棋。

姚姑瞅了眼妹妹，越發存了疑。「姒姊兒，真的是娘告訴妳五嬸的事？」姜氏口德很好，一向不在人後議論他人私事，何況是將這種事說給女兒聽。

姚姒當然不能告訴她這是趙旆的人幫忙查到的，笑著解釋道：「怪我沒說清楚，哪裡是娘跟我說的。有一天孫嬤嬤和娘說話，也是無意間提起這事，還說五嬸這事就連老太太那邊都不知情。也是娘厚道，不肯背後議人是非，還吩咐孫嬤嬤不得說出去。咱們如今沒任何助力，不得不這樣行事，姊姊心裡不必存疑，五嬸可沒我們想的那般淺薄，妳且瞧著，在咱們走之前，她必定會幫咱們辦成此事的。」

「那之後，咱們又如何幫她回京城去？若是我們辦不到，將來可就難再與五嬸搭上話了。」姚姑很擔心。

姚姒心裡早有數，又不能跟姚姑和盤托出，只得安慰道：「車到山前必有路，左右這也不是一時半會兒的事，妳還不信我，我能開得了這個口，必是心裡有了盤算的。」

姚姑想想還真是這樣，也就不再多心。

姚姒冷眼瞧著五太太這幾日多數時候都在姚蔣氏跟前侍奉，她就知曉五太太開始動作了。要勸服姚蔣氏不是那麼容易的，看來五太太打算用水磨功夫慢慢磨。

姜氏的嫁妝如何處置，其實還要等姚三老爺的回覆。姜氏的喪事，姚三老爺身為丈夫卻未回來奔喪，姚蔣氏對外人解釋是，廣州府那邊正流行瘟疫，姚三老爺受皇命不得離開廣州，凡事扯上皇命，私事都得放一邊，甭管人信不信，姚蔣氏言之鑿鑿，到底是把姚三老爺未回來送妻子一程給圓了過去。

姚姒聽到這樣的說詞時，已經無動於衷，隨著姜氏的故去，似乎把她的良知與道德也一起帶走了。為姜氏報仇，成了她生存下去的唯一動力。

這幾日廖嬤嬤稱病未在府裡當差，姚蔣氏這裡一向也忙，待想找人說說話時，才發現廖嬤嬤已有幾日沒來跟前當差。姚蔣氏把水生家的叫來問。「妳婆婆這病也有好些日子了，可看過大夫了？大夫如何說？」

水生家的一想到廖嬤嬤那病，心裡就犯嘀咕，又怕婆母這病會讓姚蔣氏嫌棄，若是真為這病丟了差事那可怎生是好？水生家的眼珠一轉。「勞老太太您掛心，婆母的病好多了。大伯給婆母請了城裡的大夫來瞧，大夫開了方子吃著，畢竟是上了年紀的人，奴婢瞧著這幾日像好多了。只是這幾日人還是乏力得很，再過個三、五日的，等人好利索了，再來老太太您跟前當差。」

姚蔣氏聽了也未再多問，打發人送了些藥材吃食去看廖嬤嬤，婆子回來把廖嬤嬤的情況說給姚蔣氏聽，跟水生家的說得差不多，姚蔣氏真當廖嬤嬤是尋常生病，便沒多在意。

水生家的下了差事回到家，就直奔廖嬤嬤的屋子，屋裡的陳設絲毫不遜於一般的富戶人家，水生家的眼熱了一陣，眼見金生家的往她瞧過來，水生家的連忙問：「婆婆今日可好些了？還有沒有說胡話？今兒老太太問婆婆的病，我這也沒敢說實話，要是婆婆再過個三、五日還不好，只怕老太太到時會起疑心。」

金生家的個性軟糯，又常被廖嬤嬤磨圓搓扁的，是真正的沒脾氣，便一五一十地回道：「今兒倒還好，吃了藥便倒頭就睡，只怕夜裡又要發作起來。」說到這裡，金生家的頓時不自在起來，臉上帶了幾分驚疑。

「弟妹，婆婆為什麼一直說胡話，什麼傅姨娘、錢姨娘要找她賠命，弟妹妳在府裡當差也多年了，婆婆不會真的摻和進這些陰私事裡去吧？」

水生家的一向看不上金生家的，又怕她在外頭亂說，便拿話揭了過去。「沒有的事，咱們老太太最是個慈和人，傅姨娘當年是老太爺親自下手處置的，又不與婆婆沾什麼關係；再說錢姨娘，雖說咱們也拿了她的好處，可那不過是大哥做中間人賺來的錢，她錢家不是靠大哥才發起來的嗎？這回錢姨娘給三太太下毒反倒把自己害了，這裡頭可與婆婆不相干。大嫂別聽風就是雨的，婆婆病中的胡話，大嫂聽過就算了，怎地還當了真。若是叫府裡人聽到了，咱們一家子可都得不著好。」

金生家的自然被嚇到了，再不敢多問，水生家的雖拿話堵了她嫂子，但她心裡卻是不信廖嬤嬤沒在這兩個姨娘的事情上作文章。

到了半夜，主屋裡又鬧起來了，廖嬤嬤披頭散髮只穿了件中衣，手上拿了根曬衣裳的竹竿胡亂揮打，嘴裡還一邊叫嚷道：「走開走開，傅氏妳這賤人！當年妳偷人是老太爺送妳下去的，要怪只怪妳自己作死，別以為現在就能嚇到我！我廖心蓮連活人都不怕還怕鬼？妳走開！」

廖嬤嬤聲嘶力竭，嘴裡雖叫嚷著不怕，可蠟黃的臉上明顯被嚇得不輕，兩隻渾濁的眼睛半張半閉著，就連身子也在顫抖。

「婆婆這又是怎麼了？」水生家的打了個哈欠，拉著個小丫頭問，自己卻不上前去拉。

小丫頭許是被嚇著了，話都說得結結巴巴的。「鬼、鬼呀……是真的有鬼！那鬼披頭散髮，就這麼呼的一聲從窗前飄過去！還……那鬼還一直喊著冤，太嚇人了！」她抓著水生家的手臂不肯放開，看樣子是被嚇得不輕。

水生家的聽到這話頓時毛骨悚然，哆嗦著訓了那小丫頭幾句。「這世上哪裡有什麼鬼，別自己嚇自己！」可這話剛說完，她眼前便有個影子極快地晃了過去，水生家的雙眼一瞪，嚇得尖叫起來。

「有鬼呀……」

廖嬤嬤家裡是不是真鬧鬼，姚姒比誰都清楚。廖嬤嬤作惡多端，卻同姚蔣氏一般對鬼神之事十分信服，姚姒於是安排張順找人扮鬼嚇唬廖嬤嬤，以期能從廖嬤嬤嘴裡套出一些事情。沒承想，廖嬤嬤惡人沒膽不經嚇，對著鬼影就說起了胡話，扯上已經去世多年的傅姨娘。

傅姨娘是四老爺的親娘，老太爺這一生也只有一妻一妾，聽聞傅姨娘是良家女子，當年很得老太爺的喜愛，但就在老太爺出海的時候，聽說傅姨娘偷人，卻叫趕回來的老太爺抓了個正著，後來還是老太爺親自處置傅姨娘，把她沈了塘。老一輩在姚府當差的都知道這些往事，只是因老太爺下了禁口令，加上事情又過去了幾十年，是以姚家都快忘了還有傅姨娘這麼個人。

從廖嬤嬤的反應不難看出，傅姨娘的死必與姚蔣氏有些關聯，姚姒想到四老爺對姚蔣氏那陰沈的態度，難保這些年四老爺不會對生母之逝起疑心。

姚姒這樣一想，嘴角便扯起了一絲冷笑，借刀殺人不是只有她姚蔣氏才會使。

眼見廖嬤嬤家裡是鬧得人仰馬翻，姚姒便同紅櫻交代了一番。紅櫻下午出府一趟，回來便同姚姒道：「都安排好了，金生家的聽人說那馮道婆捉鬼有些本事，便急急地打發人去請馮道婆。」

姚姒正伏案抄寫〈往生咒〉，聞言頭也沒抬，過了一會兒，待她把經書抄完，就著紅櫻遞過來的濕帕子淨了手，才道：「妳去找姮姊兒身邊的丫鬟盼兒說話，裝著不經意把廖嬤嬤家裡鬧鬼的事情說出去，其他不用多說。」若是四老爺真對傅姨娘的死有疑，以他的精明，這麼難得的機會又豈會放過。

果不其然，四房當日便有了動靜，四太太大白天的就使人去叫了四老爺回來，過沒多久，四老爺便折身出去，直到晚間定省時，四老爺都不見蹤影，四太太的臉上則少見地蘊了幾分陰沈。

姚姒便吩咐紅櫻，叫槐樹街那邊不要再去廖嬤嬤的宅子裡鬧，只是廖嬤嬤家裡鬧鬼卻鬧得越發厲害了，姚姒聽了這消息，嘴角扯了個笑，四老爺倒真是不負所望。

轉眼就到了六月，天氣越發炎熱起來，廖嬤嬤家裡鬧鬼的事情到底沒能瞞得過姚蔣氏，姚蔣氏聽了臉色十分陰沈，過沒一會兒，便親自去了趟廖嬤嬤的宅子。聽說回來的時候，姚蔣氏面色鐵青，當時就砸了水生家的一個茶碗。

第二天請早安的時候，姚蔣氏臉上略顯疲憊，五太太給姚娡使了個眼色，姚姒看在眼裡，便知姜氏嫁妝之事有了眉目。姚蔣氏揉著額頭，沒像之前那樣把人都打發出去，她把幾房太太都留下來，又叫住姚姑姊妹，罕見的，竟把姚嫻也留了下來。

「我知道妳們心裡都存了嘀咕，有人說我要昧下姜氏的嫁妝，造下這等謠言的人其心實在可誅，若是叫我知道是誰在背地裡弄這些小動作，我扒下她的皮都算輕的。」姚蔣氏定定望向姚姑，目光裡含著些森然。

姚姑很淡然地對上姚蔣氏的眼，絲毫不心虛。

姚蔣氏這一試探不成，便警告般盯了眼姚姑，姚姒悄悄握住姊姊的手，姊妹倆彼此對視一眼，皆是心中有數——五太太還真不吃虧，叫姚蔣氏疑心這謠言是她們故意散播出去的，倒是把她自己最近的動作撇了個乾淨。姚姒心中一嗤，五太太既然已經入了局，可沒那麼容易逃出去。

姚蔣氏接著道：「姜氏的嫁妝，按理是要給姑姊兒和姒姊兒的，只是她們父親這次未能回來奔喪，這事情也就耽擱下來，我老婆子做人一輩子，沒被人這樣說嘴過，今兒把妳們都留下來，也是做個見證，姜氏的嫁妝今兒就當著妳們的面，分給姑姊兒和姒姊兒。」

姚蔣氏瞟了幾個兒媳婦，見眾人神色各不一，便把姚姑叫上前。「昨兒接到妳父親的來信，信上說了，妳娘的嫁妝都分給妳和姒姊兒，咱們家絕對做不出昧下兒媳婦嫁妝之事，妳也別聽到風就是雨的，誤會妳祖母和妳父親。」

「孫女不敢，我娘的嫁妝該怎麼處置，自有您和父親商量著，一切都由老太太給孫女作主，孫女豈能不放心。」姚姑說起場面話來也是極順溜的。

姚蔣氏拍了拍姚姑的手，點頭笑道：「好孩子，這才是身為姚家子孫該有的態度，妳祖母和妳父親難道還會害妳不成？咱們只有盼著妳們好，將來出了閣嫁戶好人家，心裡能記著娘家的好，祖母便沒白養妳們一場。」

姚姑不著痕跡地把手從姚蔣氏手上抽走，很自然地行了個禮，便不再出聲。

姚蔣氏還真的說做就做，從丫鬟手上拿了姜氏的嫁妝單子叫識字的丫鬟唸出來。丫鬟聲音清脆，拖拖拉拉地唸了半炷香的工夫，二太太忍不住倒抽了一口氣，五太太漫不經心地瞟了眼姚姑，臉上泛起淡淡的嘲諷。

姚姒忽地省神過來，姚蔣氏突來這麼一手，真可謂用心險惡！

姜氏的嫁妝姚姒從來沒上過心，她還以為依當年姜家那點家底，即便後來姜氏理財有道，嫁妝頂多也就兩萬銀子出頭，沒想到竟然有這麼多。

懷璧其罪這道理誰都知道，姚蔣氏這是要把她姊妹二人架在火上烤啊！

這麼大筆浮財，得惹多少有心人眼紅，姚蔣氏這是多恨姜氏才做得出這事來，而五太太顯然是知情人。

第三十二章 出府

姚蔣氏待丫鬟把嫁妝單子唸完，便對姚婔道：「妳娘的嫁妝我合計了下，除了田產鋪子和莊子，還有一部分是現銀，我作主把這些東西對半分給妳們，也省得將來落了妳們姊妹的埋怨去。」

「老太太做得公允，孫女只有感激的分兒，怎地還會怨怪老太太。」姚婔一板一眼地回道，不過她看了姚嫻一眼，對姚蔣氏道：「我娘在世時，也曾說過會給八妹添些嫁妝，如今趁著這便利，孫女求老太太做個見證，便從我的那份裡拿出三千兩銀子，將來給八妹壓箱。」

三千兩銀子，在一般的富戶人家，所有嫁妝也就這個數了，沒想到姚婔一出手便這麼大方，姚嫻聽到這句話後先是臉上一喜，隨後卻又蹙起眉頭。

姚姒當然沒有錯過姚嫻的神色，她在心裡冷笑了聲，猶不知足！

眾人沒想到姚婔會這樣說，都把目光轉向她，姚婔仍是一板一眼道：「她生母雖然狠毒，但如今人也不在了，八妹卻沒有過錯，我想娘若是還在，也會贊同我這樣做。」

姚蔣氏聞言極快地皺了下眉，隨即就換上笑臉。「妳是三房的嫡長女，如今能這樣想很好，她生母縱有萬般不是，但到底妳們是血親姊妹。那好，我就作主拿出三千兩銀子來給嫻姊兒。」

姚姞望了眼姚姒，兩個人彼此心中都瞭然，姚蔣氏把姚嫻留下來，分明就是要替姚嫻爭一爭，今日若不出這三千兩銀子，只怕等到姚蔣氏出聲替姚嫻討要，就不只這麼些了。

二太太也笑，可說出來的話卻是酸溜溜的。「沒想到姞姊兒這般友悌姊妹，這有錢跟沒錢的就是有差別。姞姊兒，妳二伯母一向疼妳們，將來妳三姊出嫁，可得要給妳三姊好生添箱。」

論無恥厚臉皮，二太太數第二就沒人數第一了，這般明目張膽替自己女兒索要添箱，虧她說得出口。姚姞胸口幾番起伏，叫姚姒輕輕掐了她一下，才沒一口頂回去。

二太太未覺得自己過分，想要再開口，只聽姚蔣氏輕聲咳了下，二太太才訕訕住了嘴。

「東西都分到妳們頭上去了，雖說鋪子裡也有掌櫃，莊子上各莊頭也都是妳娘的人，但念在妳們年紀小，打理嫁妝這些庶務還得從頭學著，我這裡給妳們準備了個人，替妳們先看著幾年，說來這人也是在咱們府裡當差的老人了，妳們用起來也放心。」說完便讓丫鬟去請人進來。

原來打的主意在這裡，這嫁妝給了等於沒給，不過是名聲好聽些罷了，這倒還真是姚蔣氏的作風，姚姒睇目望向門邊，只見金生躬著身子走進來。

姚蔣氏這一手，還真是噁心到姚姒，她瞅了眼五太太那張淡然的臉，不得不佩服她的心計，怪不得姚蔣氏輕易就答應把姜氏的嫁妝放出來。

過了幾天，姚蔣氏親自開口，把三房的院子鎖起來，姚嫻往後就住在老太太的院子裡。六月底，姚娡帶著采芙、采菱以及蘭嬤嬤，姚姒則帶著紅櫻和綠蕉，另有兩個粗使婆子，一行人四輛馬車，輕輕便便地就出了姚府，走時只有姚姮姊妹倆來送了一程，其餘人概不見蹤影。

姚姒上了馬車，回頭決絕地望向姚府那嶄新的門楣一眼，忽然有種從巨獸口中逃出生天之感，但願此生再不踏進此門。

等到了琉璃寺，便有知客僧領著姚姒一行人進了一座小小的四合院，看著十分樸雅，難得的是此處遠離喧囂的主殿，環境清幽，眺目就可以看見大海。

姚姒一見便心生喜愛，略微收拾後，姊妹倆便親自拜見寺裡的住持慧能大師。

小沙彌在前面帶路，不過一盞茶的工夫便到了慧能的禪房，姚姒斂眉跟著姚娡走進去，她抬頭略一打量，慧能長著張圓胖的臉，鬍鬚皆白，看著像是個慈和之人。

想到可能要在這裡住上幾年，少不得要多仰仗慧能，姚姒極規矩地見了禮，慧能微笑著，看向姚姒的時候卻多看了幾眼。

「打攪大師了，往後可少不得要給大師添麻煩。」姚娡中規中矩地同慧能道。

「二位來寺裡替母守喪，孝心可勉，妳們便安心在寺裡住下。」慧能也沒跟她們客氣，指著旁邊一個中年和尚道：「這是原濟，管著寺裡的日常事務，若有什麼不便的，只管打發人同他說便可。」

姊妹倆當然是客氣一番，而後同慧能告辭，順便給寺裡添了些香油錢，安排人替孫嬤嬤和錦蓉、錦香三人作七天法事，兩人便回了屋子。

一大早從姚府出來到現在滴水未沾，眾人都累得慌。姚姒回了屋，綠蕉笑著迎上來道：「小姐餓了吧，快來換件衣裳，再過一會兒飯菜便得了。」

「怎麼，咱們不是吃寺裡的伙食嗎？」聽這話，莫非往後是她們自己在院子裡開伙不成？

「奴婢原本也以為如此，剛才小姐們去了前頭，後腳就有人送了些米糧蔬果來，又把廚房指給蘭嬤嬤看，說是將來咱們一應食材既可從寺裡的廚房取用，也可以自己下山去採買。阿彌陀佛，這可不是好極了。奴婢方才同紅櫻姊姊去廚房瞧了會兒，一應東西是十分乾淨齊全，好在咱們帶來的人裡也有會做飯的婆子，紅櫻姊姊瞧小姐最近也沒怎麼好好用飯，這會子還在廚房那邊教那婆子做幾道爽口的素菜呢。」

姚姒確實餓壞了，自從出了姚府，她的心情也有幾分雀躍。

過沒一會兒，紅櫻便回屋說飯菜已做好，姚姒便起身去尋姚娡。她和姚娡一人住東廂，一人住西廂，正屋則用來供奉姜氏的牌位，二人商量好，往後就在姚娡屋裡擺飯。

雖然只是鄉野小菜，姚姒和姚娡兩人用得極香，一旁的蘭嬤嬤溫柔慈愛地笑著，時不時勸兩人多進些，屋裡的丫鬟也感受到這種異樣的輕鬆氣氛，倒沒了早上離府時的淒然。

姚姒睃目掃了眼屋裡的情形，暗暗對自己道，日子只會越過越好！

姚姒在寺裡安頓下來後，暗地裡與紅櫻觀察幾天，發覺帶來的四個婆子裡，有一個負責日常採買的許婆子有些異常，在她們到了寺裡第二天，說是要出去採買些針頭線腦的，張順的人悄悄跟在那婆子身後，沒想到那許婆子竟然偷偷回了姚府，過了半個多時辰才從府裡出來，後來又裝模作樣買了些尺頭回來。

不用說，這婆子必是姚蔣氏安插在她們身邊的人，姚姒心裡有數，跟姚娡商量了下，也就裝著不知道有這麼個眼線在身邊，隔三差五的就叫這婆子下山採買些日常用度，也不介意那許婆子貪些小錢。如此姚蔣氏那邊也再沒出什麼花樣來，兩頭倒也相安無事。

姚姒一下子閒了下來，便和姚娡商量些事情。

姜氏故去後，連帶著孫嬤嬤和錦蓉、錦香都遭了滅口，待她三人的法事作完，如何撫恤這三家人便成了當務之急，雖說姚蔣氏事後也對這三家有了說法，但那是明面上的，作為這三家人真正的主子，姚娡當仁不讓擔起了這個責。

姚姒瞧著姚娡才短短月餘時間，眉眼間便褪去幾分青澀，行事也越發穩重，她心裡是真的感到欣慰。也許成長的過程很痛苦，但她們為了生存下去，不得不痛苦地成長起來。

過了兩天，姚娡便打發許婆子出去採買一大堆物什，一來一回的幾乎要一個下午，姚娡特意多給了些銀錢，又讓另一個與她相好的婆子同她一起去。許婆子掂了下手上一包銀子，眉開眼笑地下了山。過後，姚姑便在屋裡見林家三兄弟和錦蓉、錦香的兄嫂。

姚姒這次沒再黏著姚姑一起，她也有事要做，她乘機讓紅櫻把張順叫了過來。

張順的臉色很沈痛，姚姒心裡明白，姜氏的死對自己來說是致命的打擊，對張順又何嘗不是？還記得當初她在金寧港挽留張順時說的話，她說有人要害姜氏，希望張順留下來幫她。可是言猶在耳，姜氏卻已不在了。張順是個鐵骨錚錚的漢子，一向把承諾看得比命重要，他的難過與自責可想而知。

「張叔不必難過，我娘若是在天有靈，必會保佑我們的，好歹我和姊姊都已出府，將來咱們行事也多了幾分便利。」姚姒瞧張順並未釋懷，便嘆道：「想要為我娘報仇，咱們如今的力量是萬萬不夠的，今兒找張叔來，也是想和你商量今後咱們的路要怎麼走。」

張順靜默了半晌，才沈聲道：「小姐，姑奶奶的事我有負妳所託！」

「不怪張叔，這世上連親人都能下狠手，人命在他們眼裡算得了什麼？誰若是擋住他們富貴榮華的路，他們就把誰除掉，往後咱們對這些畜生，就要比他們的手段還要狠。」姚姒的話裡終於有了幾分哽咽。

張順眼眶也紅了，望著姚姒時，臉上帶著深深的憐惜，他在心裡暗暗發誓，姚家這些狗東西，將來他一個也不會放過。

「不說這些了，我如今有幾件緊要的事，還請張叔幫忙處理。」姚姒很快斂起悲色。

「第一，如今我們手頭上的現銀不多了，張叔先暫停從大老爺那邊進貨，找個穩妥的地方把我們手頭上的貨都存起來，這批貨都是那些紅毛鬼子手上的好東西。咱們先等等，說不得接下來形勢有變，海戰可能會一觸即發，朝廷若是同倭寇打起來，勢必會有後續動作，咱們就要等著借這股東風。」

張順越聽越驚訝，起先他對姚姒拿大筆銀錢去進那些西洋玩意兒很是不解，至此才明白幾分。他猜測，必是她從趙旆那裡得了些先機，是以才有這麼一手。

張順猜得八九不離十，姚姒確實是得了先機。

上一世在姜氏故去後，沒多久福建這邊的水師就與倭寇打了一仗。此一戰朝廷水師死傷慘重，加上皇太后過沒多久就薨逝，朝廷便下令禁海鎖國。雖說之前已經下達過禁海令，但並沒禁止漁船出海，沿海一帶的官員多也睜一隻眼、閉一隻眼放過走私；但這次卻不一樣，朝廷不但嚴禁漁船出海，還派遣多支水師海上巡防，舉凡抓到私自出海者一律以私通外敵罪論斬。這條律令一出，沿海這些走私販很是消停了一陣。那時姚家的生意明面上沒損失，但海上生意卻是一落千丈。姚蔣氏是知情人，後來她那樣鬧一場，姚蔣氏頓時失了耐心，便把她關起來。

如今想來許多事情都是有跡可循，所以很早前她便開始布局，物以稀為貴，姚姒便是要利用這個空隙賺一筆橫財。

「一切聽小姐的，回頭我便交代下去，叫人看妥這批貨。」張順沒有多想，直接點頭應是。

姚姒又道：「雖然老太太作主把我娘的嫁妝分給我和姊姊，卻派廖嬤嬤的兒子金生來管著嫁妝。還請張叔幫忙，只要不傷及他的性命，無論用何種手段也要把金生降伏，我娘的嫁妝一定不能落到姚家這些人手上。」

說到這個，就連張順也很難嚥下這口氣，姚家實在欺人太甚，他要不把金生這狗東西降伏，也枉他在道上混了這些年。

「我明白小姐的意思，若是弄死金生，叫姚老太太另派人來反倒不好。小姐不必擔心，區區一個金生，我自有辦法叫他乖乖聽話。」

姚姒也明白，不叫張順出口氣很難，遂不計較金生的事，便說起秋菊的事。「原本讓秋菊替咱們偷帳本，是為了以防不測，如今倒是用不著了，回頭你把她的路引與身分文書都叫焦嫂子交給她，再給她一筆銀子，讓她儘快離開大老爺吧。我想著，大太太也許該回來了，若是到了那時讓大太太發現秋菊，反倒讓咱們不好辦。」

姚姒心裡盤算著，大太太沒別的本事，卻有本事把家宅攪得雞犬不寧，亂家的根源就是家宅不安，確實該讓大太太回來了。

交代完這幾件事，張順又把現在他手上有多少人手細細與姚姒說。

姚姒沈思許久，越發覺得人手不夠用，力量太弱小辦不了事，便對張順道：「如今我也不忌諱那麼多，張叔只管招募些人手來，等我娘的嫁妝到手，到時也就不愁沒銀子養人，人不是一天兩天就能用得順手，且還要人家忠誠，這都需要時間。」

姚姒快速思量起來，有許多事情先前只是在腦中一閃而過，如今是漸漸清晰起來。她思量許久，張順也不作聲，過了一會兒方道：「我心裡有個想法，張叔不若將剛才那幾件事辦妥後，跑一趟京城。您聽我說，這批貨也許拿到京城賣反而一舉數得。咱們往後要做的事情多少同朝廷動向有關，之前咱們便是兩眼一抹黑，等消息傳到彰州時，我們也錯過許多先機，或許咱們需要在京城安排人手才行。」越想越覺得安排人在京城很是可行。

「若是這樣，咱們何不以開鋪頭為明，暗裡則收集京城動向，再以兩邊往來運貨為通道。如此一來，咱們也不至於做了睜眼瞎。張叔您久居京城，您看咱們這樣鋪路是否可行？」

張順望著姚姒臉上的興奮，慎重思考起來，不得不說，姚姒這個想法太過大膽，卻於他們目前是很有利的；再者，於長遠打算，將來要替姜家翻案，也需要一定的人力物力。財力好說，但人脈關係不是一天兩天就能獲得。這樣想來，張順便欣然點頭。「此舉很是可行，我在京裡也還有些朋友，只要小姐有這個想法，待這裡事畢，我便往京城走一趟。」

「好，張叔去京城，我想讓你把陳大夫妻帶走，留他們在這裡有些打眼，我怕姚家起疑心。陳大夫妻忠心於我，若是京城那邊可行，你就把陳大夫妻留在京城。」

二人又商量半日，待把事情都說得七七八八了，張順才下山去。

姚姒和姚姑各自忙活了一下午，姊妹倆都鬆散了些沈鬱，倒不再一味傷心，待用過飯後，姚姒便問姚姑：「姊姊今兒見了人，都如何？」

姚姑想起下午的情形，心裡不無擔憂。

「錦蓉和錦香的家人都是娘的陪房，如今正是人心惶惶的時候，她們家裡孩子多，父母都是莊子上做活的，倒也不難安撫。倒是林家三兄弟，林老大一家子如今跟著我做事，自是沒話說；林二替娘管著福州那邊一個大田莊，兩兄弟人都老實，雖說傷心孫嬤嬤就這麼沒了，但也沒怨忿，只是林三這個人有些看不透。」

林三便是林青山，林青山在慈山書院讀書時，姜氏曾叫他去廣州府給三老爺送信，姚姒雖與林青山接觸不多，但他能從一眾奴僕中脫穎而出，從而讓姜氏放了他的身契，又送他去書院讀書，相信自有其過人之處。

「我瞧著林青山面上倒沒什麼，但臨走時，他特地落後他兩個哥哥幾步，與我說了句話。他說，小不忍則亂大謀，讓我們有事只管差遣他。」姚姑有些感慨。

「這倒是個血性之人，如今我才瞧明白，娘雖然不聲不響在內宅度日，但也為我們姊妹留下許多東西。子欲養而親不在，姒姊兒，我以前是太任性了，白白浪費這麼多好時光來與娘置氣，我真是傻啊！」

如今說這些話也只是徒增傷感而已，姚姒不允許自己再沈淪於悲傷中，她需要的是力量，拉起姊姊的手鄭重道：「是人都會做錯事，但知錯能改，現在我們再不允許自己犯錯，姊姊要振作起來。娘留下來的人也都看著我們，他們的生死榮辱都繫於妳我一身，我們得好好活著，為自己和這些依附我們為生的人打算。」

「嗯！」姚姑擦了把眼淚，回握住妹妹的手。「妹妹放心，姊姊知道妳的能耐，往後行事不必事事都和我說，需要我做什麼只管吩咐，姊姊都聽妳的。咱們好好利用這幾年的時光，把娘留下來的產業好好經營下去，萬不能讓姚家的人奪了去。」

兩姊妹這番推心置腹地說話，說了快一個時辰，到掌燈時分才散去，姚姒沒有即刻回屋，也沒讓人跟著，沿著屋前的小路慢慢向海邊走去。

第三十三章　情愫

盛夏的晚風帶來幾許涼意，姚姒抬頭望向天上明亮的星星，她想到小時候姜氏給她說的故事，說人走了便會變成天上的一顆星星，姚姒微笑著，若真是這樣，姜氏會是天上的哪顆星？

就在這時，一個低沈的聲音打破盛夏夜晚的寧靜。

「十三姑娘也愛看星星？」趙斾人未至聲音已到。

姚姒皺了皺眉，循著聲音望過去，趙斾一身白衣負手而立，他的臉上難得有了幾許柔和，白衣烏髮，劍眉星目，令姚姒有片刻怔忡。

「在哪裡都能遇到趙公子，實在是巧了。」她很快回了神，有些惱怒地瞪了趙斾一眼，她同他很熟嗎？

趙斾在心裡嘆了口氣，笑著答道：「可不是巧了，我才剛從京城回來，沒想到來找慧能手談幾局，卻聽到十三姑娘住進寺裡。想著十三姑娘必定存了許多疑問，沒想到打攪了十三姑娘看星星。」

瞧這話說的，姚姒咬牙悻悻地看了他幾眼，十分不情願地回了句。「還好，看星星什麼時候不能看，趙公子既然能尋到這裡來，怕是有要事吧？不若到那邊說話。」她指了指前面不遠處的一座涼亭，對趙旆做了個請的手勢。

為什麼她自從碰到這小子，說話行事間就失去了幾分淡定呢？姚姒邊走邊睃了他幾眼，恨恨地皺了皺眉。

趙旆恰好轉回身，自然把她一臉糾結盡收眼底。他不禁想，真是欺負人欺負上癮了，趙旆你忒不厚道了，可轉頭他又釋然，誰叫這丫頭伶牙俐齒的，瞧著她那咬牙切齒又隱忍無奈的樣子，他便總想欺負她一番。

涼亭離這邊不遠，姚姒卻覺得走了很久，真是越走越不自在，趙旆時不時回過頭來笑著望她一眼，害她想背著人瞪他幾眼都不行。姚姒撫額長嘆，遇到這小子簡直就是她的冤業。

此時夜色初臨，遠處海濤聲聲，伴著夏夜幾聲蟲鳴，這樣寧靜美好的夜晚，彷彿一切的陰謀詭計、爾虞我詐都已遠離。

趙旆臨風而立，一雙星目幾經變幻，最終還是歸於平靜。

姚姒暗地掐了自己一把，暗嘆不該跟個少年置氣，等坐到亭中石凳上，她斂了神色問道：「趙公子這趟京城之行可還順利？」

趙旆很厚臉皮地挨著她坐下來，頗有些自嘲道：「還真不算順利。」

原本姚姒不過是隨便揀了句話來說，沒想到他倒是實誠，望著他的側臉，想問什麼卻不知從何問起，便有了片刻怔然。

她的一雙眼睛又大又清亮，泛著琥珀色微光，望向人的目光盈盈，彷彿會說話似的，趙旆微微失神，想也未想便道：「三太太的事情，我很遺憾。」

姚姒有些訝異，突然聽他提到姜氏，她的鼻間竟然起了澀澀的酸意，霎時心緒翻湧如潮。這種情緒令她很是不安，對著這個說不上是敵人還是朋友的少年，她的心裡竟然生了不該有的軟弱與疲累，她很艱難地掩下失態。「你有心了。」

趙旆明明聽到她濃重的鼻音，卻仍強裝淡定，這樣倔強的小女子，一身麻衣，身形伶仃，他心裡驟然起了一絲陌生的憐意，抬起手卻又覺得突兀，真是的，怎麼就不會安慰人呢？一向瀟灑自如的他頓時犯起愁來。

好在他沒糾結多久，起身望向遠方幾處明滅的燈火，找回幾許自如。

「秦王殿下蓄養私兵達十萬數之多，這些年整個東南幾乎半數都投靠了秦王。福建這塊寶地靠著走私源源不斷給秦王孝敬銀子，妳手上的東西，便是秦王蓄養私兵的證據，只可惜皇上如今身子不大好，立儲迫在眉睫，如今要動秦王，只怕皇上是不樂意的。」他收回目光，語氣含了幾分黯然。「這世道已亂，往後朝局只怕會愈加險峻複雜，十三姑娘，妳外祖父的案子，只怕這幾年是翻不了案。」

他的話跳躍得太快，她霍地站起身驚道：「什麼？秦王蓄養私兵？」難道說外祖父是被秦王害死的？她心思百轉，一時間無數念頭湧來，她朝他望過去，他的眼裡晦暗一片。

霎時她明白過來，面前這個向來不露半分情緒的少年，如今這般反常，只能說，他對未來朝局的走勢並沒有萬全把握，才會那般相勸。

這個消息無疑是雪上加霜，姜氏的死別人不知情，他卻是十分清楚，姚家十有八九是投靠了秦王，而秦王很有可能是害了姜家的人之一。她頭一次帶著審視凝望他，少年如松柏一般的身姿，明月皎皎，她的心裡竟然泛起微酸的暖意。

他肯出言提醒，這一刻，他們不是敵人，她領他這份情。

「如這般狼子野心又心狠手辣之輩，怎麼能心懷仁慈待天下人？秦王是不可能被立儲的。」她深吸了口氣，長久以來壓在心上無形的恐懼在這一刻到了頭，反而有種異樣的輕鬆，她很鄭重地問：「趙公子，這份人情我記著，君子報仇十年不晚，我忍得住，相信姜家的人也等得起。如今我只問你，那東西你拿著它選定了人嗎？」

不期然她是這樣聰慧玲瓏，趙旆的臉上多了絲笑意，再不復先前黯淡。「十三姑娘莫非有合意的人選？」

這個人，再沒有跟誰說話能比跟他說話還吃力的，一不小心就落入他的陷阱。

她忽地福至心靈，慢慢的也摸出些門道來，緩緩地露出笑臉。「趙公子真沒什麼誠意，怎地這般耍無賴，需知是我先問你話，你不說就罷了。」

這回輪到趙旆瞠目結舌，她異樣的刁鑽，帶著股小女兒的狡黠，這般鮮活，令他片刻怔住，極不自然地別過頭。幸虧天黑，她只怕沒有看出自己的失態。

明明是這樣嚴肅沈重的話題，卻叫兩人兒戲似的討論。

就在不遠的某處，青衣一個沒忍住，出了聲。「我說咱們主子和姚姑娘說話，這氣氛也忒詭異了，不過，咱們主子也有被人說得無話可回的一天，還真稀奇。」

青橙不耐煩看青衣狗腿地向自己傻笑，皺眉瞪他。「莫非你剛才在亭子邊撒驅蟲粉被糊了腦子不成？偷聽還不收斂些，你這話十有八九瞞不過主子的耳朵，等會兒你自己給主子認錯去，可別把我捎上了。」見他一臉呆樣，便咕噥了句：「十五、六歲的少年郎，也是到了思春的年紀，不過這思春的對象是不是太小了些？」

青衣笑得歡實，一副奸計得逞的樣子，難得媳婦兒想要偷聽，自己只得頂著挨主子一頓罵，來討未來媳婦的歡心了。

這邊，趙旆良久才對姚姒伸出手比了個動作，姚姒看過去，他的四根手指頭緩緩朝天豎著，姚姒心下大動，望向趙旆的目光多了幾許複雜的驚訝。

知道他選對了人，就連她自己也莫名地肩膀一鬆，竟然大鬆了一口氣。

兩人隔得極近，她的這番動作自然沒逃過他的眼睛。雖然他心中已經明白，但少年心性使然，他竟然期待能得到她的附和，想聽她親口說出與自己同樣的答案，想得到一份莫名其妙的認可。這情緒來得很突然，連說出來的話都帶著莫名的希冀。「我很想知道，十三姑娘的心裡，又是作何選擇？」

姚姒同樣伸出手，對著天比出四根手指頭，哂笑不語。

趙旆面上不過淡淡一笑，誰也不知道的是，他的心就在剛才漏跳了一拍，那樣陌生的情緒，出生以來從不曾有。

兩人沈默了會兒，再說話便是拉拉雜雜的。過沒多久，不遠處的樹下有個人影提著燈籠徘徊，模糊看得出是紅櫻，兩個人說了快個把時辰的話，姚姒再不敢耽擱，欠身道別，提裙便朝著樹影走去。

紅櫻翹首望去，見是自家小姐，連忙提燈籠迎上來。「夜深了，小姐回吧！」姚姒點了點頭，朝身後望了一眼，這才離去。

七月流火，八月未央，炎熱的夏天即將過去時，姚姒的屋裡迎來一位特殊的客人，譚娘子帶了幾大摞帳冊來，姚姒親自給譚娘子斟了茶。「譚掌櫃的做事很利索，這才不過月餘，便把我娘所有產業的帳冊整出一份送來，辛苦師傅了！」

譚娘子笑道：「這是應該的，妳既叫我一聲師傅，那奴家便倚老賣老，師傅幫徒兒哪裡需要個謝字呢。」譚娘子言語親切爽利，睃眼打量了一眼姚姒，見她較之前長高不少，只是瘦弱得厲害，便嘆道：「適才我遠遠地便看見五小姐，也是一副消瘦的模樣。兩位小姐也要保重身體，我聽紅櫻姑娘說，這寺裡倒也便宜，自己開伙食，兩位小姐說到底還在長身量，在吃食上放開些，太太便是在天有靈，也必定不會怪罪。」

只有親近之人才能說得這席話，姚姒心裡安慰不已。「多謝師傅關心，倒也不是吃食上不精心，姊姊身邊的蘭嬤嬤一手廚藝很是了得，教婆子們做的菜也都合我和姊姊的口味，只是我和姊姊苦夏，這才清減不少。」
譚娘子聽了這話心酸不已，都是姜氏千寵萬疼著長大的姑娘，姜氏這一去不打緊，這兩個沒娘的孩子就被避到這清苦的寺廟裡守孝，虧得這姚家滿口仁義道德的……呸！這般欺負自家孩子算什麼？

她的臉上便帶了幾分怨憤，拿帕子拭了下眼睛。「太太對奴家有大恩，如今太太雖不在了，但往後只要小姐一句話，奴家兩夫妻絕不推辭。」

見姚姒彎了嘴笑盈盈的樣子，續道：「說起來都是太太講禮數給奴家情面，這往後奴家少不得要替小姐做事，這聲師傅小姐往後再不能叫了，奴家這點本事說起來也算上不得檯面，合著只夠教小姐們玩。」

姚姒今兒叫譚娘子來，早就打算一番長談，譚娘子的一手算術很精妙，她丈夫替姜氏打理嫁妝鋪子多年，是個值得信任之人。

沒想到譚娘子這般聰明識趣，聞弦歌而知雅意，首先便在稱呼上做了改變，這多少也是表忠心的意思，姚姒便笑道：「師傅的本事我都瞧在眼裡，您也不必自貶，一日為師，終身為父，我心裡是感激您的，如今得了您這話，我就大安了。」她也沒再堅持。「說起來，我如今還真有事情要請您幫忙。」

譚娘子聞言便傾身上前，一副靜聽她吩咐的模樣，叫姚姒心裡大安，她略一躊躇，便道：「我現今手頭上有一批貨，都是些精緻的舶來品，東西成色都算上等。我得到消息，朝廷不久後可能要開海戰，到時禁海便越發嚴了，這些貨我也攢了好些時候，都說物以稀為貴，聽說京城那邊的王公貴族很喜愛這些東西，我想聽聽您的意見，這些貨您看如何銷出去為好？」

譚娘子聞言眸中精光一閃，她雖然教導過姚似一些時間，也知道她素來機敏，但沒想到她的能耐超出想像，不說她是如何打聽到朝廷要開海戰，光是囤貨這一手就令她刮目相看，她低頭很認真地思量了番，問道：「敢問小姐，是賺銀子要緊，還是經營京裡的人脈要緊？」

「若我說，兩者都要兼得，您夫妻二人可有信心替我辦到？」姚似抬眸定定望著譚娘子，她的臉上，滿是鄭重。

譚娘子這回沒有立即回答，過了好半晌才沈聲道：「小姐這是往後都打算涉足這行當？」

姚似料到她會這樣問，隨即點了下頭。

譚娘子眸光微沈，苦笑道：「既然小姐下了決心，那我夫妻二人需得好好替小姐規劃一番。若是僅僅賺這一筆銀錢，倒是沒多大問題，只是如何用這筆錢賺得些人脈回來，則要好生謀劃。若小姐得空，明兒我陪我那口子再來小姐這裡一趟。」

譚娘子的態度爽快直接，令姚似放心不少，知道她回頭要跟譚掌櫃商量，這點耐心她還是有的。「若實在覺得吃力，你們不應下這檔事，我也不會怪罪，回去好好同譚掌櫃商量一下，明兒我等著你們。」

譚娘子便起身告辭，姚姒也沒多留她，送她出屋。

紅櫻等人一走，皺眉向姚姒道：「小姐，適才譚娘子同我說，姚家同焦家最近幾個月走得很頻繁，譚娘子暗中向焦家幾個下人套了話，聽說焦八小姐很得老太太的眼，姚、焦兩府都已經交換了庚帖，三老爺要娶焦八小姐進門了。」

姚姒冷笑一聲，譏諷道：「這樣迫不及待，還真是老太太的作風。罷了，由她們去，左右這三太太的位置勾人眼饞得很，姚家與焦家，一個郎情、一個妾意，一拍即合的事情，這不是明擺著嗎？」

「您就由得焦氏進門嗎？」紅櫻很擔心，這繼母要是進了門，拿捏起兩個小姐來，人家也是名正言順，到時只怕少不了給小姐添堵。

「天要下雨，爹要再娶，關我這女兒什麼事，妳小姐我這回也愛莫能助。」姚姒反常地說起俏皮話，令紅櫻摸不著頭腦，卻又聽她道：「焦氏可不是省油的燈，咱們且瞧著去，沒必要自己這會子急著趕上去遭人恨。」

依著小姐的本事，就是要攪黃了這門親事也是有手段的，紅櫻很吃驚，除非小姐是真想要焦氏進門。

第二日早飯剛用完，譚娘子夫婦依約而至，姚姒簡單明快地吩咐紅櫻。「把堂屋收拾出來，一會兒妳們兩個替我守在外頭，不許放一個人靠近，我和譚娘子夫妻有要事要談。」兩個丫頭連忙應是。

譚掌櫃名叫譚吉，三十來歲的年紀，生得一副文弱相，同譚娘子十分般配，兩夫妻進得屋來，與姚姒自是一番廝見，綠蕉上茶後悄身退了出去。

姚姒在打量譚吉，譚吉也在凝目看她，幾息過去，她收回目光，微笑道：「有勞譚先生親自走一趟了，茲事體大，我也不和先生客氣，想必譚娘子已經都告知您了，不知譚先生如何想？」

譚吉氣勢一凜，很有些咄咄逼人。「小姐為何這般信任我夫妻二人？就不怕我夫妻欺主年幼而謀害小姐？」

姚姒聽到這話不僅沒惱，反而臉上的笑意止也止不住。「我倒不是看在我娘的面子上才用先生夫妻二人。敢問先生，開平八年五月，譚家為何被抄家奪產？譚先生難道就不想振興譚家？我這門生意，說到底也還有別的人頭在裡面，不過是大家各取所需，再等一些時日，水到渠成，那時先生只管在京城替我經營，將來無論是財力還是人脈，我都傾盡全力助先生復興家業。」

開平七年，姜氏已經在老宅安定下來，當時的譚家在福建算得上是巨賈，家族人丁興旺，只是當時朝廷下了禁海令，勢必要做出一番姿態來威懾商人，因此便拿了莫須有的罪名抄了譚家家產。

明眼人都知道，這是樹大招風，朝廷槍打出頭鳥，扳下了譚家來敲山震虎，在當時算是起了些作用，只是自從譚家倒下後，如姚家、洪家這些虎視眈眈之輩非但沒絲毫損失，反而因譚家的倒下著實分了一杯海上走私的羹，官商勾結一體，到後來竟如鐵打的一塊，外人半分是插不上手。

譚吉臉色驟變，望向姚姒的目光很複雜，他與譚娘子互視一眼，譚娘子一點頭，譚吉便有了決斷。「時常聽我娘子說小姐如何機敏過人，如今看來倒是不假。無論小姐是從何知道我譚家的事，所謂知己知彼，小姐年紀小，卻已有了非常人的心計，我譚吉賭得起，從今以後，我夫妻二人任憑小姐差遣。」

姚姒真心實意地笑了笑，親自提壺給譚吉夫妻二人續了茶。「我年紀輕，許多事只是想想，實際行事還得勞譚先生費心費力。」

接下來，她把囤積的是些什麼貨物、又該如何往京城裡打點等等，與譚吉夫妻二人商議了個初況，譚吉便說回去要再仔細推敲一番，他在京裡也還有些人脈，便約好過些時日再來，同譚娘子告了辭。

姚姒至此才真的鬆了一口氣，對於能拉攏到譚吉來替她做事情，她心裡是沒多少把握的。當年姜氏不過是順手拉了譚吉一把，譚吉便全心全意替姜氏打理這些年的嫁妝，此人性情是不必疑心的。但姚姒既然要重用他，當然要花些力氣使譚吉甘心供她驅使，如今看來，至少譚吉不說心甘情願，但不敢小瞧了自己倒是真的。

第三十四章　海寇夜襲

眼見就快到八月十五中秋節，姚府派了婆子來給姚姒姊妹倆送吃食。姚姒有些訝異，自她們避居到琉璃寺來，姚府還從未打發人來過，姚娡便問那婆子，府上眾人都安好。姚姒眼一睃，綠蕉便會意，拉了那婆子下去吃茶，把一個裝著二兩銀子的荷包塞到那婆子手裡，便套起話來。

過沒一會兒，綠蕉進屋道：「兩位小姐，奴婢都問清楚了，因府裡要張羅三爺和三小姐的婚事，再加上二奶奶的胎象不大好，二太太忙不開，老太太原本讓五太太從旁協助，但五太太以要張羅幾位哥兒下場為由給推了，大奶奶便替大太太向老太太求情，老太太這回倒鬆口了，說是過幾日就要接大太太回來，還有……」

姚娡見她吞吞吐吐的，便道：「妳只管說，還有什麼？」

綠蕉豎起兩條纖細的柳眉，十分不忿道：「府上都在傳新的三太太怕是要進府了，老太太前些日子還找人來瞧過三房的院子，說是要把芙蓉院拆了重修，兩位小姐，這可怎麼才好啊？咱們太太的屋子說什麼都是個念想，如今她們這樣，真是太欺負人了！」

姚姒與姚娡兩人交換了眼神，無語良久。姚娡眉頭蹙得老高，熟悉她的人都知道這是真正惱恨到心裡去了，相對於她的忿忿，姚姒就要平靜得多。「人都不在了，那個地方拆了也好，娘的魂魄必是不願再回到那裡去的。」

姚姑聽了這話，眼眶頓時紅了，一言不發地起身跑到內室，姚姒也沒追過去，姚蔣氏如此，是生生把姚姑那份依託耗盡了。這樣也好，姚家這些人要作死，她不攔著，將來總有新仇舊恨一起算的時候。

姚姒交代屋裡的幾個丫頭，不許再胡亂傳此事，若是姚府再來人，就叫綠蕉出些銀子打聽府裡的事情，她其實心裡明白，這必是府裡那些自以為聰明的人故意派了這婆子來亂她們姊妹倆的，說不定正希望她們鬧將起來，這樣就稱了某些人的意了。

姚姒懶得跟這些人計較，從這日起，她交代守門婆子都警醒起來，夜裡多加兩個人上夜。

雖這樣吩咐下去，她還是擔心不已。眼看著離海寇來襲的日子不遠了，琉璃寺乃是佛門清淨之地，料想海寇是不會把主意打到這裡來的，而張順那邊，她之前便已同他透了點音，張順他們武功在身，自保應該不成問題。

果然，就在中秋節前一夜，海寇夜襲彰州，燒殺搶掠，這一夜人人驚慌不已，琉璃寺卻依然靜謐無聲，彷彿已經真正遠離塵囂。

隔日，朝陽從東邊緩緩昇起，姚姒起得極早，到正屋給姜氏唸了一個時辰的經，才剛回屋，紅櫻便急道：「小姐，張相公來了，有急事要見小姐。」

姚姒沒耽擱，忙道：「快請進來，還有，妳讓綠蕉去準備兩份早點送過來，分量要足。」

張順這麼早便到了，只怕天還沒亮就從彰州出發，她有預感，必是彰州海寇事發。

張順進屋便抬眼打量姚姒，見她沒任何損傷，肩膀頓時鬆下來。

姚姒眼尖，瞧他一臉疲憊，左邊衣袖上竟然還染了幾處殷紅，急道：「張叔你受傷了，這是怎麼回事？」疾聲吩咐紅櫻去拿傷藥來。

紅櫻提心弔膽地要去找傷藥，張順阻止她。「不礙事，這不是我的血，好在咱們之前便有提防，昨夜海寇突然來襲，在城裡是燒殺擄掠，這些無法無天的敗類，著實造了不少孽。小姐這裡昨夜可安好？」

姚姒忙點頭。「這裡安靜得很，沒聽到半點異常，張叔那裡人都還好？可有人丟了性命？」

「幸虧咱們之前便有防範，人都還在，昨夜倒沒多大損傷，只是有件事，只怕要出麻煩了。」張順嘆了口氣，不知如何開口。

紅櫻見機忙退了出去，卻是守在門邊，拉起門簾。

姚姒急道：「出了什麼事？張叔你只管說。」她心裡有不好的預感，只怕是秋菊那邊出事，先前她讓焦嫂子遞了東西給秋菊，秋菊答應得好好的，但轉頭卻不見任何動靜，焦嫂子來回了她一趟，她也沒法子，只好讓焦嫂子多看顧秋菊。

「是秋菊姑娘，大老爺昨兒歇在她那邊，秋菊趁亂，把大老爺給刺傷了，然後就不見了蹤影。」張順雖然把事情說出來，眉頭卻皺得死緊，顯然還沒說完整。

「你直說，大老爺可有性命之憂？」

「倒是沒有性命之憂，只怕大老爺往後再也不能人道了。」張順說得侷促，但好歹把話說透了。

姚姒輕抽了口氣，沒想到秋菊這樣烈性，不過轉念一想，秋菊留了大老爺一條性命已是手下留情，想必大老爺這會子是生不如死了。她吊著的心便回了位，微笑道：「善有善報，惡有惡報，大老爺這是自作孽不可活，怪不得咱們，張叔不必覺得負擔，大老爺就該受這樣的懲罰。」

張順眉頭漸漸放鬆，他從胸口處掏出一本藍色封皮的厚冊子來，上前交給姚姒。「這是秋菊姑娘臨走前親自交到我手上的，當時我擔心她那邊有什麼不測，便帶了人去她那邊，那時大老爺已痛暈在地上，小廝是跑得一個不剩，這本帳冊是正本，大老爺近日都歇在她那裡。先前秋菊使了法子讓大老爺帶帳冊去她那裡對帳，想必秋菊姑娘之前不肯走，是想要拿了正本帳冊交給小姐，雖說她命運坎坷，倒也值得人稱讚一聲。」

姚姒感嘆良多，這樣至情至性的女子，應該有個美好人生才是！

她隨即道：「如今外頭亂得很，秋菊一個弱女子能到哪裡去，再說等大老爺醒來，我想他挖地三尺也要把秋菊找出來。我和秋菊雖說只是相互利用，但如今也不能不管她，一會兒張叔在這裡用過早飯，就替我出去找找秋菊，儘量找到她的人，先把她藏個幾日，等陳大夫妻隨你上京城去，到時你再把她一起帶走，如果她願意替我做事，今後就在京城同陳大夫妻一起；如果她不願意，到了京城，你讓陳大夫妻多關照她。」

張順的臉上終於有了笑意，姚姒哪裡看不明白，張順這個人一身俠骨，何況秋菊如此可憐，只是未得自己同意，張順從不亂作主張。

姚姒輕輕一嘆，對張順道：「這些事情，往後張叔自己作主便是，您是我最為倚重之人，我雖說行事不擇手段，但從不欺負弱小也不謀財害命，張叔多慮了。」

張順有片刻窘然，最終輕輕點了一下頭。

到了晚上掌燈時分，青橙一臉烏雲地造訪姚姒，過沒一會兒，姚姒便跟著她七彎八拐進了一個小小院落，抬眼打量，原來這小院離她現在住的院子只隔了一片小樹林。

兩個院子的格局十分相似，她隨青橙進屋，一大股藥味迎面撲來，屋裡燈火通明，就見趙斾斜倚在榻上，手上還吊著一根繃帶，繃帶上隱隱染了幾絲血跡，她這下吃驚不小，幾步走上前去，不自覺帶了幾分焦急。「趙公子受傷了？要不要緊？難道昨兒這些海寇夜襲的目的是你？」

趙斾蒼白的臉上含了幾分淡笑，一雙黝黑深邃的眸子掃了眼姚姒，抬了他另一隻沒受傷的手指了指榻前的繡墩，示意她坐下。「果然什麼都瞞不過十三姑娘，那妳再猜猜，這是誰的手筆？」說完用他那隻未受傷的手，像逗孩子似的拍了拍她的肩膀。

姚姒滿心思都用來思考他的問題，並未注意剛才他的舉動，半晌她皺眉道：「莫非是秦王？」

趙旆舒心地嘆了口氣。「這次月兒港遭襲，死傷過半，也算是秦王對我的報復了，想必是京城裡恒王四殿下有了動作，越發逼急了他。十三姑娘，妳和妳姊姊暫且就避居在寺裡，往後切莫外出。」

「那你呢？福建早被秦王納入懷中，你在這裡豈不是非常危險？這次你命大，只是受了傷，萬一這些喪心病狂的歹徒趁你不備，該怎麼辦？」

趙旆瞧著她擔心的神情，心裡像有幾隻小手在逗癢，這種異樣陌生、興奮又期待的情緒，令他頭腦片刻發暈，少年情思往往不知從何而起，他的嘴一動，便吐出幾句莫名其妙的話來。「十三姑娘這是在為我擔心嗎？這不，如今我就只能避到這裡養傷了，我這次也算是被十三姑娘所累，不如姑娘每日來和我手談幾局，就當是妳還了我的人情。」

這是哪招跟哪招啊？這小子也太能扯了，怎麼就成了是她累他受傷？他還欠她幾個承諾呢！姚姒朝他翻了個白眼，又覺得自己不禮貌，就算是在金戈鐵馬中長大的，他也才是個半大的孩子，任何人病中都要脆弱幾分，這樣一想，心就不知不覺軟了下來。

趙旆閱人無數，哪裡看不出她的心軟，更加厚臉皮道：「十三姑娘不是要遣人上京？京城裡人事複雜，說不得咱們還可以說說話，我就當是回了姑娘陪我養病的人情了。」

連這個他都知道，看來真的沒什麼事能瞞過他去，姚姒苦命地想了下，不情不願地點了頭。

青橙在外面聽得直捂嘴笑，心裡一嘆，主子說到底也就是個情竇初開的少年郎，這勾搭姑娘的手段麼……也太嫩了些，看來得找個時候，好好給主子說道說道才是。

彰州經此一役，人心惶惶，姚府這個時候自是關門閉戶，又讓上百個家丁不分日夜值守巡邏，便是這樣，幾房太太依然嚇破了膽。

大太太才剛被接回來，見到大老爺出了這等事，在姚蔣氏跟前是呼天搶地的詛咒。大老爺雖無性命之憂，但從今以後再也沒辦法挨女人的邊，大太太是喜多過悲的，要說大老爺以往貪花好色，也不知多少年沒進大太太的房裡了，大太太為此不知吃了多少乾醋、做了多少蠢事。如今大老爺是在外頭鬼混女人才有此禍事，大太太心裡深覺出頭天的日子到了，她越發賣力在姚蔣氏跟前作戲，一邊嚎哭、一邊拿手捶桌子。

「這起喪心病狂的賊子，把大老爺弄成這個樣子，若是被人知道這事，大老爺這面子往哪兒擱啊！往後可怎麼做人啊！我可憐的大老爺，我的命苦啊……」

姚蔣氏被大太太吵得腦門突突跳，臉上不耐之色越發濃了，見大太太這會子還拿這話來戳她的心窩，她一聲厲喝。

「嚎什麼喪，妳男人還沒死呢，妳給我閉嘴！」姚蔣氏劈頭蓋臉就把大太太一頓好罵。

「老大出去尋歡作樂，說到底是妳這做太太的沒本事，攏不住男人，妳有這工夫在我面前嚎有什麼用？我今兒就把話撂在這兒，老大縱有萬分不是，他也還是妳男人，若叫我知道妳嫌棄他半分，我定不饒妳！」姚蔣氏恨恨地瞅了眼呆怔住的大太太。「妳給我打起精神來，不要在人面前作這副死人臉！老大不好，我瞧老四便開始活躍起來，我就說呢，秋菊這個局，跑不了是老四做的，這個下三濫的賤東西，害得我兒如此，我必不饒他！」

且不說大太太婆媳是如何懷疑四老爺，姚老太爺卻是氣急敗壞，對立在屋裡的四老爺和大管家張進福恨聲道：「給我查，就是挖地三尺也要把這個賤人給我找出來，老大這個糊塗蛋，如今丟了一本帳，要是這東西被有心人利用，咱們都吃不了兜著走。」老太爺說完話，目光定定鎖在四老爺身上，似乎要把他瞧出個洞來。

四老爺哪裡不明白父親的心思，這事還真不賴他，雖然照現在的形勢來看，大老爺遭殃最終獲益的確實是他，他心裡是真真痛快，直覺得是蒼天開了眼，但秋菊的局真的不是他做下的，因此四老爺很坦然地迎向老太爺。

老太爺這才收回陰沈的目光，把兩人打發出去。一個全身黑衣、身材精壯的男子進了內書房，老太爺陰狠地對來人道：「你給我遞話過去，我不管他們是誤傷還是無意，若不是他們大水沖了龍王廟，也不至於讓個賤人鑽了空子傷了我兒！哼，事情可沒這麼便宜，叫他們交出一千支火銃來，否則別怪老夫不客氣！」

黑衣男子得了吩咐，轉身便出了書房，老太爺又伏在案上寫了幾封信，拿蠟油封了口，令人快馬加鞭送出去。

姚府的人一撥又一撥地尋秋菊，甚至把秋菊的老娘和兄弟都抓起來，秋菊卻依然不見蹤影。

姚姒這幾日忙了起來，譚娘子夫妻打算和張順上京城，姚姒要求她再幫忙找個行商的老掌櫃來接著教課。譚娘子過沒多久便薦了個七十多歲、退下來的老掌櫃，兩姊妹便又恢復先前的課程。

姚姒忙中偷閒，每日帶著紅櫻去趙旆養傷的小院陪他手談，幾日下來，二人間較之以往的客氣不同，多了幾分熟稔。

趙旆手臂上的刀傷見骨，青橙說什麼也要他在屋裡多躺個幾日。偏趙旆不是個聽話的病人，這日姚姒來，恰好又碰見青橙勸。「您這傷合著要好好養個幾日才行，再不好好喝藥，這條手臂怕是將來使不上力，到時可別怪屬下不盡心替您養傷，實在是主子您這病人太不配合了。」青橙嘮嘮叨叨的，頗為無奈。

姚姒恰巧掀了簾子進來，瞧見趙旆一臉苦瓜地對著青橙手上的藥，實在覺得好笑，這麼大個人了竟然怕喝苦藥，瞧他之前在人前那副老神在在的模樣，如今瞧來實在有趣，畢竟還是個沒長大的孩子，裝得如何成熟穩重、高不可攀的，也還是脫不了稚氣，她噗的一聲便笑出聲來。

趙旆被這麼個小丫頭瞧見自己的傻樣，很是沒臉，許是為了挽回面子，頗有些惱恨地從青橙手上端起藥，咕嚕幾聲粗魯地把藥喝進肚裡，完了還從一旁的紅漆匣子裡揀了枚蜜餞扔嘴裡去味。

姚姒覺得稀罕極了，她鮮少笑，這會子竟笑得眉眼彎彎。

一旁的青橙見此情形，取了藥碗便悄悄退下去，走到門邊時很貼心地替屋裡二人把竹簾放下來。

趙斾星眸半轉，瞧著這得意忘形的丫頭，尤其那笑傻的模樣，他半惱半恨，像是為了討回體面，捻起一枚蜜餞在她面前晃了晃。「好東西要分甘同味，看妳這饞樣，怪我這做主人的待客不周到。」

話音剛落，那枚蜜餞也不知怎的便溜進姚姒的嘴裡，她腦子一轟，頓時面紅耳赤瞪圓了眼。「你……你！」

「你」個半天也沒吐出半句話來，但要她很沒面子地把蜜餞吐出來，這種事又做不到，若她就這麼吃下去，也很是為難，躊躇半晌，妙目一瞪，轉身拿了塊白手帕半掩唇，到底是心不甘情不願地把東西吞進了肚。

她吃了這麼個暗虧，好半天才釋懷，心裡把趙斾罵了上百遍。

她怎麼就沒瞧出他有這分痞性呢？人們都說定國公是個風流人物，怪不得有其父必有其子，只是她兩輩子加起來，也沒和人這樣親密過，說他孟浪倒也不盡然，但要說調戲了她，這好像還挨不著邊。

第三十五章 坦白

她在那邊暗自惱恨，趙旆何嘗不怨怪自己。怎麼就像個毛頭小子呢？真是莫名其妙，像是為了遮掩自己的不當之舉，他極快地拿起桌上的茶壺，用那隻未受傷的手斟了兩杯。

茶是上好的老君眉，頓時屋內香氣四溢，屋裡的尷尬消弭不少，他奉了其中一杯茶給她，到底把話語放軟了許多。「嚐嚐這老君眉，才剛得的新茶。」

兩人都是克制之輩，不想把氣氛鬧得過僵，眼見他先奉了茶來，這意思不謂不明顯，能得他這樣婉轉的致歉。姚姒也不是個小氣之人，無謂揪著人不放，接過茶先聞後嚐，果然是好茶，他還記得她愛老君眉，於是心頭一哂，自己現在的樣子還真就是個孩子。

誰人不年少，孩子嘛，總會莫名起些促狹之心，也怪自己剛才笑得太不收斂，她這樣一想，倒真把剛才之事徹底放下來，眉間便恢復幾絲明快，微笑道：「好茶！」

趙旆亦是個精細人，把她的一番細緻轉變都瞧在眼裡，一時間心裡有些雀躍，掩了情緒道：「先前答應妳，要把京城裡的事說與妳聽，左右今日天氣不錯，不如出去走走。」

客隨主便，留在屋裡始終怪異，她自是點頭同意。

他一起身，她便搶在他前頭替他掀起竹簾，待他先行，她落後他兩步，二人便沿著樹蔭一路走，一邊說話。

「京畿重地，自然少不了三教九流，那些人不乏附庸在那些名門大戶和王公貴族之間生存，往後妳的人去了那邊，久了便會摸得門兒清。這些不是重點，我要說的是，文臣武道，前朝雖有文不納武官妻、武不娶文臣婦之習，但到了如今，這一條不成文的規矩也沒幾家能遵守下去。文者以王首輔一派在朝中為守舊派，王家能人不少，他門生眾多，振臂一呼，萬人響應。王首輔手段狠辣，我知妳往京中一番安排，志在為姜家鋪排，今上對王首輔雖不說十分信任，但朝事一向倚仗他，加上他如今支持秦王，你們萬不可與此派人馬為敵。」

姚姒知他在面授機宜，十分用心地牢記在心，只聽他又道：「今上生了十幾個皇子，但正宮無所出，恒王四殿下生母身分不顯，加上早逝，皇后自小便把恒王養在身邊。這二十多年來，母子間極是親厚信任，皇后娘家承恩公劉家，在朝中極低調，與各家都不近不遠地交往著，這也是今上十分信任皇后之故。再說皇太后，皇太后並非今上生母，卻是一手扶持今上登位，是以今上便納了裴家女為妃，裴妃又生了今上的第一位皇子，便是如今的秦王，裴妃也因此晉位貴妃。裴家本身安樂侯的爵位，是太祖所封，因裴家當年隨太祖起事時，在福建立了功，是故秦王才輕易把福建納入囊中。」

「依你這麼說，福州府都指揮僉事洪家是裴家的人？或者說是秦王的人？」洪家正是三小姐姚婷說的那戶人家，照這樣看，姚家是要一門心思支持秦王了。

「不錯，洪家正是裴家的人，是以才這麼多年來都襲著福州府都指揮僉事之職。」

「那焦家呢？」若單只為海上的利益，不至於讓姚家鋌而走險，把姜氏害死，再娶焦家婦進門。這裡頭只怕還有自己不明白的，她才知道，之前自己閉門造車，確實太嫩了點。

趙旆回頭一笑，並沒賣關子。「焦家從洋人那裡得了些造船的圖紙，前些日子正是仿了那洋人的圖紙造了艘船艦，又把這船私下孝敬給秦王，只不過秦王認為這都是奇技淫巧，比不得工部的東西，沒多上心，倒是把焦家獻上的一個嫡女收作妾室。妳家老太爺正是瞅準了這一點，才心急著要和焦家結親。不得不說，姚老太爺這些年的海上生意沒白做，焦家的造船工藝倒也有過人之處。」

姚姒聽得都呆了，原來這裡頭還有這些緣故，怪不得姚蔣氏急吼吼地就把姜氏給害了，這些人為了權勢，真可謂喪心病狂。

「我問你，姚三老爺對我娘被害是知情還是不知情？」她的眼裡極快地閃過一絲痛楚，這層皮始終都要揭開的，她定定望著趙旆，漆黑雙眸裡映著他高高的身影。

「姚三老爺在廣州府是做了些事情的，這幾年一直向朝廷堅持廣州開埠，於嶺南一方百姓來說，是有莫大好處。姚家這門生意做不做得長久不消說，若是廣州一開埠，姚家的私密極有可能要由黑洗白。我只能說，也許對姚三老爺來說，家族之事重過妻室的一條性命，為了利益，恐怕做的還不止這些。」

儘管姚姒做好準備，聽到這話後仍是一個踉蹌，險些跌倒在地，幸好趙旆穩穩接住她的身子。她抬起臉恨道：「他竟狠心如斯，我娘可是他的結髮妻啊，結髮為夫妻，恩愛兩不疑，他簡直是個畜生！」她忽地覺得人生好苦，至親之人都已不可信，這世道誰人可信？

趙旆用一隻手支著她半個身子的重量，正不知該如何安慰她，卻聽她幽幽道：「是不是你們男子都這樣？」

他苦笑一聲，半晌變了臉色，鄭重道：「不，姚姒，仇恨令妳的眼光狹隘了，這世上人生百種態，至少我趙旆不屑這樣做，堂堂七尺男兒，生就要頂天立地。」

夜裡下起雨，一場秋雨一場寒，窗櫺的格子孔裡漏了幾絲風進屋裡來，吹得桌邊的一盞桐油燈忽明忽滅，姚姒的臉被這搖曳的燈火映得明明滅滅的，手中那本藍皮帳本也不知道被她翻了幾遍，這帳本越看是越驚心。

秋菊能幹，偷了這本帳出來，裡面涉及的官商大戶不在少數，證據足夠這些人家抄家滅族了，只是，這樣的東西在自己這裡用處不大，算得上是空擁寶山。

窗外的風雨漸歇，紅櫻給她續了杯茶，她卻想事情入了神，模模糊糊間，心中突然有個極大膽的主意，她越想越覺得可行，只是……若真按自己的想法走下去，意味整個姚府會走上與前世不一樣的命運，滿門傾覆都算是輕的。

她皺起眉，一雙黑亮的眸子在燭火中閃爍跳躍起來，她恨姚府嗎？

當然恨！恨這個字太輕，不能概括她心中的滔滔怒火，若是借趙旆之力行事，姜氏的仇才有希望得報。但形也，勢也，大是大非下，就怕趙旆將來功成名就時，不會兌現對自己的承諾。

趙旆會嗎？趙旆是怎樣的人？

她不停反問自己，心底深處卻相信趙旆不會那樣做。她把和趙旆相關的事回憶了一遍，明裡暗裡，這些日子實在多得他的幫助，自己才能數次化險為夷。若說趙旆為的是她手上秦王募私兵的證據而接近自己，這事雖是個開頭，東西到手了，趙旆其實可以不用再理她；但之後卻仍數次出手相助，顯然這個在鐵血中成長的英氣少年，內心是有著他的驕傲的。

對，趙旆是可信任的，有一種連她自己都無法反駁的肯定，這個人不是壞人。姚姒深呼吸一口氣，慢慢平靜下來。自己不能因為看見人性的醜陋而去臆想非非，她必須在心裡先選擇相信趙旆，後面的事情才能進行。

一旁做針線的紅櫻朝姚姒睇了幾眼，終究是沒出聲相勸，只是拿了件秋衣披到她肩頭，便退到一旁繼續做。不期然一雙細長的手抽走她手上的針線，連同她正在做的鞋面也一併拿走，扔到針線簍裡。

「小姐，就只差幾針了，讓奴婢把它做完吧！小姐如今正是長身子的時候，之前做下的鞋雖說都還能穿，但花色卻不適合孝期裡穿。」紅櫻柔聲道。

「哪裡就差這麼會子工夫了？都說了多少次，夜裡不許動針線！」姚姒的聲音透著不容反駁的嚴厲。

這還是小姐頭一次用這麼重的語氣說話，紅櫻立起身子，有些手足無措。

姚姒暗暗嘆了口氣，上一世做了那麼些年的繡娘，沒日沒夜地繡，這其中的辛苦她如何不知？才那麼輕的年紀，雙眼便視物模糊不清，若說自己遁入空門是萬念俱灰下的無奈之舉也不為過。

如今重活一世，她不希望身邊的人這般不愛惜自己。如今紅櫻這樣拚命，無非是怕委屈了她。從姚府避居到琉璃寺來，她和姚婼的衣飾鞋物因不適合在孝期裡用，是以全部都得重做，她身邊也就紅櫻、綠蕉兩個大丫頭跟來，餘下都是粗使婆子，小姐們的物品如何能讓她們插手，是以紅櫻才會挑燈趕工。

「如今妳們年紀輕不礙事，等到年紀大些的時候便知道厲害了，這夜裡做針線活最傷眼睛。」姚姒放柔聲音道。「我知道妳們心疼主子，也時刻怕委屈了主子，只是我不是個嬌慣的主兒，咱們既然從姚府出來，便沒想過再回去，從前姚府裡的規矩咱們也得改了，吃飽穿暖便夠，那些虛的名頭咱們不要。我和姊姊每天讀書，做做針線，學些行商治家之道，這日子不知要比在府裡實在幾多。」

「小姐心疼奴婢，奴婢知道！」紅櫻眼眶泛紅。

「妳是我身邊的丫頭，雖然跟著我的時間不長，但人和人之間講緣分，我心裡直拿妳當姊姊看，從今以後咱們只有自力更生，學些真本事，將來妳們一個個都能幹，可以獨當一面，方不枉我對妳們的期許，往後莫再熬夜了。」

紅櫻點了點頭，把針線簍收拾妥當，便勸姚姒儘早歇著，姚姒看著紅櫻彎腰鋪被的身影，心裡頓時有了決斷。

過了七、八日後，眼見趙旆手臂上的傷好了許多，姚姒心中既拿定主意，便用個小匣子把那正本的藍皮帳本裝好，也不帶人，自己一個人去找趙旆。

屋裡只有他一個人在，小桌上擺了個殘局，他一手執黑子正要落下，見姚姒進來，英氣的眉眼便染了些笑意，很隨和地讓她坐到自己對面，而那枚黑子恰恰落在她面前。

青橙端茶上來，姚姒忙道：「多謝青橙姊姊。」青橙只微微一笑，便拿著托盤出去。

姚姒揭起茶蓋輕輕啜了口，抬眼見屋裡屋外沒半個人影，心裡略有了底，朝趙旆睃了眼，對面的人也朝她望過來，雙目燦燦。

「趙公子。」她喚他一聲，聲音不高不低，實在有別於平素的模樣。

「聽了這麼久的趙公子，真是怎麼聽怎麼不順耳，我在家排行第五，我又癡長妳幾歲，一聲五哥還是當得起的。」趙旆淡聲道。

她心裡頓時打鼓，面前這個人人精似的，想在他面前耍花招那是沒得可能，見他停了手上的棋局，一粒一粒的把玉似的子兒收到棋匣子裡。

待他收完子，姚姒開門見山，把手上的小匣子遞過去，很上道地叫了聲「五哥」，瞥了他一眼，見他眉目間笑意漸濃，復道：「這是姚家海上生意的帳簿，想必你也知道，我用了些手段讓人從姚大老爺那兒偷回來的。裡頭涉及甚深，這東西原本我是想拿來要脅姚老太爺換我娘的一條命，只可惜如今物是人非，這東西於我用處不大，便交給五哥吧。」

如今把帳簿交給他，確實是為了交易，自己得表現得誠意些，沒什麼好隱瞞的，姚姒當初就是這麼打算的，她在心裡淡化自己打蛇隨棍上叫人家「五哥」的彆扭，人麼，求人就得厚臉皮不是嗎？

陽光從窗櫺照射進來，直打在她還未長開的臉上，那雙漆黑而清亮的眼眸，彷彿一口老井般悲傷深沈，趙旆只匆匆一瞥，心裡某個地方忽然有些酸脹，這種情緒隱密而突然，令他來不及細想，幸而神志很快恢復清明，打開匣子，拿起那本藍皮帳簿認真翻看起來。

這個空當兒，姚姒想了很多，從他們第一次見面起，似乎兩個人總是在試探，話本來是要說一句卻經常只說半句，另外半句需要去猜、去想、去琢磨。以前的她對他是防備的，只是從這一刻起，她不想再這樣和他說話，也不想再和他耍心眼了，她大大方方朝他瞥過去，他臉上的任何神色都落到她的眼裡。

「整個東南陷進去的官商大戶十之有八，五哥隻身來到福建，身上必定背負家族與上頭那人的期望，只是五哥如今身陷困局中，想要解開這個局，借力使力，連消帶打，卻是不容易的。」她再沒看他，卻是起身彎腰向他欠身道：「也許我太不知天高地厚了，你們這些人做些什麼事，哪裡是我能想得明白的。老實跟五哥說，我要替我娘報仇，她死得這樣冤，如今我活著一天，心心念念的也就只有這件事。只是憑我如今的能力，自保都不容易，我不敢在五哥面前耍心眼，只希望五哥看在我一片孝心的分上，求五哥幫我！」

趙旆波瀾不驚地聽她說話，在她欠身時亦沒有阻止，待她說完，他平靜道：「若是有一天，妳母仇得報，卻不容於家族，甚至被世人唾棄也甘願？」

「甘之如飴！」稍微停頓，姚姒鄭重說道：「不光如此，我身上流著姚家的血，就讓我親手把姚家推到地獄吧，不需五哥動手，我只是需要徵得五哥的同意與幫助！」

她回得很決絕，似乎都在他的意料之中。趙斾想，這本帳簿在他手中若用得好了，確實不亞於一柄利器，只是她的戾氣如此重，他的人生第一次糾結起來，拉一個入了魔障的小姑娘出來，好像有些任重而道遠。

他輕嘆一聲，罷了，先聽聽看她說什麼。

「五哥有沒想過，整肅東南沿海的走私？秦王殿下能用海寇的名目讓東南局勢受他所控，五哥何不反其道而行，假借我之手，讓整個東南亂起來，海寇秦王能用，我們也用得！」

趙斾再無法掩飾他的驚訝，內心震撼不已，他真懷疑眼前這個才幼學之齡的女子，真是只這個年紀？他慢慢站起來。「妳的意思是……妳要做這門海上生意？把水攪混了？」

聰明人跟聰明人說話，就是有這麼點好處，一點就通。「是的，我要做這海上的私貨生意，與其讓姚家、洪家這些人家盤撥私利上供給秦王，不如咱們斷了他們的財路，想辦法取代他們與洋人做生意。其一，手頭上銀子多了，五哥可以養更多兵，好生整頓福建這塊棘手之地，真正為東南沿海百姓保家護航；其二，這帳簿如今既然落到咱們手裡，這簡直是上天給的機會，不用白不用。」

她憂慮了幾天的心緒終於舒展開來，臉上不期然就笑了起來，似冰雪消融，芙蓉含春。

趙旆望著她含笑的眉眼，聽她徐徐話語，第一次亂了心神。

自那日與趙旆的一番長談後，趙旆承諾她會好好考慮，姚姒便再沒踏足他的屋子。在她看來，再去那邊好像有點催促的意思，因此只一心窩在屋裡讀書寫字，閒時與丫頭們做做冬衣，連趙旆離開琉璃寺她也沒去相送，日子倒也有條不紊地過著。

早起的風已帶了些許涼意，姚姒如今掌家，瑣碎事也不少。原來姚府的規矩是下人每季兩套衣服，秋做冬衣，姚姒便吩咐負責採買的許婆子下山去添購些吃食用品，另外也要購入過冬用的棉花布疋等。

許婆子眼瞅著又有油水可撈，且最重要的是又可以乘機回姚蔣氏身邊討些好處，便叫上兩個粗使婆子一起下山去。

姚姒眼看著姚娡處事越發伶俐起來，知道這許婆子是姚蔣氏的人，故意經常支使她下山採買而貪些小利，許婆子得了好處，當然是在心裡計較過的，只拿些小事在姚蔣氏身邊討巧。姚蔣氏對許婆子的話倒是信了七分，見姚姒姊妹沒胡亂來，也就對她們的監視撂開了手，只要許婆子隔三差五地來回話。

姚娡漸漸擔起長姊的責任，家事也打理得井然有序，讀書、女紅、學些行商的技巧，一樣沒落下，日子這樣忙碌，她也就沒空去怨嘆什麼，對於姚娡的這些變化，姚姒喜在心頭。

第三十六章　安排

趁著許婆子等人下山，姚姒打發紅櫻去山下接張順和譚吉夫妻、陳大夫妻五人上山，再過兩日，張順和譚、陳兩夫婦便要啟程去京城，此去一別數月，臨別前總有些話要交代。

紅櫻和綠蕉守門，屋裡待客也沒講究那許多，張順等五人都看了座，姚姒看了幾人的精神都很好，心裡再沒有不放心的，便勉勵了幾句。「你們出門在外，凡事都要小心，首要便是保重自己，銀錢沒了可以再賺，出門在外，忍字當頭，各位都是我放心的人，也不需我多說些什麼，此一別各位保重。」

譚吉等人都站起來向姚姒抱拳，譚娘子笑道：「多謝小姐一番交代，小姐放心，咱們都是大人，都說京都居大不易，萬事只有謹慎小心，我們去後，兩位小姐要珍重。」

姚姒點了下頭，便從桌上拿了四份契書出來，親自交到張順、譚吉和陳大手裡，她自己身邊留了一份。幾人都是識字的，打開契書一看，皆異口同聲抽氣。「小姐，這……這不妥，原本我們幫小姐做事是分內事，這怎麼行？」三個大男人都是這樣的想法，還是張順把話說出來了。

契書是姚姒寫的，裡頭寫著新鋪子開起來後，張順和譚吉夫妻各占十五份，陳大夫妻占五份，這四份契書雖沒在官府過文書，但有她的小印，算是行內的一種默認做法，眾人都知道這裡頭的規矩，都推託不肯要。

姚姒緩緩道：「在我這裡不興那一套，做事前先把規矩講清楚，你們也知道我的為人，絕不會虧了跟著我賣力的人，如今才開第一間鋪子，望各位同心協力，大家有錢一起賺。打本的錢我出，但各位卻是真正做事的人，這份子你們收得起，若是不收，我是不依的。往後再開了第二間甚至第三間，也都會按份子分給各位。」

她把話都說到這分兒上來，陳大夫妻便首先給她磕了三個響頭，姚姒起身把他二人扶起來，睇目給譚娘子使了個眼色。

譚娘子伶俐，笑嘻嘻地拉住焦嫂子，又對丈夫譚吉道：「你們也別推來推去的，幾個大男人，還不如個小姑娘行事大方，這份子既是小姐給的，可見小姐是真心的，咱們也就接下來吧。誠如小姐說的，往後日子還長，咱們努力替小姐做事，多賺銀子，也算是報答小姐了。」

譚娘子一席話，說得幾人不再推辭，都對姚姒道了謝，幾人再坐下來，神色都帶著幾分喜氣。

末了，姚姒便只留下三個大男人在屋裡，姚姒也沒廢話，便問了秋菊的事，張順回道：「秋菊姑娘答應隨我們去京城，她一直想來給小姐磕頭，只是如今姚府滿大街的找她，她藏身都來不及，哪裡敢讓她出來，因此被我攔住了。」

姚姒便道：「如今她從頭來過，想必會好好過日子的，跟著你們去京城，還請你們多多照顧，若是她想嫁人，也勞你們替她張羅，我這裡會給她一份嫁妝銀子。」

張順三人自是點頭，姚姒又從袖中抽出一張拜帖，親手交到譚吉手上。「這是定國公府的拜帖，若在京城遇到棘手的事情，只管去找定國公府外院的二管事，他叫趙大安，是趙公子留在府上的人。」

譚吉一喜，定國公府在京城裡是頭一等的勛貴人家，天子腳下什麼三教九流都有，平常事倒還好說，若真有那仗勢欺人的事，只怕還得向定國公府求助才行。沒想到小姐不聲不響，做事真是樣樣都想得妥當，譚吉原本還有兩分不服，可是經過剛才的事情下來，不得不打心眼裡收起那兩分輕視。

姚姒把譚吉臉上的一番變幻看在眼裡，依舊笑得隨和，又問張順最近把金生收拾得如何，張順便略說了收服金生的經過，無非是一些江湖手段，姚姒笑了笑，道：「虧你降住這廝，往後你只管吊著他，留著他一條狗命，將來我還有用。」張順自是點頭。

姚姒便交代他們，不管年前鋪子開不開得起來，都得在年前趕回來，且特別交代張順，此去待京裡事了，務必儘快趕回來。

張順幾回欲言又止，姚姒對他安撫地望了一眼，待幾人說完了事，紅櫻單獨交給張順一封信，張順收好後晚上回去一看，信裡竟然叫他從京城回來後，姚姒這邊要他開始籌備人手，為將來做那海上的私貨做準備。

張順二話不說，把信放到油燈上看著它燒成灰燼，才熄燈去睡。

十月十三是姚姞的十五歲生辰，若是在正常人家，十五歲及笄是個大日子，但姚府沒打發任何人來說一聲，姚姒本來就不在乎，但怕姊姊心裡存著事，除了做一桌子好菜，還特地準備了禮物。

姊妹倆對坐，姚姞打開妹妹送的紫檀木匣子，一支紫瑩瑩的玉釵靜靜躺在裡面，紫釵頭為鳳形，釵身光潤通透，即便她見慣了好玉，但這支紫玉可真算得是上上品，不光玉質清透，紫色更是難得，看得出來，妹妹是真的用了心思。

姚姞忍住哽咽，當即把原先戴在頭上的釵環都取下，把這支紫玉釵簪到頭上，對姚姒笑道：「多謝妹妹的禮物，姊姊很中意，也很高興，往日我那樣待妳，望妹妹別放在心上，姊姊如今知錯了，往後必定好生照顧妹妹！」

姚姒沒想到自己送了一支釵，竟勾惹出她這些心思出來，連忙給蘭嬤嬤使眼色，蘭嬤嬤便笑著勸道：「小姐，這是姒姊兒的一番心意，今兒是妳及笄的好日子，雖說不能成禮，但有了這支釵，回頭嬤嬤給妳梳個頭，再用上姒姊兒這支紫玉釵，從此小姐便成人了，照顧好妹妹這是理所當然的，相信小姐往後會越來越能幹，咱們的日子也會越過越好。」

姚姞最聽蘭嬤嬤的話，聞言真的丟了那些糟心的往事，與姚姒和和樂樂地吃了頓飯。

到了十一月，幾場雨連綿下著，天兒漸漸冷起來。

琉璃寺裡種了不少菊花，往年這個時節，琉璃寺裡遊人如織，但這麼冷的天又是風又是雨的，竟難得的還了寺裡幾分清靜。

姚姒被拘在屋裡正無聊，紅櫻走進來，笑吟吟道：「小姐，妳看誰來了？」

她話還沒說完，一襲青衣的青橙一氣兒走上前，用手指了指姚姒嗔道：「妳個小沒良心的，虧我給妳診過幾次脈，幫妳調養身體，我們走時竟也不來相送，五爺在那亭子裡是等了又等。」

姚姒素知青橙是直爽脾氣，又總愛拿自己打趣，忙腆著臉拉她上座，哄她道：「是妹妹不對，姊姊消氣！只因我如今還守著母孝，那日人多，妹妹總要避著些。」

青橙喝了一口姚姒親手奉上的茶，還不解氣，佯裝猜疑。「妳個小人精，莫不是和五爺鬧彆扭了吧？前兒五爺就到寺裡了，怎地沒見妳去那邊？」

這都是哪跟哪呀？姚姒兩輩子人了，也沒人跟她打趣這個，竟然兩頰飛紅，啐道：「姊姊說的什麼混話，妳再打趣我，妹妹不理妳了。」還作勢要把青橙推出門外，這稚氣的動作，引得青橙是好一陣笑，紅櫻和綠蕉也都掩了嘴笑。

姚姒臉皮薄，哪禁得起這一屋子人笑她，遂板起臉來狠狠朝紅櫻和綠蕉瞪了一眼，兩個丫頭識趣，都捂住嘴。青橙笑話夠了，渾當沒事人對姚姒道：「這雨下的，都沒邊沒際了，左右妳悶在屋子裡無事，不若我們撐傘去後山賞菊吧，往那怡然亭一坐，再燙一壺熱茶，可不是美事？」

姚姒不理她，青橙偏是個橫蠻的主兒，說風是雨就行動起來，把紅櫻和綠蕉支使得團團轉，一會兒帶這個一會兒又要拿上那個，渾不當那是人家的丫頭，指使起來理所當然。

姚姒一時竟氣得笑起來，瞪了青橙一眼，青橙回瞪她，手卻拉上姚姒，推她進了裡屋，嘴裡喊道：「紅櫻快來給妳主子添衣，就妳主子這小身板，可別讓這冷風吹著了，不然回頭有得苦藥喝。」

紅櫻忙回道：「奴婢這就來。」

姚姒很不體面地嚎了聲。「妳們還是我的丫頭嗎？」

紅櫻留下來看屋子，綠蕉替姚姒打著把油布傘，一出門，青橙便走在姚姒前面，風迎面吹來，一大半倒打在青橙身上，姚姒瞧著她這貼心的愛護，心裡十分感動。「姊姊不必替我擋在前頭，我身子已經大好，哪裡就禁不住這點風雨了。」

青橙回頭呵呵笑道：「就妳那小身板，回頭姊姊教妳打一套五禽戲，這樣打個兩、三年的，保准再不似這風吹就倒的病小姐樣。」

被人這樣說，姚姒乖乖閉上了嘴。

一行人走了半刻鐘，就到了怡然亭，姚姒隔著雨睇目過去，她就說今兒又是風又是雨的，青橙這憊懶的性子，怎麼會想出來賞花吃酒。

青橙不由得訕笑起來。「唉呀，五爺可真是的，這麼好個吃酒賞菊的地兒，竟被他占了去。」也不管姚姒惱不惱，一逕同趙旆笑道：「五爺，您在呀？」

姚姒不好再裝聾作啞，上前向趙旆微微福身，叫了聲「五哥」。

趙旆原本端著的臉霎時就亮了起來，竟覺得這聲「五哥」不亞於仙樂佛音。「還不進來？」他微微一笑，朝她招了招手。

青橙掩了嘴嗤嗤地笑，上前推了她一把。「都叫妳了，還不去？我可說了，今兒這局確實不是我做的，我是好心一片想請妳出來透透氣，哪承想這地兒被人占了去。罷了，我還是早點閃開，免得在這兒礙了五爺的眼。」

「姊姊還說。」姚姒輕聲嗔了句，青橙便趁勢和綠蕉一道走了。

姚姒進了亭子，就見石桌上擺著一個紅泥小爐，爐火上煮著茶，茶水正冒著絲絲白煙，石桌上還擺了一些小點心，細細一聞，便有淡淡的菊花味，她這才覺得這幾碟晶瑩的小點心不尋常，竟都是摻了菊花做的。兩副碗碟成對擺著，石凳上鋪了厚厚的褥子，這樣的貼心小意，她心中對他的羞惱就少了幾分。

說起來，兩人有月餘未曾見面，她有一肚子的話要問，也就不再矯情，抬臉對他微微頷首。「五哥且坐，我來幫五哥煮茶吧。」

輕聲細語說完，素手就把身上的銀線繡蠟菊白綢披風給解了，又稍稍捋起袖口，一雙纖細手腕便露了出來，手腕上什麼東西也未佩戴，趙旆只聞到一陣不曾聞過的淡淡幽香，被輕風一拂，若有似無地鑽入鼻間，素來淡定的他不禁有些訕訕的。

「這陣子事忙，那日匆匆離開，也是月兒港有事，妳這一向可好？」一向胸有成足的他也有詞窮的時候，正苦惱著，卻聽她笑道：「託五哥的福，日子過得太平，這些時日天氣不怎麼好，也沒怎麼出屋子。」

稍頓了會兒，她想，不能總問天氣怎樣，好像兩人之間做了什麼不能對人言的事，總有些尷尬，一會兒又想，自己怎會有這樣的念頭，他和她真的什麼都沒有啊，忙就這下雨天氣上打轉。「這些日子總下雨，我姊姊這陣子竟學會了看帳，我瞧她待人接物較往日伶俐不少，對我也照顧得很是妥貼周到，若是我娘瞧見了，肯定十分欣慰。」

這話說完，姚姒才覺得自己又說錯了話，這話怎麼聽著像是在怨怪姊姊先前對自己不好，心裡直懊惱。

她悄悄瞥了眼趙旆，哪裡想到他忽然揉了揉她的頭，見她目瞪口呆的，他哈哈大笑。「真是個傻姑娘，五姑娘本就心思玲瓏，這般上進好學，這還不好？妳們一母同胞，姊妹間相親相愛是人倫，再說五哥也不是旁人，跟我說這些事妳怎麼還不好意思起來了？」

趙旆這裡揉了人家小姑娘的頭，心裡卻直打鼓，會不會太孟浪了？又一想，他還真沒別的意思，看著她沒話找話的樣子，他就想做點什麼，好教二人不要生疏了去。她都叫自己「五哥」了，哥哥揉妹妹的頭，那不就像是逗小狗一樣嘛？

只是他雖拿話勸自己，可指尖那頭傳來異樣的觸感，一時覺得新奇極了。

趙旆食髓知味，還想再揉一揉，可那一頭的姚姒不願了，見他的手伸到半空中，趕忙向一旁歪躲開，直皺眉道：「五哥你可別再像揉小狗一樣揉我了，你看，頭髮都叫你弄亂了。」她臉不紅心不跳，反應很正常，而且還威脅地朝他瞪了一眼，這模樣，分明還一團孩子氣。

他頓時有些失落，不自在地摸了摸鼻子，掩飾般回道：「好，五哥不捉弄妳了。來，嚐嚐這點心。」言罷舉箸挾了一塊放到她的碗碟裡。

姚姒的心還在使勁跳著，大概只有她自己能聽到那咚咚的聲音。

他這樣做，大概是像逗小狗一樣逗自己玩吧，還好，她把持得住，這小子怎麼就對自己動手動腳的呢？她要真是個小姑娘倒還好，天真懵懂的年紀，哪裡會想上那許多有的沒的，只是她都兩世為人了，論年紀也大這小子一大把，如今叫他揉搓一把，真是渾身不自在。

但看他給自己挾點心的樣子，他大概也知道自己孟浪了吧？她不禁在心裡得意，好在她把這茬兒混過去了，忙起箸小口嚐了一下，清清爽爽的味道，不太甜，這馬蹄糕做得好吃極了，便拿起箸禮尚往來，也給他挾了塊。「五哥也嚐嚐。」

見他起箸一口送到嘴裡吃完，就再不曾動箸，瞧著像是不大愛甜口的點心。

難道是專為她準備的？這樣一想，姚姒嚇了一跳，念頭一起，便如開了閘般，想七想八起來。這樣不行，她輕聲一咳，斂起神色，頗有些嚴肅地輕聲問道：「那日五哥離開寺裡，未曾相送，是怕五哥會錯意。我願意給時間讓五哥仔細考慮，五哥如覺得有負擔，且當我這個主意從未向五哥提過。」再不說正事，她真的不知道該說些什麼了，只好公事公辦，說公事好過兩人之間無言的曖昧。

這丫頭，明明是心急的，還故意這樣說，以退為進，不失為一個好法子，瞧她一會兒一團孩子氣，一會兒卻又像個大人一樣心思玲瓏、有勇有謀，這樣矛盾的合體，趙旆越看越愛，心裡卻又罵道，小沒良心的，枉我這一個多月都在為這事奔走籌謀，好不容易事事都安排妥當了，她倒在這裡矯情。

他也吊起她的胃口，眉頭一皺，頗有些為難。「這事麼，好辦是好辦，只不過，明兒妳要同我出去一趟，得要好幾天，若妳吃得了這份苦，下得起這份決心，我便同意。」

再沒有比聽到他親口同意這事更值得高興了，姚姒哪裡還會計較出去幾天的事，做這行當的，哪有窩在家裡能做得成的，她就知道，他是個值得託付的人，瞧這事辦得可真是爽利。

趙旆有些後悔自己沒早些把話說出來，瞧她眉開眼笑的，他也莫名跟著高興起來。「今兒不說這些，明兒一路上我再慢慢同妳說，妳看這滿園菊花，若不把臂同遊一番，豈不辜負了這美景去。」

就算這會子要割了她的肉去飼鷹，姚姒也甘願，不過是一同賞菊，這有什麼。

她高興得看趙旆越來越順眼，瞧他這一身英氣逼人，就自己這小身板，要想那些有的沒的，這也沒條件呀，是以，姚姒二話不說，欣然同意。

第三十七章 隱瞞

姚姒在晚飯前被趙旆送回來，略歇一歇，便往姚娡屋裡來。姊妹倆一起用了飯，姚娡卻把屋裡侍候的丫頭都打發出去，蘭嬤嬤替兩人守門。

姚姒一見這陣仗，心下明瞭，怕是今兒下午她的動靜都叫姊姊知曉了。她在心裡思量起來，做私貨生意的事，恐怕還是瞞著姊姊較妥當些，至於怎麼和她說，心中早有腹稿。

姚娡確實知道了下午妹妹和那姓趙的公子在一處，要說她不惱是不可能的，姊妹倆如今正在守孝，若是叫人知道妹妹跟一個外男走得這般近，還連丫頭都支開，這如何了得？可她若隨意拿了這事質問妹妹，也不大妥當。

姚姒見姊姊一臉欲言又止的為難樣，噗哧一聲笑道：「瞧姊姊這樣，有什麼話就說出來吧，妹妹洗耳恭聽呢。」

姚娡見她還有心情打趣，心裡一急，拿手在妹妹頭上指了指。「妳還知道笑。」接著話鋒一轉。「妳老實同我說，妳和那趙公子是怎麼回事？如今這樣，妳姑娘家的臉面還要不要了？雖然我心裡清楚妳一向做事妥當，但如今我越瞧越覺得不對勁，妳若是心裡有我這個姊姊，就仔仔細細和我說明白，要不然，我就去娘墳上哭妳不孝。」

聽見姊姊這話說得重了，又見她眼眶紅紅的，姚姒忙上前掏了帕子替她拭淚，口中一迭連聲向她告罪。「怪妹妹不是，是我沒把這裡頭的事向姊姊交代清楚。」

姚姮一聽，忙拿水汪汪的大眼瞪她，姚姒見她不哭了，便道：「姊姊既然知道我是個妥當人，就該相信妹妹絕不會做那等糊塗事，說來，還是姊姊不大信妹妹。」

姚姮聽她這樣說，臉上就有些下不來，長姊如母，姜氏這一去，就剩她姊妹倆相依為命，其實她也知道，妹妹不是糊塗人，說來說去，妹妹都是為了她們的以後。但是，她不希望妹妹這一番苦心，被有心人利用而壞了她的名聲。

姚姒見好就收，拉了姚姮的手嘆道：「我知道姊姊都是為我好，才說這些話，今兒我就同姊姊說清楚，往後少不得妹妹還得同趙公子打交道，還望姊姊不要跟我計較才好。」

說完，看了眼姚姮的臉色，正色道：「姊姊是知道的，趙公子前前後後也不知幫了我們多少忙，在妹妹心裡，我拿他當恩人待，前兒彰州遭海寇夜襲，若不是趙公子留了人在這附近守著，只怕這寺裡也遭了殃。趙公子待我們好，見他在寺裡養傷，姊姊年紀與他相仿，自是不大方便，妹妹小他幾歲，沒那些顧慮，我不去問候一聲也不大妥當；再說了，他那邊丫頭小廝一堆，我也幫不上什麼忙，趙公子愛下棋，妹妹不過是略盡些力，陪趙公子下了幾局。」

她這話說的都是實情，姚姮心裡有數，卻還是問道：「那今兒這齣又是怎麼回事？」

「還真是有點事。」見她窮追不捨，姚姒笑道：「娘還在世時，給了我和姊姊各五千兩銀，姊姊記得否？我還找姊姊借了二千兩，加上我手頭上歷年存下來的，總共湊了八千兩，讓張叔幫我囤積了一些舶來貨。京城離咱們這兒幾千里遠，咱們不稀罕這舶來貨，但京城就不一定了，這些洋玩意兒說不定物以稀為貴，是以妹妹便拿這事去向趙公子請教，我這些貨可不是小數目，咱們也禁不起賠本，我也是涎了臉，希望趙公子看在我曾幫過他的分上，讓他幫忙介紹些門路。」

姚姞知道姜氏的嫁妝如今還在金生那裡，她們看得到卻用不著，妹妹這般拚命賺銀子也是為她們以後著想，連忙對妹妹道：「是姊姊不對，不該疑妳那些有的沒的，也怪姊姊沒用，護不了娘留下來的嫁妝。」想想這些日子，姚府的絕情冷漠，她暗自咬牙，今後一定要自立起來，護住妹妹。

「無妨，姊姊也不用擔心，妹妹一向就喜歡做這些事，咱們避居寺裡，倒真是如了妹妹的意，如今可不是海闊憑魚游、天高任鳥飛嘛？妹妹做起事來，也就少了那些顧忌。」說完，便把張順如何降伏金生的事說給姚姞聽，姚姞這回真真是目瞪口呆，沒承想，妹妹不聲不響的，倒將了姚蔣氏一軍，她心裡非常震撼，喃喃道：「姒姊兒，妳這腦袋是怎麼生的，怎麼就想出這麼個法子來？」

姚姒沒邀功，說這都是張順的功勞，打鐵趁熱，她便將明兒要同趙斾出去幾天的事告訴姚姞。「這也是不得已，先前那批貨，好歹有趙公子的幫忙，趙公子手上便有做古玩生意的鋪子，再各處分一分，也就把先前那批貨清了。妹妹想著，做生不若做熟，這後頭的貨也得跟上，這不，趙公子剛好得空，他識得這裡頭的一個人，連趙公子也說這人可靠，這事我又不放心讓別人去做，既然這樣，那就只好妹妹跟著趙公子走一趟了。姊姊勿擔心，趙公子是個值得信賴的人，若是這條線牽得上，往後這生意便順了。」

姚姞直覺有些不妥，卻又說不上來，姚姒瞧她這樣，為了永絕後患，便添了把火。「姊姊恐怕還不知道吧，咱們芙蓉院已經被拆了，新院子才剛建好，那頭焦氏便給這院子取了名，叫『韶華居』，看來姚、焦兩府做親，是板上釘釘的事了。焦氏為人如何我且不知，若咱們再不自立起來，將來便只有任人宰割的分兒。姊姊，名聲算什麼，娘一輩子為了所謂的名聲，白白忍著老太太的刁難、夫君的絕情，耗去了最好的年華，結果換來的是什麼？是姚家無情的謀殺。」

「姒姊兒，別說了！」姚姞哪還聽得下去，心裡最後一點對姚家的念想頓時煙消雲散，她一把摟住妹妹哽咽道：「姊姊再也不說妳了，妳心裡的苦姊姊都明白，做妳想做的事情吧，姊姊在家裡等著妳。無論何時，都要保重，妳若有個閃失，姊姊也不活了。妳只需記得，大不了咱們守著娘留下的嫁妝度日，日子還是過得的。」

姚姒心裡無限愧疚，但轉念一想，不讓姊姊知道自己現在做的事，才是對她好。以後姊姊由自己護著，還會給她攢一筆姚府所有小姐都比不上的嫁妝，再替她尋一戶厚道人家出嫁，姊姊這輩子，也就圓滿了一半。等將來，自己再替姜氏報了仇，替姜家申了冤，自己這輩子，也就圓滿了。

姊妹二人說了許多話，較往日親近不少，過了一會兒，蘭嬤嬤進來回稟。「七月裡小姐打發長生去瓊州島看望舅爺一大家子，剛才外頭打發人來說，長生回來了，人這會子正在簷下候著。」

兩姊妹打起精神來見長生，長生給她們磕了頭，看他風塵僕僕的，姚姑讓他坐下回話，長生哪裡敢坐，不過是挨了個椅子邊，采芙給他上茶，長生悲戚道：「兩位小姐可別傷心，小的到瓊州後，老太太聽到太太的事，當時就暈厥過去，老太太年歲大了，加上水土不服，拖了半旬人就走了。兩位舅老爺和舅太太算是盡心，送走了老太太，兩位舅老爺和幾位表少爺就去軍中報到，大舅太太帶著兩家的女眷在家守著，做些針線活去賣，日子倒也過得。」

兩人一聽到這消息，不約而同啜泣起來，哭了一會兒，等長生用完飯，就又喚他進來，姚姑便細細地問了些姜家的事，得知老太太的後事還算體面，姜家兩房並沒有因老太太去了就要分家而居。男兒們在軍營報到後，長生上下打點了一番，好歹沒有被分到危險的差事，只做些護山林的事；女眷們雖說日子清苦些，但也算安頓下來。

長生又說，大舅太太曾氏湊了點錢，買了兩畝地，開了一塊菜園，又餵雞養鴨的，如今倒是一家自給自足，幾位表小姐也算和睦，每天做做針線，都統一交由曾氏去賣，再換些銀錢做家用。

「那大舅母把錢收了嗎？」姚姑便問，長生這趟去，雖說是去報喪，主要也是替姜家送些日常開支，聽到舅母曾氏這樣自立，又怕曾氏不肯收她的銀子。

長生忙回道：「起先大舅太太不肯收，但後來要送老太太，只得收了，又叫小的跟小姐說，不要再送銀錢藥品過去，若是姜家連這點起落都熬不過去，也就不配為姜家人，只讓小姐往後與大舅太太時常通信互報平安。大舅太太說，姜家對不起太太，要兩位小姐節哀。若姜家有起來的一天，必定要替姜氏向姚家討回公道。」

這話又惹得姚姞傷心起來，姚姒倒忍得住，打賞了長生十兩銀子，說他差事辦得好，今兒天晚了，叫他且先歇去，過幾日再安排他的差事。

長生喜極，給她姊妹倆磕了頭，才跟著蘭嬤嬤下去。

姜老太太沒了，做外孫女的只需守三個月的孝，但為了表心意，姚姞便讓蘭嬤嬤安排，請寺裡的法師定個日子，為姜老太太作場法事。

因與趙斾約定好了出發日子，姚姒只得忍住悲傷，回屋替姜老太太唸了幾遍經文，查看了打點出來的行李，這才安歇。

第二日天剛亮，一輪紅日將將抬頭，姚姒便起身，紅櫻和綠蕉忙進忙出，洗漱完，紅櫻侍候她穿衣，衣架子上是一套男式玉色繡暗紋圓領長袍，紅櫻替她繫好腰帶，再把頭髮攏在頭頂梳成一個髻，髻上橫插一支白玉簪。姚姒朝那架玻璃穿衣鏡裡瞧了瞧，只見一個唇紅齒白的俊俏人兒，細看之下眉清目秀，真有些雌雄莫辨。

姚姞帶著采芙進了屋，瞧妹妹這一身男兒的打扮，拉了妹妹近身細看了一會兒，也覺得妥當了，她忍著不捨，想著往後既然避免不了出門，那做男兒打扮是最好的。

姊妹倆殷殷話別，翻來覆去也就這幾句話。「路上千萬要小心，說到底妳終究只是個女兒家，與趙公子男女有別，可別混鬧得太出格，姊姊等著妳回來。」

姚姒卻似沒注意到姊姊臉上的悲傷，答得心不在焉。「知道了、知道了，姊姊就甭操心啦，安心在家等著我回來。」她嘴上雖然這樣說，卻背著人長吸了一口氣，一馬當先出了房門。

姚姮見她這個樣，也不由得笑起來，嘆了聲「這孩子」，收起臉上濃濃的不捨，送她出門。

屋外，趙旆迎風而立，一身烏衣黑髮，就那麼隨意站著，卻有幾分如松臨淵之姿。姚姮極快地打量了面前這個高大的少年一眼，只見他相貌堂堂，一雙眸光射寒星，兩彎眉英挺斜飛，端的是個冷傲孤清卻又盛氣逼人的樣，她收回目光，隨著妹妹一同對他欠身行禮。

姚姮身為長姊，自然是要有長姊樣，臉上端著笑意，只站得離趙旆遠遠的，卻見妹妹揚起笑臉，同趙旆低聲說話，那熟稔勁渾不似作偽，而趙旆眉目一動，再不似剛才那渾身銳利的樣子，竟然淡淡地對妹妹笑起來，少年的臉上含著寵溺之色，彷彿連他自己都未曾發覺。

姚姮心裡有些不安，她再不會看人臉色，也瞧得出兩人間的微妙情愫，於是越發愁起來，或許妹妹年少無知，但趙旆呢？沒有人會無緣無故待人好……

姚姮再是愁，也還是要放妹妹離開。趙旆帶來一輛馬車，黑漆平頭兩馬並行，馬車看上去十分普通，但那趕車的馬夫精神抖擻，兩匹拉車的馬兒較之她見過的都要高大壯實，馬車簾子也不知是什麼料子做的，看上去就覺得厚實能擋風，她這才心下稍安。

人家對妹妹好，姚姑也不是鐵石心腸，遠遠地再次朝趙旆福身施禮，見妹妹上了馬車，她才對趙旆道：「舍妹年幼難免頑劣，還請趙公子多擔待，小女這廂多謝公子了！」

趙旆向姚姑抱拳，這邊，姚姒也跟姊姊揮手道別。趙旆騎馬，他身後那一行六人默默跟在馬車後面，不過眨眼馬車便絕塵而去。

姚姒沒想到馬車裡竟然坐著青橙，車上鋪著厚厚的褥子，青橙斜倚在一邊，拿著本藥草經似看非看的樣子，姚姒一瞧她這樣就樂了。

「姊姊這書瞧著好看，只是不曉得姊姊有這等本事，能倒著看書，不如教教妹妹如何？」

青橙本來就做做樣子，哪裡想到竟然把書拿倒了，也噗哧一聲笑起來。一路說說笑笑的，加上馬車非常平穩，姚姒也不向她打聽此行去哪裡，十分沈得住氣，青橙面上不顯，卻在心裡感嘆，虧得公子還特地讓她在馬車上相陪，說是怕她一個人會悶，青橙掩了嘴暗中好笑，半大的小子竟然也開竅了。

桌上擺著四碟點心、一壺茶水，只是任馬車如何顛簸，這桌上的杯碟茶壺卻文風不動。紅櫻瞧著稀罕極了，姚姒卻是知道的，富貴人家，出行的馬車都是有講究的，就拿這桌子來說，這桌上的杯碟茶壺與桌面都是用了磁石，是以兩面吸得緊緊的，馬車雖顛簸，但桌面上的東西卻不會移動。

馬車大約行了兩、三個時辰，外面馬兒長嘶一聲，馬車便停了下來，青橙面上一喜，可算是到了。撩了簾子跳下馬車，姚姒隨著她踏著小凳往下跳，觸目便是波光粼粼似萬點金，不遠處海浪拍著聲響，一來一回的，她的臉上隱隱泛紅，笑盈盈地朝趙斾道：「五哥，這裡是海耶！」

真是孩子氣，看她興奮成這樣，趙斾的臉上也揚起笑。

青橙長長吸了口氣，望向姚姒。「可算是回來了，妳還不知道吧，這裡是月兒港，五爺的軍營便駐在這兒。」說完，拉著她便走。「今兒在這裡安頓下來，晚上五爺帶妳坐船出海。」

姚姒一愣，但聽到要出海，瞬間便興奮起來，兩世人了，還真沒有坐過海船，更別提要在海上過夜，她興奮地朝還傻站著的紅櫻喊道：「紅櫻，快跟上！」

趙斾看她歡喜的樣子，心裡很高興，深覺帶她出來散心是明智之舉。

月兒港是個天然港口，海灣邊停了二十多艘高大的船艦，時不時有水軍來回巡邏，見到趙斾，都停下來行禮，趙斾見到自己的兵，神情嚴肅，略問了幾句兵頭話，便放他們過去。

趙斾的主營建在靠山邊，都是紮起來的營帳，旁邊竟還紮了個小小的營帳。

青橙拉著姚姒落後趙斾幾步，對她咬耳朵。「妳看，那是五爺專門為妳建的營帳，還特地靠在他的主營邊。哼，五爺可夠偏心的，虧得我勞心又勞力的，卻把我扔到山上住著。」

姚姒聽她這樣打趣自己，真有些不好意思起來，一時恨青橙這口沒遮攔的，只把臉轉過去，恰好青衣急急迎上來，先給趙旆行禮，便朝青橙笑起來。

姚姒哪裡肯放過，假意問道：「咦，青衣為什麼對姊姊笑？哦，我知道了……」她把音拖得老長，青橙被個毛丫頭笑，又見青衣涎著臉，這回她也有些下不了臺，朝著青衣啐了口。「沒個正經樣，主子在前面，你也在這兒裝神弄鬼的！」

一路車馬勞頓，幾人確實是餓了，青橙陪著姚姒一起用了飯。軍營裡的飯食姚姒自是沒見過，卻見桌上四菜一湯，有魚有肉有青蔬，魚是海魚，肉是野雞肉，蛤蜊薑絲清湯，看著讓人很有胃口。姚姒比往常多用了半碗，見青橙也吃得香，心裡頓時明白，這莫不是單獨給自己開的小灶？

她這樣想，面上卻不動聲色，待用完了飯問青橙。「五哥這會子也用飯了吧？」

青橙一笑，指了指她的頭道：「五爺那麼大個人了，哪裡會餓肚子，妳這心操得好沒意思！」

姚姒這回沒害羞。「姊姊不必瞞我，必是五哥回來事兒多，這會怕是還沒空用飯。回頭我也不便去五哥那邊，姊姊一會兒且幫我告訴五哥，不必特意給我開小灶，這樣弄得我怪不好意思的，給你們添了許多麻煩去。」見青橙要說話，她搶在前頭復道：「姊姊若真拿我當妹妹，就幫我勸一勸五哥。若不然，下次哪裡還好意思同五哥出來。」

青橙見她執意如此，心裡對她改觀不少，鮮少有大家小姐吃得下苦的，這孩子瞧著年紀小，倒也性子爽朗，能設身處地為人著想，並不是那等矯情之人的惺惺作態，怪不得五爺對她這般上心。青橙便點頭，又拉著紅櫻指給她瞧，半山上有間小木屋，便是青橙住的地方，紅櫻一一記下來。

姚姒送青橙出門，叫紅櫻去用飯。進了裡屋，只見一張小小的架子床，瞧床上的被褥床罩都是新的，用的也都是柔軟棉布，各色用具也齊全，心裡越發念起趙旆的好。到底敵不過身子累得慌，把外衣脫了去，只著裡衣倒頭就睡下。

第三十八章 別樣心思

她這一覺睡得沈，直到掌燈時分才醒，秀氣地伸了個懶腰，紅櫻聽到動靜便進來要上前侍候她下床，姚姒朝她擺擺手，自己把外衣穿上，彎腰穿了輕軟的繡鞋下了床，紅櫻道：「趙公子在外面等著和小姐一同用飯呢。」

「啊？妳怎地不早叫醒我？」沒得讓五哥等的道理，急急淨了面便出了屋。

果然，趙旆坐在桌邊，自己在打棋譜，見到她來便停手，看她睡得小臉通紅，實在可愛得緊，便笑道：「妳這一覺倒睡得香，險些要錯過飯點了。」

姚姒不好意思起來，低頭上前幫他把棋子一粒粒撿到棋盒裡。「五哥久等了，咱們這便要上船出海了嗎？五哥怎地不自己先用，沒的等我。」

「哪裡急成這樣，吃完飯再說。」趙旆再不逗她，叫紅櫻把飯菜擺上桌來，姚姒擺碗布箸，桌上依舊是四菜一湯，兩碗香米飯，她期期艾艾，到底也未曾把話說出口。

趙旆是何等人，只看她這副欲言又止的模樣，便知道她心裡的想法。青橙早把她的話帶到了，沒承想這丫頭懂得民間疾苦，真是小瞧了她。

他佯裝沒看見她神色，挾了兩塊清蒸魚到她碗裡。「趁熱吃，這魚冷了便有股腥味。」

她從善如流，也給他挾了塊肉，二人你來我往，一頓晚飯用得甚香。

待二人用過飯，趙旆便讓紅櫻去取姚姒的披風過來。

海上風浪大，如今此時節著實冷。紅櫻知道這是要上船了，進了裡屋，早就把準備好的一件素色緞面夾棉披風給姚姒繫上。

二人出了營帳，海風吹得前面提燈籠的小兵衣服獵獵作響，大紅燈籠也隨風搖擺，趙旆走在前面，見姚姒被冷風吹得抖擻了一下，鬼使神差地就拉了她的手緊緊扣著，自己走在風口把她護在身邊。她頓時急了，想抽出手卻被他握得死緊。

她面上一紅，好在這會天也黑了，人也看不見，過了好一會兒她才發現原來他在替自己擋風。被他緊握的手微微有些潮意，挨得近，夜色中他的雙眸如寒星般閃著莫名光芒，他的身子高大，自己躲在他身後，只覺得溫暖安心，而手心的潮意越濃，姚姒驀然會意，他大概也是第一次牽姑娘家的手吧？

這樣一想，自己的臉不知不覺紅了半邊。

趙旆確實緊張極了，只覺得這手溫涼無骨，握著就不想放開了。

只是他沒想到，手心的汗越來越多，他對自己道——你有點出息！她叫他一聲五哥，當然這輩子都要護著她。海風這樣大，他自己受得住，可她這嬌滴滴的小女孩哪受得住這冷？如此一想，總算替自己找了個好藉口，手心也漸漸不出汗了，就連步子也同她一致。

他替她遮風，親自扶她上了船艦，才十分不捨地放開她的手。

趙旆帶她上了船艦，姚姒的眼睛便挪不開了，只覺得自己好像進了一個龐然大物的體內。雖然夜色昏暗，但小兵手上的燈籠恰好能讓她瞧見這船通身漆黑，許是船隻吃水淺，露出來的船身四周開了弩窗矛穴，趙旆扶著她蹬上船梯，到了樓船上便覺得如履平地。

單單只是這船艦便給了她太多震撼，更別說船艦上放置的炮車、檑石，還有些她也叫不出名字的笨重傢伙。

趙旆指著船上的桅杆道：「那是桅杆，桅杆上是用蒲草葉子編織的硬帆，海上風大，硬帆圍繞桅杆旋轉，若是順風，咱們船便駛得非常快。恰恰好，今兒便是順風，能省去不少力氣。」言罷又指著別處的物什解說，她也虛心受教一番。

往後自己少不得要同這些物事打交道，不懂這些東西只怕是紙上談兵。姚姒本就心志堅定，決定的事若非實在無法，是不會輕易放棄，現在看趙旆對自己這般用心，她微微感動。

「五哥，多謝你。」她雙目閃著晶瑩的暖光，此刻眸子裡再不是一望望不到底的深沈。「我不得不承認，自己有些不自量力，空在紙上談兵，但五哥沒在心裡笑話，反而親自帶著我走這一遭。」她抬起頭，目光定定望著他，很鄭重道：「從今以後，我再不疑你的用心，必盡我終身之力助五哥！」

她這是明白了自己的用意，趙旆的心裡好一陣激昂，只覺得為她做什麼事都是值得的。這樣小的年紀卻未曾在無知面前怯懦，其心志之堅著實難得。他彷彿找到知己，心潮一時起伏激動，最終卻化成眸中一池春水，點了點她微紅的鼻尖。「難道以前妳一直疑我不成？說來聽聽，看妳疑我哪裡？」

看這話說的，姚姒再不解風情，卻也明白幾分他話中的別樣意思，終歸臉皮薄，不肯順著他的話，又不想作那等小女兒態，真真是為難煞了，便恨恨地瞅著他。「現在我就疑著呢，五哥還沒說要帶我去哪裡？或是接下來咱們要做什麼？或是……要與什麼人見面？」

趙斾眉目含著舒意，笑道：「妳猜猜，咱們要見的人是誰？」

她心動眼動，瞧他這一副考究的模樣，也被他激起幾分好勝心，一時，哪還記得適才二人間的小旖旎。

夜風越來越大，一陣陣的寒意襲來，姚姒只顧著想問題出神，卻忽略了身體受冷的程度，臉色也由白轉青。趙斾急忙解了身上的厚呢絨披風，轉頭就披到她肩上，低下頭又給她繫上風帽的帶子，這動作一氣呵成，等到她想阻止已經來不及了，觸及這衣服上的餘溫，才驚覺他做了什麼。

要解下來還給他嗎？可是這樣會不會讓他覺得矯情？

可是不解下來，好像也不大對勁。解還是不解，她一時間也想不出辦法，心裡怨怪他，才這麼會工夫，就作了幾次怪。衣服上餘留著他的溫度，以及時不時鑽到鼻間屬於他的味道，令她的臉紅得要滴血似的，暗恨自己沒出息。

他瞧她這副模樣，曉得自己才一個晚上就頻頻動作，是有些不厚道，只是她卻一味佯裝鎮定，百般掩飾，從不肯正面迎合。他對自己道，不急，他有耐心，會等她長大，這樣的心思一起，不知不覺便帶了幾許溫柔，笑道：「海上風大，妳身子嬌弱，可別著了涼。」

他起身，關了樓船上那扇風窗，屋裡瀰漫著淡淡的旖旎，他直想和她多說會兒話，便道：「可猜得出來，咱們要去見誰？」他一邊說，一邊朝牆上懸掛的海防圖指給她看。

她起身走近，順著他的手指朝海防圖上看去，這幅海防圖畫得十分精細，整個東南沿海的海防都作了細細的標注。衛所達六十幾個，守禦千戶所約莫上百個，再有巡檢司、關口、城寨、營堡、墩、烽堠等等不計其數，只是卻沒見月兒港。

這念頭只一閃，她也沒多留意，瞧這海防圖，大周有這些好男兒在抵禦外敵，保家衛國，心中難免幾分激動。她鼻間通紅，卻對他搖頭。「實在猜不出，五哥要去見什麼人？」

他這關子賣得大，又是看海防圖又是坐船艦，只怕對方來頭不小，看他笑得晶亮的眸子，一時便搖他。「好五哥，快告訴我吧？」

這聲「好五哥」實在是叫到心坎裡去了，趙旆不欲點破，自己是好一陣偷樂，末了便道：「左右要到明日才能見面，也不急這一會兒，且先告訴妳這裡頭盤根錯節的關係。」

他話鋒一轉。「妳既知道福建官商有八、九成是秦王的人，陸上官商勾結，海上他們自然與倭寇也扯不清。妳也知曉，那洋人遠渡重洋來咱們大周做生意，也是有些勢力的，說來海上的局勢絲毫不比陸上複雜，牽連得也更多。」

知他在面授機宜，姚姒聽得十分認真。「東洋國小地窄，如今橫行海上打劫殺人，這群髡頭跣足、手舞長刀的倭狗，時不時偷襲我大周衛所燒殺搶掠，這是真倭寇；還有一部分稱之為假倭寇，是竄行海上的海賊，他們多半也是東南沿海的慣犯，勢力複雜，三教九流什麼都有，這些人由洪家、姚家這樣的家族掌控。在海上他們打劫海商，殺人越貨，無惡不作。朝廷每年花在抗倭上的軍餉，幾經輾轉，最後都是落到秦王及其爪牙們的口袋裡。」

「聽說也有那紅毛鬼子作亂的，這股勢力又是如何？」姚姒在此之前，也是下了一番苦功的，譚家以前便是海商，對海上勢力知之甚詳，她便是向譚吉打聽這些事，如今聽趙斾這麼說，便想起這茬兒。

「妳說得不錯，紅毛鬼子我們稱之為荷蘭人，荷蘭人認真算起來，倒不算是倭寇，只能說他們居心叵測。」

「這又如何說？」她問道。

「荷蘭人雖說打著做生意的幌子，但其心可誅。妳道他們做什麼正經生意？荷蘭人私底下將火藥大炮和火銃賣給倭寇，又同秦王私底下有往來，長遠來看，大周和倭寇打起來，荷蘭人只怕圖的是以後，這才叫人擔心啊！」

沒想是這樣的實情，大周如今主弱臣佞，加上秦王野心勃勃，眾皇子奪位明爭暗鬥，大周堪憂矣！怪不得亂世出英才，大周史上接下來會出現那樣幾位能臣武將，實是萬幸。

「荷蘭人的船艦較之我大周，是實實在在的領先，不然焦家也不會花大錢從荷蘭人那裡買回造船艦的技藝。只可惜，焦家也被荷蘭人騙了，那東西是人家如今不要的，才賣給焦家，只焦家竟還當寶，真的造出船艦，巴巴地送到秦王跟前獻媚。

「不過焦家船廠裡有個師傅，竟是個厲害的能人，在造船艦上還算有點真材實料。只可惜秦王同荷蘭人一向有往來，荷蘭的重炮和火銃，大周難望項背，是以秦王的私兵，有一萬人配備了這種荷蘭火銃，他才那樣有底氣，一朝閣老，說滅就滅。」

姚姒再想不到，這裡頭的事竟是這樣複雜，姜家確實知道了秦王的一些底細，所以被秦王滅殺。如今再想不到她竟然無意中摸到這門道裡來，實在是嘆世事無常。

見她微黯的面色，趙旆嘆道：「可憐我大周，泱泱大國，四海來朝，如今內憂外患，什麼時候才得明君治國，能臣分憂？」

姚姒的心竟有些難過，少年赤子之心，最是難能可貴，他心裡存了這樣大的志氣，想是後面不知付出多少努力拚搏。好在老天有眼，竟是成全了他，叫他在大周的歷史上，也有了一抹重彩。

她笑著，頭一次主動拉起他的手，很鄭重地道：「五哥，咱們不怕，事在人為！似五哥這樣的好男兒，天下必定有許多，如今咱們能做的，便是盡自己的本心，將來勢必有那麼一天，把這些海寇都趕出國門，揚我泱泱大國之威。」

這樣的軟語勸慰，確實貼心，他回握她的手，臉上再不復沈鬱。男兒保家衛國，拋頭顱灑熱血，為國為家雖死猶榮，他一時間感慨萬千，胸中一股豪情充塞，雙眸亮晶晶的，緊握著她的手不放。

姚姒多少明白他的心思，索性把話點透。「自古征戰幾人回，可是，或許家中的老母妻兒在殷殷期盼他的歸期，五哥，別的話我不多說，你且要活著。」

最後幾個字，她說得重過千金，定定望著他的眼，只想得他一個承諾。

趙旆從不輕易許諾，他亦知她的心意，一時間想了很多，可最後，他的眼裡只看得到她。「姒姊兒，我一定會活著歸來，妳且等著我。」他怕唐突她、嚇著她，因此話就沒說得那般露骨，他鮮少叫她的名字，雖是短短一句話，卻含了許多未盡之意。

姚姒腦中轟的一聲，一時間思緒萬千，卻別過頭不看他。「五哥說的什麼話，這麼大的生意還沒開始，我自是希望五哥平平安安的。」

他多少有些失落，但是他不急，也不逼她，他相信她懂他的意思，終究有那一天，他會親口對她說，要她等他歸來。

姚姒雖說不怎麼暈船，但她十分認床，因此便起得晚了。待她梳洗後，觸目所及一片海茫茫，海天相接，竟使人生出寬闊無邊之意，這種無邊無際之感，彷彿使那些心裡的意難平，統統都可以不計較。

船上的兵丁們到了這茫茫大海上，反而如魚得水，他們曬成古銅色的肌膚半裸在外，沒一會兒便聽到一陣大笑聲，有些兵丁跳下海去，捉了不少海魚上來。有那水性好的，索性到海底摸了些魚蝦貝類，趙旆立在那群兵丁裡，也是半裸著身子，姚姒到底沒敢再看下去，坐在床上，臉上微紅。

中午的飯食特別豐盛，新鮮的海味十分鮮甜，趙旆見她吃得香，忙不迭給她挾菜。許是經過幾日相處，又加上昨兒兩人說了大半夜的話，她對他的態度隨意了幾分，自己也給他添了幾箸，二人之間多了些親暱溫馨。

到下午，姚姒在屋裡看書，忽見侍候她的侍女小滿領著七、八個手上拿著衣裳物什的丫頭魚貫而入，小滿進門便朝她恭敬道：「五爺吩咐，客人要到了，讓小婢們替小姐更衣。」

小滿帶著人忙活了快半個時辰，才堪堪把人裝扮完。

趙旆踩著點進到屋來，就見屋裡的人兒穿著月白繡花小毛皮襖，銀鼠坎肩，頭上綰著隨常雲髻，髮間半掩著銀鑲珍珠小花冠，耳垂白玉環，腰下繫著秋香色銀繡牡丹鳳紋棉裙，因是坐著，錦裙下只堪堪露出一彎綴了明珠的玉色鞋尖，他一時微怔。

他也曾暗地裡想過，她穿上他親手挑選的衣裳鞋襪、戴上他挑的頭面，會是個什麼模樣？如今看來，這身衣裳再襯她不過。

他這樣瞧她，叫姚姒不自在起來，起身輕喚聲「五哥」，他便覺得眼前的人兒妙姿軟語，竟有幾分少女的婉麗。好在他回神得快，知道自己微微失態，也有幾分不自在，一揮手丫頭們都垂頭退下，他故作輕鬆道：「這樣一裝扮，看似大了兩、三歲，倒也便宜。」

她知道他所指的「便宜」是什麼，因腳上穿了時下流行的高底鞋，又梳了髻，衣裳的料子雖華貴卻因她在孝期，選的都是素雅之色，瞧來再沒有一團孩子氣。

「五哥，接下來咱們要見的是什麼人？如何行事？五哥且給我提點幾句。」

這正是他此刻前來的目的。「此人來自極遠的北大西洋，取了個咱們漢人的名字，叫古奇。古奇的商隊往返大周一趟至少要一年半，一年多前恰好我帶隊剿海寇，古奇的商隊被東洋倭寇搶了，幾經周折我救了他一命，並幫他奪回商隊。」

他一嘆。「此事說來話長，那次是他第一次遠渡重洋而來，因不熟悉那一帶的水域，從而叫東洋倭寇拿下。後來我助他與咱們大周的商人做生意，他帶著幾十艘商船，載著咱們的絲綢瓷器、茶葉香料和種子等等滿載而歸，並約定下次再會面。這次便是要會他而來，一來，我出動船艦也算是替他震懾海上那些宵小，二來，也想先驗驗他帶來的番貨。」

姚姒沒想到要見的是個洋人，心裡一暖，他算是樣樣都替她想到了，卻也有些擔心。「五哥，在商言商，且不說咱們銀錢夠不夠吃得下他的貨，光是他後面要帶回的各色大周貨物也不少，這一來一往的，所費時間只多不少，咱們可調度得過來？再有，這樣大的動靜，會不會太招人眼了些？」

趙旆哂笑，這丫頭，說起這個倒也不是全然無知，想來很是下了幾番工夫。他多少有些安慰，道：「咱們吃不下，多的是人想分一杯羹去，妳且不用擔心。此次見面，不過是帶妳來見識一下，往後妳少不得要和他打交道。」

她心下大安，笑吟吟道：「我都聽五哥的。」

她這副全心依賴，著實叫他窩心不已，想抬手摸摸她的頭，到底忍住了。

第三十九章 下馬威

趙旆並無避諱，就在船上佈置的雅廳接待古奇，姚姒也是第一次近距離見到金髮碧眼的異邦男人，落落大方地跟在趙旆身後，與他見了禮。

姚姒這一身精緻的貴族仕女裝扮，少女妍麗清芬的身姿，加上姿態優雅大方，抬眸對古奇微微福身一笑，叫他著實驚奇了一把。

他嘴裡似乎自言自語了幾句番話，不過趙旆已經攜著姚姒一起坐在主位的長榻上，且還有意無意地拿袖子擋了人家古奇的目光。

屋裡分賓主坐下後，就聽那古奇開口，竟然是一口流利的漢語。「我親愛的朋友，咱們又見面了！」

趙旆微微點了點頭，一拍手，只見魚貫而入十二位著各色衣裳、儀態萬千的女子，十二人分作三，各自往主人那邊素手上茶。

姚姒這才注意到，這十二名女子單是身上的衣裳料子便不簡單，細細一看，竟是雲錦、宋錦及四川蜀錦，料子名貴不說，衣裳上的繡活更招人眼，不單有蘇繡、湘繡，竟連粵繡和蜀繡也有。

她這才後知後覺發現，趙旆這招分明是用人做活招牌，有了這個想法，她再瞧了一眼屋裡的擺設，屋內一色花梨木傢俬，博古架上卻不是金玉玩器，而是從幾大窯出來的精美瓷器，由大到小，釉色從青花、玲瓏、粉彩、顏色釉等各不一，從薄胎瓷再到雕瓷，端的是美不勝收。

古奇用了茶，不過與趙旆略微寒暄，眼睛就被屋裡的各色東西吸引住，情不自禁地上前一一把玩細瞧，看到丫頭們身上的衣裳和那精美的繡花，也顧不得失禮，眼睛似黏在上面一樣，凸顯了幾分商人本色。

覷了個空，她朝趙旆眨了下眼睛，意思是說，看這事辦的，可真是用了心。

這次趙旆帶著她與洋人會面，讓她內心震撼不已，直到她老時，對兒孫們說起這次的事情，亦是深深感嘆。就像一個無知的小孩，偶然看到大人們精采世界的一角，其無窮盡的求知慾被激發出來。

姚姒心想，她的人生，怎能虛耗在那座內宅與幾個無知婦人窮鬥？這個世界，值得她把有限的心力花在更有意義的地方。

與古奇的會面成功，姚姒內心發生了天翻地覆的變化。直到客人離去，船艦返航，趙旆又帶著她見了幾個衛所的指揮使，等到回航，她仍有些暈乎乎。

這丫頭還傻著呢！趙旆瞧她心不在焉的樣子，不由得好笑。

他領她做著尋常女子不能做的事，確實是用心良苦。

他不希望她一直過著被仇恨蒙蔽的日子，她是那樣與眾不同，有著男兒也無法比擬的堅強意志，機敏而大膽，不應該被困在閨閣中。

他心愛的女子，必定是個能跟他志趣相投的知己，哪怕將來為了娶她，會遭受世人以及家族的阻力，可他趙旆的妻子，怎能是一介柔弱無知的婦人？

坐了五、六日的船，回到地面上，才叫真真正正的腳踏實地，兩人都有些疲累，姚姒更覺得骨頭縫裡都乏得慌，略微梳洗，晚飯都沒用，直接上床睡死。

趙旆就沒這麼好命了，一大堆事情要處理，青衣把一堆堆書信和朝廷邸報，以及府裡暗自收集的消息，都分門別類擺在他面前，還沒等他坐穩，便道：「主子，姚五姑娘叫人送來口信，問姒姑娘幾時歸？」

趙旆微一抬眼，青衣便再不擺弄了，涎笑道：「這不為了顯得主子和十三姑娘親近嘛，小的才自作主張稱『姒姑娘』。」

趙旆臉色微鬆，青衣知道這記馬屁拍對了，又道：「姒姑娘的庶姊姚八姑娘送了信到琉璃寺，說要上山看望姊妹。五姑娘如今急得不行，怕姒姑娘趕不回來，到時不好圓謊。」

「八姑娘幾時到？」趙旆一語切中，問得簡潔，青衣連忙回道：「明日。」

「你連夜叫人送信給五姑娘，就說明兒姒姊兒必到，且叫她安心。」

「那姒姑娘那邊要告訴一聲嗎？」青衣又問。

「不必了，這幾日著實累著她了。明兒我親自送她回寺裡，路上再同她說。」趙旆連聲吩咐，末了似想起什麼，嘴角微翹地吩咐青衣。「叫廚房不要熄火，姒姊兒什麼時候醒了，就叫她們現做了送上。」

青衣頓時笑道：「小的這就去安排，保准餓不著姒姑娘。」

第二日，趙旆果真親自送姚姒回琉璃寺，又叮囑說過了幾日再來看她，且讓她不要煩惱古奇那邊的生意。

姚姒心裡一陣泛甜，這五哥當的，真不是一般貼心。她送他出山門，提裙便往屋裡跑，與姊姊分開好幾日，除了想念，還有許多話想說。

姚娡只帶了蘭嬤嬤一個人在院門口等妹妹，才沒一會兒工夫，就見姚姒提裙跑來，小臉上並未見多少疲色，卻是曬得黑了些，見她後頭沒趙旆的身影，想到昨兒半夜蘭嬤嬤叫醒她的事，一時間感慨萬千。

「姊姊，我回來啦！」姚姒心裡雀躍，上前一把抱住姊姊。

姚娡摸了摸她的頭，嗔怪道：「可算是著家了，瞧妳黑得，好在沒瘦，不然姊姊可得找他理論。」一邊說話，一邊卻是拉著她往屋裡走。

姚姒撒嬌道：「姊姊，妳看我這不是好好的嘛，可沒敢缺胳膊少腿的。」

兩人進了屋，她便吩咐紅櫻把帶回來的東西整出來。姚娡略問了問她這幾日在外頭的情形，姚姒便說看見人下海捉魚，海上的風光又是如何，卻隻字不提與古奇的見面。

姚娡含著笑，知道妹妹的話裡有些保留，卻也不惱，漸漸聽得十分入迷，心裡也是嚮往不已，要是能坐著船出海，領略這海天相接的別樣風景，那該多好。姚姒覷著姊姊的臉色，見她多有嚮往之色，心裡打定主意，必要叫她也坐船去看一回海景。

兩姊妹在屋裡親親熱熱地說了會兒海上風光，話題便扯回姚嫻身上，姚娡說起她來，臉色很不好。姚姒略一想，便猜出姚嫻的來意。「只怕焦氏要進門，又是修院子又是籠絡人，就那邊幾房太太的心思，倒也不難猜，只是不知是誰在後面挑唆她，與她又有些什麼好處？」

姚娡的臉上便有幾分惱恨。「本是同根生，相煎何太急，無論如何，總歸都是三房的女兒，難道咱們臉上無光，她就能在人前有臉面不成？」

「姊姊何至於動怒，就她這性子，不是我說，想她背後之人也不是個高明的，咱們也別費這個神，一會兒人來了，大概也就知道是什麼事了。」姚姒忙安慰她。

「一會兒人來，我自有安排，姊姊只管硬氣些，拿出長姊的氣勢來，這回必定叫她學乖，看她還敢不敢沒事總來招惹咱們。」言罷，小聲把主意和姊姊一一分說。

將將午時三刻，姚嫻進了院門，她嫌棄地看了幾眼低矮的屋子，扶著丫鬟的手進了屋，看到姚娡和姚姒一身半舊的素面衣裳，心裡一陣快意。

幾個月不見，姚嫻身量抽高不少，一身黛色八成新的繡綠萼梅小襖，披著白狐毛坎肩，頭綰垂掛髻，耳掛一雙綠油油的水滴墜子，下面配著艾綠色的繡纏枝花百褶裙，一隻白玉佛手壓裙，端的是身姿嫋嫋婷婷，臉兒嬌豔豐潤。而她身後，跟著四個穿紅著綠的丫頭、四個婆子，較之以往大不相同。

屋裡分賓主坐下。姚姑略問了問姚府眾人安，見姚嫻居高臨下的傲慢樣子，笑了笑。「八妹是稀客，難得來一回，如今母親的牌位立在屋裡，八妹少不得要隨姊姊去，給母親行個禮才好。」一說完就起身，親親熱熱地要拉姚嫻一起去，只是才剛拉上姚嫻的手，她便驚訝道：「八妹今兒怎地穿成這樣？叫人瞧了去可不說咱們姚府書香世家，竟連這點禮數都不懂？」

姚姑突然發難，且說的又是實情，姚嫻臉上剛才還滿是得意之色，這會子又青又紅，不知拿什麼話來反駁。

姚嫻是三房庶女，姚姑身為三房長姊，這話當然說得，她轉頭便訓著跟來的丫頭婆子們。「明知姊兒有錯，妳們這些貼身丫頭就這麼放任姊兒出醜嗎？丫頭們不懂，難道妳們這些老貨也不懂？越發沒了規矩，這話就是拿到府裡老太太身邊去說，一頓板子都是輕的。」

姚姑占著大義道理，自然怎麼說都是對的，這個下馬威使得合情合理，一時間姚嫻的臉脹得青紅一片。姚姑也見好就收，看綠蕉把丫鬟們帶下去後，語氣放軟和對姚嫻道：「不怪姊姊剛才這樣對妳，著實是妳錯了，姊姊怎麼著也要當著這些人的面說一說，不然，豈不是叫人看了咱們的笑話去。」

姚嫻臉色憋得通紅，負氣地隨著姚姑往供奉姜氏牌位的屋子走去。態度十分敷衍地上香跪拜，姚姑皺了眉頭，卻忍住了。

待回到屋裡，姚嫻狠狠吐了口氣，這個虧怎麼著都要找補回來，意有所指道：「妳們倒是在寺裡清靜，卻是難為我了，妳們還不知道吧？之前咱們三房的院子，如今可再找不著影兒了，咱們三房即將迎來新主母，那焦氏進門在即，老太太把她看得重，焦家越發得瑟了去。如今不光把芙蓉院拆了重建，便是連院名都改了，叫什麼韶華居。妳們給評評理，這繼室進門，動靜鬧得這樣大，可不是在打我們前頭女兒的臉嗎？」

姚嫻自以為這個重炮能叫姚姑姊妹變色，睃眼看去，卻讓她大失所望，她們並沒有像她預想的怒火中燒。她一時沒了主意，拿起帕子，硬是擠出幾滴眼淚。

「說起來，咱們都是沒娘的人，這往後的日子只怕得看焦氏的臉色過活，聽說焦氏和咱們年紀相仿，她又哪裡會真心待咱們好？」

她這番唱唸俱作，姚姒心裡實在膩味得慌，真是個蠢的，這樣直白的挑撥離間，是人都聽得出來，看來是沒多大長進。

姚姑半真半假勸道：「八妹是個玲瓏人，妳必知道我和姒姊兒如今這景況，哪還能往府裡說上什麼話？如今妳住在老太太那邊，倒是因禍得福。」她一味勸姚嫻要忍耐，只不肯說那焦氏半句不好的話。

姚嫻心裡恨，好個滑不溜手的，連一句壞話都不肯說，看來還要下些狠功夫才行，她故作同仇敵愾，忿忿道：「焦氏年輕貌美不說，還很有手段，若是將來生下咱們三房的嫡子，這三房可就全是她焦氏母子的了。三房的家業妳們是知道的，這往後三房哪還有咱們三姊妹的立身之地啊？再說了，五姊年紀大了，等出了孝，就那焦氏一句話的事，便可打發五姊嫁出門。好壞不知，依焦氏那狡詐的性情，給五姊選一門外面看著風光、實則亂七八糟的人家，到時且有五姊好哭的。」

這話確實說到姚姞心上去了，她扭著帕子臉罩烏雲，姚嫻很得意，這下把狠話撂出來，妳就上了心，剛才還裝作毫不在乎呢，哼！

她目光瞄向姚姒。「還有十三妹，整天似個悶葫蘆，這樣小家子氣，將來指不定隨那焦氏怎麼搓圓揉扁去。」

姚姞被她氣得一噎，硬是忍下來，好半天才回道：「那依八妹所說，焦氏進了門，咱們都沒好日子過，八妹若有什麼好點子，不妨說出來聽聽。」

姚嫻得意回道：「妹妹剛才仔細想了會，過幾天三姊就要出嫁了，五姊何不以給三姊添妝為由，那日回府裡趁著滿府賓客在，哭一哭太太一年的喪期都還沒過，焦氏便要急著進門，再讓五姊的丫頭去說道，把焦氏人還沒進姚家的門，便如何欺負三房嫡女，又如何對先頭太太不敬的話透出去幾分，鐵定把焦氏的不賢不慈給坐實了。想必焦氏進門對著咱們便矮了一截，這種動動嘴皮子的事，又能落得這樣大的好處，五姊看可是好主意？」

信了妳的話才是傻子呢！姚姒看了一場戲，心裡隱隱有些猜測，便故意套她的話。「我怎麼聽著有些不大對勁，若我和姊姊真的依妳所言回府鬧一場，焦氏固然沒臉，我們可是把老太太和焦氏得罪狠了，後面只怕沒我們好果子吃。相反地，府裡做事理虧在先，待焦氏進門，我們也不惹是生非，安安分分守完母孝，焦氏總不會虧了我和姊姊。若焦氏真給三房生下嫡子，三房的家業給他們又有什麼不對？說不定將來三房的女兒出嫁了，還得靠她的兒子撐腰不是？」

姚姒被自己的話惹出一身惡寒，但她猜著，以姚嫻的腦子必定還有後話要露出馬腳來，於是睃了姚娡一眼，姚娡便恨聲道：「虧得我把八妹當好人，叫妳幫著出主意，原來是叫我們姊妹去當惡人，我們把人得罪光了，左右沒妳什麼事？哼，妳的話，我是再不信的。」越說越惱，叫了采菱道：「人都上門來欺負了，給我送客。」

姚嫻頓時賠笑道：「哎喲，算我沒把話說明白。當然了，妳們去鬧一鬧，這裡頭自是有莫大好處的，難道妳們不想去父親的任上嗎？」

「這事和去父親的任上有甚關係？」姚姒依然一臉戒備，明擺著是不相信她的話。

姚嫻裝作一臉神秘。「這事我說出來，妳們可別外傳。」

她滿意地看見姚娡神情有些鬆動，誘惑道：「這不，妳們怎麼把父親身邊的桂姨娘給忘了？若是咱們給焦氏下臉子，桂姨娘可是說好的，咱們幫桂姨娘，桂姨娘自然要給我們些好處。」

果然是桂姨娘，就是不知道桂姨娘是怎麼和姚嫻搭上的，姚姒弄清楚姚嫻背後之人，便再也不耐看她惺惺作態。

姚姑會意道：「八妹的話，我和姒姊兒得好好想想，若真能去廣州府與父親團聚，也是好的。」

姚嫻知道什麼叫見好就收，毫不客氣地支使姚姒道：「天兒也不早了，說了這半天話，怪累人的，十三妹且去叫叫我的丫頭們來。」

她這像支使丫頭一樣使喚姚姒，姚姑臉色不豫，姚姒倒渾不在意，竟真起身去幫她叫丫頭。

姚嫻的嘴角立時翹得老高，嫡女又如何？人說落毛鳳凰不如雞，她今兒才算瞧見了，心裡更坐實了這事能成，待丫頭來了，她扶著丫頭的手趾高氣揚地離去。

姚姑實在忍不住。「呸，張狂得連自己都不知道是誰了。」

「姊姊，妳理她去？跟她計較沒得跌分兒。」天欲使其亡，必先使人狂，姚嫻這副要作死的樣子，自有人會收拾她。

綠蕉進屋來回稟。「兩位小姐，都打聽清楚了，前些日子廣州府那邊打發人給老太太送壽禮，順道也給三小姐添妝，嫻姊兒和那送禮的花嬤嬤避著人說了一、兩個時辰的話，又偷偷交給花嬤嬤一大包東西。她的丫頭紅杏說，那都是八小姐挑燈給三老爺和桂姨娘做的衣裳鞋襪。」

「這兩個，竟然就這樣搭上了。」姚姑朝妹妹看過去，卻見姚姒嘴角含笑。

「姊姊，這有甚？兩人皆有所求，自然就勾搭上了。」她朝姚姑嘆道。「桂姨娘這人有點意思，她是娘以前的貼身丫頭，十多年前老太太使了計把娘接回老宅，娘不放心別人，就抬了她做姨娘，跟在父親身邊，這些都是後宅慣用的手段，只是娘未曾料到，桂姨娘變了節，有了自己的想頭，在廣州府站住了腳。」

「依妳這麼一說，那桂姨娘竟是拿咱們當槍使？當我們是傻子不曾？我呸，一個兩個的下作東西。」想到被個姨娘這樣算計，姚姑的好性兒一而再、再而三地被惹毛了。

「姊姊別著急上火，這事我自有打算。明兒姊姊揀兩副頭面，且讓蘭嬤嬤回府一趟，給三姊添妝。」說完朝蘭嬤嬤吩咐道：「甭管誰來問話，妳一推三不知，八姊若單獨招了妳去，妳就對她說，在三姊的好日子鬧這樣的事不大好，二太太必定不會高興的。等到老太太生辰那日，到時府裡必定會打發人來接，那時再行事。」

姚姒這算是把姚嫻的心思摸得透透的，打發蘭嬤嬤回去添妝，這也是為了姚嫻在二太太面前好交差，而選擇在老太太壽辰那日鬧開去，必定叫老太太更加厭惡她們，卻不知姚姒這回用了個拖字訣。

桂姨娘是怎樣的人，還得找人好好查查。姜氏這邊屍骨未寒，那頭只忙著再做新郎，個個又都算計到她們姊妹頭上來，天下豈有這麼便宜的事？

第四十章 下藥

蘭嬤嬤回了姚府一趟，二太太見姚姑姊妹給女兒的添妝是兩副金頭面，背後放話出去，說姚姑姊妹小家子氣，姜氏留下來的嫁妝那麼豐厚，竟然才拿出兩副頭面來。可二太太也不想想，其他幾房姊妹哪有這般大的手筆，不過都是些自己做的手帕扇套之類的小玩意兒。人心不足蛇吞象，姚姒冷笑了聲，又問蘭嬤嬤姚娴是何反應。

蘭嬤嬤微垂了頭，才道：「八小姐見只有老奴一人回府，避著人對老奴說兩位小姐不識好人心，這麼個大好機會給放了過去，再要她出主意只怕不可能了。」

反正她上下嘴皮子碰一碰，怎麼解氣怎麼說，這樣的冷嘲熱諷，倒也合姚娴的尖酸性子。只是姚姒也不是個好糊弄的，她眼尖，早就瞧見蘭嬤嬤出門前穿的可不是這身衣裳。既然蘭嬤嬤存著息事寧人的心態，姚姒也沒點破，回了屋便吩咐紅櫻幾聲，很快紅櫻便打聽出來。「是八小姐朝蘭嬤嬤摔了茶碗，那麼燙的茶水，雖然隔著衣服，但隨車的婆子親眼瞧見，蘭嬤嬤上車前嘶了好幾聲氣。」

紅櫻在心裡嘆氣，八小姐這哪裡是傷個下人，分明就是以此來下兩位小姐的臉，稍一不順她便摔打下人出氣，這性子，哪還有半點大家閨秀的寬和貞靜？

姚姒聽了沒吭聲，叫紅櫻找出燙傷藥來，悄悄給蘭嬤嬤送去，這事誰也沒驚動姚姑。過兩天，紅櫻回了趟城裡，替姚姒送了幾封信出去。

寺裡日子寧靜，姚姑管家看帳，再有幾處莊子送來年貨，她已是十分忙碌，又要親手給姚蔣氏做衣裳當壽禮。見姚姒不情願動手，她只得替妹妹攬下來，又多做了雙鞋，如此一忙起來，哪還顧得了別的什麼，加上姚姒早就同她說過，桂姨娘和姚嫻的事，她且不要去管，姚姑倒真撂開手去。

姚姒自然也沒閒著，古奇的貨船有幾十艘，雖然趙旆找了幾個衛所的指揮使在裡頭插了一腳，但貨物種類繁多，如何分配是大問題，她這裡得做到心中有數；再有，古奇停留岸上的時間只有半年，半年要籌齊古奇所需的貨物，其他東西還好說，只一樣，繡品需要時間，她仔細回想，上一世哪家繡莊繡品齊全，哪家專繡蜀繡、粵繡，這一樣樣思量起來，日子過得便快。

趙旆很準時，姚姒回來不過才五、六日，他便後腳趕來了，這回不止他一個人，除了青橙隨身侍候，他還帶來八個實在堪用的老掌櫃，裡頭竟然還有個三十多歲的婦人。

趙旆依然住在從前的屋子，看他就這麼隨意進出琉璃寺如入自家門似的，加上住持慧能對他態度不一般，這讓姚姒心裡有點猜測，但她深知，不該知道的東西便不要深想。

趙旆讓青橙請了姚姒過來，便把那婦人叫進來認人。

那婦人梳著圓髻，一身半新不舊的薑黃色襖子，臉上微含笑意，上前便給她福身施禮，看著是個和氣的。她自稱程娘子，蘇州人，夫喪無子，她從前替夫家管生意，但後來夫家的小叔子長成便容不得她，以她貪了鋪子裡的銀錢為由，把她趕出來，卻因緣際會被趙旆所救。程娘子這些年都在替趙旆做事，聽趙旆說以後程娘子便跟她，姚姒臉上一喜，她的身邊確實需要這麼一個人，姚姒略微詢問，便交代跟來的紅櫻帶程娘子去安頓住處。

姚姒笑吟吟地對趙旆道謝，卻被他手一揮給攔了。趙旆跟她說，往後生意上的事情，除了海上的事，所有陸上生意往來一律交由姚姒打理，這無疑是對她全心地信任。姚姒心情很複雜，她僅靠一股意志，便與他說要做這海上的生意，但其中事情有多艱難，又有多少關係要打點，海上的那攤子事他要費多少心力謀劃，還有她不曾想到的一切，他都替她打點好了。說白了，她什麼力都沒出，就平白得了這些人力，這份人情有多重，她估算不出。

趙旆甚至與古奇談妥，古奇的貨物可以先交由她這方處置，雙方只需簽訂一個條約，就是在古奇規定的時間裡湊出他所需的貨物，若有延期，其罰金是出奇的高。姚姒再笨，也明白古奇只怕還對趙旆提出別的條件。想想也知道，朝廷如今下了禁海令，最重要的是如何保障古奇的人身和船隻安全，這些只怕趙旆都沒對她說。更重要的是，這樣一來，若她運作得當，貨物一出一進，她這邊毫無資金壓力。

這樣的人情，已不是幾句空洞的感謝能表達，她什麼都沒說，只給他行了個大禮。

趙旆雙手扶起她，卻見她淚盈於睫，連忙從懷中掏出帕子為她拭淚，輕輕道：「真是個傻姑娘。」

他的心有些疼，外人只看到她的冷漠自持，可他卻瞧見，她有一顆難得的赤子之心。她其實是個最實心眼的小東西，只要稍稍對她好些，她會回你十倍的好。

他撫了撫她的頭，他的溫柔驚了她，令她心裡酸脹得難受，別過臉便掙脫他。

「妳值得這些。」

她這樣的懵懵懂懂不知所措，像一朵半開的薔薇含著小小嬌羞，激得他心裡一陣熱湧，心頭便有種衝動想要攬她入懷好好溫柔安撫一番，只是現在還不是時候，他克制又克制，終究忍住了。

姚姒跑回屋裡，拿被子把自己頭臉蒙住了，想想卻又覺得不對勁，自己跑什麼跑呀？人家趙斾也沒做什麼出格的事啊，他不過說了句「妳值得這些」，她可是把那封秦王的罪證親手奉上，又把姚家走私的帳本無私敬上，她當然值得，想了想卻嗤嗤地笑起來，笑著笑著卻覺得臉上濕濡一片。

程娘子名貞娘，如今的世道，女子拋頭露面在外行商的也不是沒有，是以趙斾為她切身考慮，送來了貞娘給她使喚。

姚姒雖不介意自己的聲譽，但她深知，想要在這世道生存，並且以女子之身有一番作為，必定會遇到重重困難，是以她待貞娘很親暱，貞娘的一應衣食住行都讓紅櫻上心打理。貞娘原本還忐忑這麼小年紀的姑娘是否難侍候，但她言語親切，行事大方又透著慧黠，貞娘想到趙斾的話，遂決定真心待她。

是夜姚姒喚了貞娘來說話，貞娘未待她提及，便將其他七名掌櫃的底細一一說明，又講了歷來行商的一些案例。貞娘見多識廣，姚姒又有上一世的經歷，兩人直聊到深夜。

第二日趙斾吩咐人空出他的東廂房來，並佈置成議事廳，當那七名掌櫃進屋來，一眼就看到挨著趙斾坐的姑娘雖然年紀小，卻自有威儀，尤其是那雙眼睛，老練幽深，在她的注視下彷彿有種無所遁形之感。

能跟著趙斾做事，哪個不是有些眼力的，見趙斾待她不同尋常，兩人同榻而坐，神態親暱，趙斾對她的呵護這樣明顯，七人便恭恭敬敬向兩人行禮。

趙斾朝姚姒微笑道：「這七人往後便是妳的人了，若他們辦事不力，未能替妳分憂解難，妳只管自己作主隨意發賣便是。」他這既是給姚姒撐場面，也是對底下七人的一番警告，眾人皆心有戚戚。

姚姒自是明白他的用心良苦，甚是配合地朗聲對這七人道：「往後有勞諸位了，你們既是五哥身邊出來的人，我自是不疑你們的忠心，但我做事一向賞罰分明，有功必賞，有過必罰，望諸位今後上下團結一心，用心做好事，我必不虧待你們！」

這七人都是行商的老手，見過的世面多，人情手腕也是有一些的，看樣子這位主子倒是個爽快性子，七人你望我、我望你，又對她行了主僕禮，口中都稱她為主子，又表了一回忠心。

趙斾心裡歡喜，但也知道該放手時要放手，他態度親暱地拍了拍姚姒的手，又厲目將七人一一看過去，才起身出了屋子。

姚姒知道，他能幫她的也就只有這些，但這些很夠了，往後她勢必要拿出真本事來，才能真正降伏這些人。

姚姒讓他們坐下，卻讓貞娘坐在自己下首右邊第一把椅子上。紅櫻進屋裡來一一給八人上茶，她端起茶盞，不動聲色將這些人的神態盡收眼底。

不過拿貞娘一試，倒叫她瞧出些意思來，她輕輕啜了口茶，將茶盞不輕不重往桌上一放，開門見山道：「我也不來那套虛的，諸位的來歷過往，五哥皆交代人與我細說過，從今兒起，諸位好，我自好；諸位安，我自是安。」

看這七人都斂眉聚神，她接著道：「往後你們稱我十三姑娘便成。」又指了指貞娘。「貞娘往後負責在你們與我身邊來回走動，除了這個，她負責商行的總帳緝查，商行所有事務她皆有權過問。」

見貞娘臉上一派平靜，姚姒用不容置疑的語氣吩咐。「張子鳴、劉大成、陳守業，你們三人今後負責商行舉凡開鋪營運之事務。」

這樣隨口便叫出他們的名字，令坐在右邊的三人心裡皆驚，往日裡，他們確實負責鋪子裡的營運事項，這是他們十分熟悉的職司，如今依然是這樣的職司，顯然真的把他們的過往摸得一清二楚，於是心裡再不敢輕視姚姒。

姚姒又指了指左手邊的四人，依然用著剛才的語氣，明快吩咐道：「進貨方面，由周留與楊大盛兩人全權職司，劉絡總攬所有進出的銀錢調度，王銘職司所有人事及外務。」她這樣一通吩咐下去，此刻只要她一聲令下，這些人便能各司其職著手辦起事來。

她把各人神色都瞧了一遍，倒沒看到有不豫之色的，當然，這些人若連這點眼色都無，也就不值當趙旆特意挑出來給她用了。

她又抬手指著貞娘桌上堆著厚厚的帳冊揚聲道：「這裡是即將要進來的貨物明細，裡面另有需要採買的各色清單，這一進一出都有了，就看你們的行事了。咱們只有半年工夫，裡頭的內情你們皆知，今兒你們且開始行動吧，初步擬出幾個方案來給我瞧瞧，餘下還有一些細務，貞娘會一一告訴你們，明兒這個點兒，我再來。」

他們這八人本來就是要替主分憂，自然拿出十二分的勁兒，開始認認真真地做事。姚姒把紅櫻留下，出了屋子，迎面就瞧見趙旆立在太陽底下眉舒目展，也不知在高興什麼。她腳下略躊躇，到底還是走到他身邊喚了聲「五哥」。

這聲五哥恁地好聽，他眉眼俱歡，想說什麼，卻什麼也沒說出口，只用修長的手指撫了撫她輕皺的眉頭，呢喃了一聲。「有我在，妳莫怕。」

她到底不是個真正的稚齡女子，任她如何鐵石心腸，忍著捂著狠心著，把自己的心禁錮起來，卻也快被他磨得要端不住，在心裡使勁嘆了口氣，狡黠地衝他瞅了眼。「五哥，若是我把事情辦砸了，或是遠不如你的預期，五哥待如何看我？」

她這樣小心翼翼，確實取悅了他，抬眼發現她眉眼間含了一股渾然的嬌羞春意，竟險些令他把持不住。他一把拉住她的手，就那麼緊緊牽著她向那排人高的蔥蘢花木走去。她抽了幾下卻無果，各種難為情，不敢抬頭看他，心裡著實後悔說出剛才那番話，不然也就不會有後面的這遭。

一路行來他心裡已經翻湧了無數個要不得的念頭，暗罵自己無恥，心裡卻又沾沾自喜，緊了緊她的手，雙目沈沈地看她。「如果妳把事情辦砸了，就以身抵債。」

「啊？」她立時抬頭，錯愕地望著他嚴肅的臉，愣了愣，他悶著嘴一陣笑，好不容易止住了，卻拿手刮了刮她的鼻子。「怎麼，對自己這麼沒信心？」

衝著這句以身抵債的話，姚姒幹勁十足。

商號正式取名為「寶昌號」，琉璃寺裡有一條暗道從山下直通趙旆的院子，因此他的東廂房就讓出來做了她的書房兼議事廳。

八個人議出幾個方案來，古奇的那三十六艘船洋貨，最終她拍板，按照東西的價值分成甲乙丙丁四個類別。又商量出讓三分之一的貨物給那幾個參與的衛所，其中林林總總的姚姒又拍板定下許多事項，親自向趙旆彙報如今狀況，在徵得他的同意後，她寫了幾封信，叫人快馬送往那幾處衛所。

她這樣一通忙活起來，日子便過得飛快，轉眼就到了臘月初六姚蔣氏的五十一歲壽辰那日，姚府早先便打發人來讓姚姒姊妹倆不必回去給姚蔣氏拜壽，姚姒早就猜到會如此。在姚嫻打發婆子來傳話時，便讓姚姞一概敷衍過去，姚姞要忙的事也多，光是姜氏的嫁妝鋪子核帳，就夠她焦頭爛額了。

到了臘月中旬，姚姒終於等來一個人，此人是張順走前留給她使的，長得極普通，丟在人堆裡也不會引人注意，但打探消息卻是一把好手。

姚姒在後山與他見面，那人站在她面前低低回話。「小的費了些周折，找著多年前有個在廣州坐堂的大夫，據那大夫說，桂姨娘的身子瞧著像是曾經受過寒傷了身子，實則應該是吃了一味藥才不能生育。看樣子，桂姨娘好像還不知道自己被人下了藥，這些年倒心心念念給三房生個兒子。」

姚姒止不住地嘲諷。「你且多留幾日，過後我會讓人給你傳信，事兒既然你已鋪排下去，只等那藥我叫人配好了再送給你，無論如何得想法子讓桂姨娘給三老爺吃下去，這事絕不能留下任何把柄。」

「小的明白。」那人低聲道。

姚姒隔了一天去找青橙配藥，開門見山道：「青橙姊姊，妳醫術這般了得，可會配製一味令男子絕育的藥來？」

她這沒頭沒腦的一番話唬得青橙一跳。「小小女兒家，要這藥來做甚？雖說這藥不好配，但也為難不了我，但妳要老實告訴我，這藥要給誰用？」

姚姒的聲音無一絲暖意，恨聲道：「他們毒死我娘，妳是知道的，如今我不過是給他下一味絕子藥，叫他從今以後沒自己的親生兒子罷了。」

青橙站起身來什麼話也沒說，轉身出了屋子。

過了三、四天，紅櫻拿了個小匣子進來。「這是青橙姑娘交給奴婢的，並吩咐奴婢同小姐說，這東西藥效極強，一旦用上便再無轉圜，還請小姐三思。」

姚姒想也沒想，第二日叫紅櫻下山，把藥送給了那人。

第四十一章　得逞

眼看就要過小年，按說姚家應該要接姚姑姊妹回姚府過年，但姚府不曾使人送來半個口信，竟然連交給寺裡的米糧銀子也沒讓人送來，讓跟來服侍的幾個婆子急煞了眼。人往高處走，眼見跟著的主子沒前途，做奴婢的自然心裡有想法，因此做上來的飯菜能湊合就湊合，院子裡落葉滿地也沒人認真灑掃。

姚姑冷眼瞧了幾日，心裡便有了主意，這日她讓采芙把四個婆子都叫來候在外屋，讓采菱秤了銀子交給蘭嬤嬤去添香油錢，又大手筆布施了每個僧人兩套新衣。

以許婆子帶頭的幾人聽得清清楚楚，見蘭嬤嬤揣了那麼大包銀子送到寺裡添香油錢，卻不想著打賞她們幾個幹活的，心裡便存了許多怨氣，姚姑眼瞧著火候差不多了，便把這四人叫進來責罵一通。

幾個婆子本來心裡就存了氣，心底更是生了離意，姚姑獨獨把許婆子留下，直向許婆子訴苦，說她姊妹二人如今算是無根的浮萍，也不知今後要漂到哪裡。

姚姑這一手很快就有了成效，第二日以許婆子為首的四人來姚姑跟前跪求離去，理由是捨不得府裡的一家老小，姚姑等的就是這個，她半真半假挽留一番，便一人賞了半錢銀子，讓人安排送她們回姚府。

蘭嬤嬤回府與管事的把人交割後，親自去找了大太太的陪房劉嬤嬤嘮嗑，送了些好處給劉嬤嬤，劉嬤嬤收錢辦事，去找了大太太說道，自然把婆子的事情兜下來。蘭嬤嬤轉道出了大太太的院子，不期然卻問到一個事關姚姑的消息，她連忙趕回琉璃寺，把事情急急地向兩姊妹細說。

「周太太使人上門送年禮，府裡再怎麼怠慢兩位小姐，卻也該來知會一聲，如今這樣，以一句『兩位小姐要守母孝不便見客』為由，就攔了人家周太太身邊的得臉嬤嬤，想那周家是什麼人家，哪裡會不知道這裡頭有貓膩，周家最是重規矩，若是對小姐起了二心，該如何是好啊？」

姚姑面皮薄，聽了蘭嬤嬤的話是半喜半憂，喜的是周太太並不勢利，還惦記著給她們送年禮，這是當成很親近的關係走動；憂的是姚蔣氏只怕現在有了別的考量，才會阻攔周太太的人見她。這門親事當初只是姜氏與周太太口頭商定，如今倒好了，姚蔣氏完全可以一口否認這樁親事，姚姑滿面愁容。

姚姒安慰道：「若周家真的看重姊姊，人家就算攔著，恐怕也會想法子來見姊姊一面；若就這樣順水推舟不聞不問，這周家也不過如此，說不定還是姊姊的大幸。」

蘭嬤嬤細想，也確實是這個理，可明白歸明白，心裡卻把姚府給恨上了。

姚家這是往死裡作踐她親手帶大的孩子，她少不得要替姑姊兒好好打算。她左思右想，覺得周家的李嬤嬤來不來是她的事，但至少得讓人知道姑姊兒如今在哪裡才行啊，於是她扯了個謊回到城裡，扯上幾個尺頭，裝了幾盒糕餅點心，便找上在姚府廚上當差的好姊妹。

蘭嬤嬤的小動作，自然瞞不過姚姒，之所以沒攔著，其實她也想看看周家的態度。有心無意的，這一試也便知了。除了這個，姚姒還有一重顧慮，這周家若真是個好的，不是看上姚家的門楣，而是愛重姊姊的人品，那這門親事倒可促成，若周家非良人，那也得開始替姚姑留意合適的人家。

周家的李嬤嬤沒有辜負蘭嬤嬤的一番期盼，隔了兩天找到琉璃寺來，姚姑和姚姒在堂屋裡接見了李嬤嬤。屋裡燒足炭火，茶水點心倒也精緻，李嬤嬤拿起來嚐了一口，茶是陳茶，點心一看就是外頭買的，再一睃兩人身上的衣裳，因著在孝期裡不著豔色，可再怎樣都是姑娘家，這頭上卻通無一物，衣裳還是前兩年時興的樣式。李嬤嬤心裡有了底，只怕這姊兒倆真如她打聽的那樣，不得老太太的寵。

姚姑待李嬤嬤很客氣，溫言細語問周家太太和周家姑娘的近況，卻一句不提周家公子之事。李嬤嬤便回說，周太太一到冬日便犯咳疾，其餘均安好。

姚姑連忙問周太太吃的是何方子，關切之情溢於言表，李嬤嬤看著不似作偽，便嘆道：「勞姑娘關心，說來，這還是生了少爺後落下的毛病。」

李嬤嬤意有所指。「太太只有少爺一個嫡子，雖後院也還有兩位庶出的少爺，可待少爺卻是十分嚴苛。不過少爺卻是個懂事的，讀書十分刻苦用功，就等明年下場考個舉人老爺。」

姚姞聽她提起周少爺，臉頰微紅，卻只低聲讚道：「周太太好福氣。」

李嬤嬤本來就存了試探之心，見她避談周少爺，瞧著溫柔和氣，是個知曉閨閣禮儀的，心裡便滿意了幾分，她看著這姊兒倆，一個溫柔持禮，一個嬌憨可愛，甚是滿意。

姚姞留李嬤嬤用飯，並打賞她一些物什，再把給周太太和周家姑娘做的幾塊手帕、抹額拿出來作回禮，李嬤嬤接了，親自收好便離去。蘭嬤嬤待人走後，連忙問姚姒。「咱們這樣做會不會弄巧成拙？」

姚姒回道：「妳怕甚？嬤嬤只看到了周家的門楣和家聲可相配姊姊，可姚家不也是詩禮傳家的人家，內裡還不是照樣齷齪不堪。不試一試怎知道是什麼人家？」她這話擲地有聲，蘭嬤嬤一想可不是這個理。

「若周太太有意護姊姊和我，一定會替姊姊做些什麼的；反之，姚家姑娘那麼多，捨了姊姊再選一個也就是，何必為了我和姊姊得罪姚府呢？」

蘭嬤嬤見她分析得這般透澈，心底涼了一半，少不得打起精神來看好姚姞。

大年三十的前一天，張順從京城趕了回來，姚姒見到他很高興，顧不得先問他事情，得知他還沒用飯，便叫紅櫻親自去下廚。紅櫻出去後，很快便親自提了個食盒往偏廳裡擺上，熱騰騰的一大碗素麵，配著筍丁豆乾香菇丁，端的是香氣四溢，又從下一層食盒裡拿出兩碟綠油油的素菜、兩碟剛出籠的點心，看著就可口。

張順也沒和紅櫻客氣，接過她遞過來的碗筷，大口吃起來。

紅櫻安靜地立在一旁，看著張順用飯的側臉，面上微微泛著紅。綠蕉掀簾瞧了屋裡一眼，悄沒聲息地走開。待用完飯，姚姒便和張順在偏廳說話，紅櫻上了茶，又往屋裡添了兩個火盆，才退出去。

得知鋪面已選定，譚吉、陳大等人商議一番，定在年初八那日開業，譚娘子在幕後做帳房，焦嫂子及秋菊打雜，姚姒非常欣慰。能在這麼短的時間內找到合適的鋪面，還把鋪頭開起來，說明譚吉還是有些手段的。

其實姚姒倒不擔心鋪子的事情，連忙問張順此行上京的其他收穫。

張順朝簾外看了一眼，才輕聲道：「此次小的帶回來三個人，都是道上有名的練家子，三人年紀都不大，也沒家室拖累。當年姜家事發，此三人還著實幫了些忙。」他細細把這三人的身家來歷一一說明，聽得姚姒頻頻點頭。

「如此說來，這三位好漢倒也有情有義，再說我信得過張叔的人品，往後他們三人便跟在張叔身邊做事，待年後我這邊再做具體安排。」

張順便沒在這方面多言，直接說起時政。「京裡最近不大太平，太后娘娘病了有小半年，今上為了太后的病情，特遣秦王在皇覺寺作了七天祈福法事，不過小的出京時，聽說太后的病情越漸嚴重，依小的估計，太后娘娘恐怕時日不多了。」

他見姚姒聽得極認真，續道：「今上一日不立太子，皇子們為爭這個無上之位，便一日勢成水火。太后是裴貴妃的親姑母，聽說便是皇后見了裴貴妃都要禮讓三分，未必不是太后在上面施壓。此番太后若有個萬一，秦王在宮裡的勢力自然是比不過皇后，加上今上龍體時好時壞，福建這邊離京城遙遠得很，只怕我們的時機要到了。」

姚姒腦子轉得極快，自然聽明白張順話中的未盡之意，秦王在宮裡失了太后的勢力，裴貴妃手段有限，那麼秦王的心力只怕多半要放在宮裡。而福建，有趙旆明裡暗中的幾番謀劃，這椿海上的生意，確實是到了大展拳腳的時候。

「你說得是，雖說五哥那邊得到的消息只會比我們多，我想他那邊必定有了相應的對策，但我們往後總不能事事依賴別人。既然決定要走這條路，京裡的線勢必要儘快鋪起來，哪怕我們只能得些朝廷上零星的消息，於我們來說都有莫大的用處。」

張順點頭道是，又把京裡打聽到的消息一一道來，兩人在屋裡說了快一個時辰，張順才離去。

開平二十年大年初一，如同往常一樣在陣陣爆竹聲中迎來，只是這一年卻注定是個多事之年，太后於大年初一薨逝，消息傳到福建時已是正月初八，而初十正是姚家迎娶焦家婦的日子。太后這一薨，姚、焦兩府自然不敢有任何怨言，只得把紅綢換白幡，為太后守孝三個月，兩家的親事也得挪後。

聽到這個消息，最高興的莫過於在廣州府的桂姨娘，她使了多少手段想將姚、焦兩府議下的婚期延後，只是都無疾而終，太后老人家這一去，倒是便宜了她。花嬤嬤在年前四處為她求婦科聖手，終於在大年初三找到一名號稱神醫的大夫進府，那郎中摸了桂姨娘的脈，便道：「照太太的脈象看，怕是十多年未懷胎吧，太太的身子瞧著問題不大，只是想要懷得子嗣，除了太太要按我的方子吃，男子那頭也需得吃我一劑方子才行。」

這個郎中的說法倒是新奇，桂姨娘朝花嬤嬤看了一眼，花嬤嬤忙問起究竟。「你這郎中，怎地說法與先前那些郎中不大一樣？莫不是你也沒法子保我家太太能懷上，才隨意扯謊不成？」花嬤嬤的話帶了幾分威脅，不錯眼地盯著郎中看。

郎中卻哈哈一笑，只管提筆寫了兩張方子，末了才道：「既不信老夫，何苦又留下老夫來瞧病？老夫行醫半世，只求問心無愧，這方子我留下，吃不吃由妳。」說完，把藥箱一揹，頭也不回地便走出內室，留下桂姨娘與花嬤嬤面面相覷。

那郎中出了府便不見人影，花嬤嬤事後又叫人去尋卻未果，花嬤嬤回到桂姨娘身邊給她出主意。「奴婢瞧著這郎中是個有本事的，要不然也不是這麼個性子，既然他留下方子，姨娘何不把方子給先前那幾個大夫瞧瞧看？」

桂姨娘也知道是這個理，便叫花嬤嬤拿了方子去找大夫驗證。花嬤嬤出去兩、三趟後，回來時臉上止都止不住笑意。「好幾個大夫都說給姨娘吃的方子確實有助女子行經養宮的，這女人啊，想要孕得子嗣，最重要還是在於腹宮，姨娘吃了這些年的藥，說不得還真是沒吃在點上啊。」

桂姨娘眼睛一亮，指著那男子的方子問道：「這方子呢？又是如何說的？這是給老爺吃的，若真有個萬一，老爺頭一個不饒的便是我。」

花嬤嬤卻笑嘻嘻地湊到桂姨娘耳邊細聲道：「這方子再是無礙的，女子需得男精而受孕，這個方子麼，姨娘妳聽我說……」

到底說了什麼，只見桂姨娘聽完朝花嬤嬤啐了口。「老不正經的！」

晚上，桂姨娘描眉點唇，極溫柔小意地服侍姚三老爺，哄著姚三老爺喝了碗說是補身子的藥。花嬤嬤在屋外守夜，聽到屋裡兩人鬧了大半夜，只怕總有個四、五次。第二日桂姨娘起不了床，花嬤嬤這回是打心裡歡喜，一心盼著桂姨娘一舉得男。

姚姒很快便得知廣州府那邊已經成事，只是不知為何，事情沒做成之前她很希望儘快成事，真聽說桂姨娘和姚三老爺用了藥，預想的快感卻並未如期而至。

她渾身不得勁，去了主屋那邊給姜氏的長生牌位上了炷香，又跪著唸了幾遍經。良久，她伸出依然細瘦的手看了又看，一滴滾燙的眼淚突然落到手心，她竟然有些不知所措。

姚姒跪了許久，等到想起身的時候，腿腳已經麻木無力，就見旁邊伸出一雙修長有力的手，那隻手只輕輕一拉，她就被帶了起來。抬眼一見是他，想起剛才自己的失態，也不知被他看了多久，莫名地覺得難堪。

趙旆瞧她蹙了眉，必定是雙腿麻痛，低聲嘆了嘆，抬手就把她攔腰抱起，轉頭便往她屋裡去。姚姒呆怔住，等回過神來，人已被他結實地攬在胸前，她實在羞得慌，萬萬沒料到他的舉動，一路又慌又亂，難捱得緊。好在路不長，她很快被他放在屋裡的長榻上，她咬了咬牙，終於還是對他道了聲謝。

他彎腰蹲下來在她面前看了看，見她從落地就開始揉搓腿腳，卻始終不曾看他一眼，趙旆默了默，輕聲說了句。「真是個傻姑娘。」

傻姑娘正在難堪，心裡一半羞一半怒，理智早就飛得沒影，她自嘲道：「是有夠傻的，矯情個什麼呢，不過就是一味絕子藥，值得我做出這副樣子來噁心自己嗎？」

趙旆見她越發不像樣，怎不明白她此時的心情，他正是愛煞了她這份難能可貴的良善。對姚三老爺出手，正因為她還念著一份父女情分在，若不然等著姚三老爺的便是一味毒藥。

「姒姊兒，」他坐在姚姒腳邊，定定望著她柔聲道。「若過不去心裡這個坎，就不要為難自己，往後隨著己心而動，姚家這樣下作，妳不動他們，他們也會把自己作死，在五哥心裡視妳如珍寶，如何捨得看妳這樣為難自己？」

他知不知道在說什麼？姚姒的心怦怦地跳，一時間腦子發懵，如往常一樣，她最終選擇了逃避，有些東西不去深想便不會生根發芽，她理了理凌亂的思緒，別過頭道：「就這麼一次，叫我明白了對親人下手是什麼感覺。五哥不必替我擔心，他日我再不會入了魔障。既然五哥都覺得我這般好，我怎能不善待自己呢？」說完便揚聲朝外喊紅櫻，料想紅櫻縮在外頭不敢進來，她又喊了句。「人來了都不知道上茶，妳們這些丫頭倒比主子躲懶。」

紅櫻再畏懼趙旆的眼神，卻不敢不聽她的話，急忙回了聲「這就來」，綠蕉急急把茶盤遞給她，她躊躇了幾下，端著托盤掀簾子進屋。

當著丫頭的面，自然都裝著若無其事，趙旆不過說了幾句話就離去。姚姒送他到門口，紅櫻跟在她身後，一副想笑又不敢笑的樣子，終於惹火了姚姒。

「五哥是什麼時候來的？」沒人在，她臉上真真切切地帶了幾分羞惱。

「小姐才跪到太太牌位前，趙公子就來了，只是趙公子不讓奴婢通傳，奴婢們一向怕他，沒法子，只得隨趙公子去了。」紅櫻一氣兒就把趙旆供了出來。

姚姒瞪她。「妳是我的丫頭還是他的丫頭？咱們自己不立起來，難道還指望別人尊重？打今兒起，誰來都一樣，再有下次，扣一個月月例。」又指著綠蕉道：「妳也是。」

這事就這麼揭過去，總歸是趙旆自己理虧，雖說他與姚姒之間他先對人家動心動情，但姚姒那頭還端著不肯給句實在話。今日之舉雖然知道會讓她惱，但抱也抱了，小手也拉了，他心裡其實很舒意，彷彿這樣做是在她身上蓋下了只屬於他的印記，這媳婦便跑不了啦！

他越想越樂，像無數陷入初戀的男女，既期待又有些不確定，既甜蜜又想得到對方更多的回應。

他自己一個人傻樂，守在屋外的青橙和青衣看了一場稀奇，彼此擠眉弄眼的，趙旆在屋裡喊了聲。「你們兩個都給我滾進來，看爺的笑話還沒看夠？」

青衣和青橙忙斂了神色進屋來，趙旆指著二人沒好氣道：「爺我今兒就替你們作主，把這親事定下來，等出了太后這孝，就把婚事給辦了，都老大不小了，再這麼拖下去也不成樣。」

青橙噘著嘴，回道：「五爺你就偏心吧，求親就要有個求親樣嘛，您瞧他這小人得志的樣，哪裡有將我放在心上？」

她一向口無遮攔，沒半點女子該有的矜持，趙旆也頭痛了，懶得看他們這對冤家，丟下一句。「等出了太后的孝，四月初二就替你們主婚，其他的你們看著辦！」

趙旆的話一向沒人敢違抗，青橙哪裡想到她只不過是看了一場主子的笑話，自己的終身就這樣被定下來了，真是怎麼想怎麼虧。

她捋起袖子對著青衣就是一頓好打，還邊打邊嚷嚷。青衣由得她花拳繡腿地打，心裡早就樂開了花，主子爺，比他親爹還親啊，終於叫他抱上媳婦了。

第四十二章 收服

姚姒在屋裡發了一通莫名其妙的脾氣，到下午緩了一陣，便嫌自己矯情，趙斾來找她，必定有事情，她再不耽擱，帶著紅櫻往趙斾住的院子來。

趙斾正在屋裡看文書，屋外青衣守著，姚姒同他打招呼，問趙斾是否得空。青衣半點不敢耽擱，急忙把人帶進屋，趙斾朝她笑著指了指對面的椅子讓她坐。「有個緊要的公文要看，妳先坐會兒。」

姚姒點頭，左右無聊，見桌上放著茶壺，便起身給他倒了杯茶放在他手邊，趙斾暗地偷偷瞄了眼她的臉色，瞧著尚好，不像在生氣，心裡頓鬆了口氣。過了會兒，故意抬頭伸手臂，一副懶懶的樣子，自顧自地說：「總算是看完了，京裡最近不太平靜，咱們的動作可得加快了。」

她巴不得他說些正經話，於是順著他的話道：「可不是，今兒五哥來，只怕是有什麼要吩咐吧。」

趙斾見她眨著眼，一副你快說的樣子，心情大好起來，英挺的眉毛微微往上翹，清悅的笑聲在屋裡迴蕩。

姚姒在心裡呸了聲，怎地生得這般英氣好看哪？

趙旆怕言語上再唐突她，忙道：「接下來我會安排人針對姚家的船隻出手，不單搶海上的貨，還要順著那條線摸出背後走私火器的荷蘭人來。趁著我們手上有帳本，接下來要做的事情可就多了。」

見她殷殷望著自己，他續道：「姚家雖與洪家是親家，又拉上與秦王有關的焦家，但到底仍未名正言順歸在秦王門下，姚家卻是投靠了王閣老。王閣老是隻老狐狸，先前把姜家門下，無非也是想要姜家手上的東西，他要秦王的罪證做甚？只怕也是防著秦王。咱們現在動姚家，一來是試探京裡的反應，二來，擒賊先擒王，拿姚家來震懾那幫依附在姚家門下的鄉紳大戶，得叫他們看看，福建的天要變了。」

還有第三，趙旆永遠也不會說出口——世道人情，以定國公府如今的門楣，如何會同意他娶一個毀家滅族的女子進門？姚家外面光鮮、內裡實則由他掌控著，總好過將來滿門滅族。他對姚姒越陷越深，越是喜愛，他就要為她想得更多，更捨不得她將來被世人的口水淹沒。她在他心裡珍如瑰寶，她的名聲他容不得外人有一絲質疑。

姚姒幾乎沒一絲疑慮，很是鄭重道：「五哥，我曾說過不管你做什麼，我都不會疑你，放手去做吧，我只恨不是男兒身，不能回報你一二。」

幸好不是男兒身，趙旆有些啼笑皆非，卻又覺得她的話十分窩心，他為她做的這許多事終究是值得的。

可轉頭卻又覺得惆悵，他對她的期望可不是她的感激之心，什麼時候她才能開竅呢？什麼時候才能對他的心思有那麼一點點的回應呢？

整個春日因太后的孝，各處都禁了喜樂，來琉璃寺的人卻越來越多。

姚姒足不出戶，都在琢磨著生意上的事。因青橙在四月初二成親，她和姚姑都在孝期，特地叫銀樓打了八套頭面首飾給青橙添妝，叫貞娘送到月兒港去。

古奇的半年之約只剩三個多月，許是他帶來的番貨新奇得緊，趙旆給她的那七個人也真是令人刮目相看，三十幾艘船貨除去分給那幾個衛所的，加上再勻出一些到譚吉那邊，其餘的貨竟然已賣得七七八八；而進貨那邊，古奇要的瓷器、繡品數目非常大，這些東西都需要時日製成，便有些棘手。

負責採買的是周留與楊大盛，這兩人也算能幹，只姚姒在與他們接觸的過程中，覺得這兩人對她有些輕慢，能幹的人都有些瞧不起人，姚姒深知這個理，因此也沒理會，卻私底下讓貞娘多注意進貨的進度。貞娘辦起事來很妥貼，過沒多久，在沒驚動周、楊二人下，發現一件事，繡品那裡出了些問題，只怕湊不齊古奇要的數量。

古奇偏愛蘇繡和蜀繡，原本周、楊二人倒不覺得為難，也已經同幾個繡坊簽好文書，只今年不知怎的，宮裡負責採買的內監開春後去了江南，幾大繡坊因為要接宮裡的活計紛紛毀約。

繡坊毀約賠錢了事倒是小，只是這一時半會兒的要到哪裡湊那麼多繡品？

周、楊二人初次為姚姒做事，既存了輕視她的心，自然不能讓姚姒看不起，見姚姒從不插手他們的事務，滿以為她是個易糊弄的主兒，便不將她放在眼裡，於是這樣大的事情，他們並未上報，而是私底下想盡法子，甚至高價收購現成的繡品。

姚姒聽完後，深深覺得老天真是幫她，她上一世在繡坊做了多年活計，對各大繡坊自然知之甚深。她思忖一陣，心裡便打定注意，要乘機收服周、楊二人。

隔日，她便擬了份繡坊名單，叫貞娘送去給周留與楊大盛，交代貞娘旁的話不要多說。

周、楊二人正在發愁，也煩惱著是不是要把事情上報，雖然離交貨之期還有三個月餘，但繡品不同旁的，二人最終還是決定再看看，卻不料這個時候貞娘送來一份姚姒親手寫的繡坊名單，周、楊二人不可謂不吃驚。

蘇繡列為四大名繡之一，上自宮裡娘娘、下至王公夫人都愛蘇繡的精緻，是以蘇繡一向供不應求，再找繡坊接活哪有那麼容易？

而蜀繡只在蜀地流行，繡坊裡真正會蜀繡的繡娘不多，他們二人卻不承想，姚姒給的四家繡坊其名不盛，但其中有三家卻養了許多會蜀繡的繡娘，又積壓了一些蜀繡的成品，三個月的時間足夠湊齊要交的數量。

另一家「巧針坊」，周留是知道些底細的，巧針坊與大周最大的蘇繡坊「錦繡坊」本是同出一源，出自江南鄭家，兩兄弟因家業起紛爭，因此將原本的鄭家繡坊一分為二。

鄭家老二開的錦繡坊這幾年因走通宮裡的路子，生意是越做越大；而鄭家老大的巧針坊，這些年不是繡坊失火便是惹官非，眼見就快沒了活路。但鄭老大卻是個有成算的，不管如何沒落，只把手上的繡娘緊緊抓住不放，錦繡坊原本就是要巧針坊旗下的繡娘，巧針坊偏不放，如今就這麼僵著。

周留與楊大盛兩人一番琢磨，他倆都是老手，尚且不知這些繡坊的底細，而姚姒一個還未及笄的姑娘，是如何得知的？再說這名單不早不晚，來得正是時候，這裡頭的示恩敲打之意不謂不明顯。兩人好一番合計，始終心裡沒底，便雙雙上山來求見姚姒。

姚姒正在屋裡練字，聽到貞娘說周留與楊大盛來了，她不急不忙停了筆，又整了整衣裳，才叫貞娘把人領進來。

名單是貞娘送過去的，裡頭的內情貞娘自然知道，才幾天工夫，周留與楊大盛兩人就上山來了，貞娘心道，看來最先被姑娘收服的，應該就是這兩人了。

周留與楊大盛恭恭敬敬給姚姒行禮，姚姒端坐著受了他們的全禮，才叫他們坐，紅櫻上茶，貞娘立在她身側，微微躬著身，周留與楊大盛見狀，心裡俱是一驚。

想當年貞娘也算是個人物，即便後來與他們一起共事，那傲氣也是不減的，沒承想才不過數日，貞娘對姚姒的態度已成這般，兩人對視一眼，彼此都看見一些不同尋常。

姚姒將手中的茶盞不輕不重往桌上一放，沒跟他們兜圈子，直接道：「瓷器和繡品兩樣東西，我也知道是難為你們了，只你們有了困難，為何不及時上報？」

這話帶了很重的質問語氣，周留與楊大盛哪想到她這麼快就發難。

周留抹了把汗，急急起身，楊大盛原本還坐著，見周留動了，也跟著站起來，二人都微微躬了身，周留道：「實非小人存心隱瞞，實在是這件事小的兩人如今正在想法子，小的既被姑娘委以重任，自是要替姑娘分憂解難的，還沒想出個萬全之策來，哪裡敢拿這事來煩姑娘。」

姚姒冷冷看了周留一眼，周留到底大著膽子也回望了她一眼，只這一眼，周留便覺得周身都在她的寒光下，他那些小心思竟無所遁形，一滴汗落下來，周留越發難捱起來。

楊大盛就識時務多了，他拉了周留一把，兩人竟直直朝她跪下，他畢恭畢敬道：「小的兩人不敬主子，更有失職瞞上不報之嫌，求姑娘責罰！只望姑娘看在我二人是初犯，莫要將我二人趕出去，從今以後我們必定用心為姑娘效力。」

姚姒緩了幾息才嘆了一聲，叫貞娘扶他二人起來。

這樣一來，周、楊二人心裡都存了敬畏，姚姒也沒說怎麼罰他們，而是道：「巧針坊已是在強撐，若說我不想吞下它也不盡然，只那鄭老大這般硬氣，也不能一味對他用強。再者，咱們的生意並不單只做這一回，往後與洋人交易，少不了這些精緻的繡品，你們兩位都是行業裡的前輩，我一介剛踏足的小女子，經驗上難免想得不夠周到，不知你二人對這事可有什麼好見解？」

她這一打一拉的，二人都是聰明人，知道她不喜拐彎抹角，直來直往倒是合她心意，周留便建議。「不如讓小的跑一趟蘇州，親自與那鄭老大見上一面，若能說服他把巧針坊賣給咱們當然好，若不行，咱們就用手頭上的單子為由，至少爭取入一半股權，不知姑娘意下如何？」

姚姒上一世便是在巧針坊做繡娘，深知巧針坊的興衰典故，若不趁著巧針坊現在落魄出手，等到鄭老大找上京裡的靠山，那時便遲了。

聽了周留的話，她不置可否，而是問起楊大盛，楊大盛卻考慮得更全面。

「巧針坊與錦繡坊雖說各地都開了分鋪，但兩者都把總店和繡莊設在蘇州，如今他兩家勢如水火，巧針坊前年廠房又失了一場大火，把所有分鋪都收起來支撐總店，如今不若咱們遊說那巧針坊移出蘇州再遷到南京，咱們出資給他們蓋廠地屋子，這樣一來，既避開錦繡坊的耳目，又在盛產絲綢之地落下，成本比在蘇州低了些許，又能蓄些力氣東山再起，這樣豈不更好？」

確實是個好主意，姚姒便讓周、楊二人回去再仔細商議，擬出條款來給她瞧，二人經此番敲打，早已沒了先前的怠慢。貞娘送他二人出去，他們便向貞娘旁敲側擊又問了些話，才下山去。

過了兩日周、楊二人再上山來討了一回主意，姚姒便派周留往蘇州走一趟。周留很快便傳回來消息，巧針坊同意遷到南京，所有置產置地的費用皆由他們這邊出，而且古奇這批蘇繡單子的布料他們得先出，這些銀錢便當作入股的股金，巧針坊只願讓出四成股，並開出條件，他們這邊不得干涉巧針坊對於繡娘們的掌控，意思是他們就算入了股，也沒辦法插手繡娘的事情。

姚姒最後回覆周留，其他都沒問題，但一定要占五成股，而且她也想試試巧針坊現在殘留的能力究竟如何，便提出要他們在兩個月內趕出繡品來。

兩方來來回回拉鋸，周留再回來時便帶回與巧針坊的契約，他們最終入五成股，這是寶昌號成功收併的第一樁產業。姚姒當著其他幾人的面，很是讚揚周、楊二人一番，末了又給了厚賞，看得其他人都動了心思。

日子在忙碌中不知不覺到了五月，姜氏是五月初六去世的，姚姒和姚娡添了香油錢給琉璃寺，請了僧人做周年祭。

姚府那頭，顯然很是急切，把迎焦家婦進門的日子定在五月十二。

大太太打發人來琉璃寺，以姚姒她們還在為母守孝，回去不免沖了喜氣為由，不讓她們回府觀禮，這樣的小事讓大太太身邊的劉嬤嬤親自跑一趟，就很有些意思了。

劉嬤嬤話說得漂亮。「不讓兩位小姐回去觀禮，也是老太太體恤兩位小姐，這新太太剛進門，萬一衝撞了什麼豈不白白叫人說嘴。這老太太呀，喜愛焦氏得緊，光是下聘禮就花了五萬銀子，現如今哪一房不是羨慕得很，都巴結著焦氏呢。」

姚娡即時就黑了臉，劉嬤嬤臉上訕訕的，一邊想著大太太的交代，儘量挑撥得這兩姊妹跟焦氏失和，最好鬧得焦氏沒臉。

這樣焦氏即便受老太太的寵，可一進門就跟前面太太嫡出的兩個姊兒鬧上，說出去名聲也不好聽，那麼她這大嫂到時出面替焦氏在人前澄清一下，可真是既得了焦氏的好又賣了老太太的乖，反正這姊妹倆如今無依無靠的，不踩白不踩。

劉嬤嬤睃了眼座上的兩姊妹，隱隱覺得這番挑撥有用，見目的達到了，便急著告辭。

「姒姊兒，妳說大太太這安的是什麼心，難道咱們看上去就是個好惹的不成？誰都想要咱們回府去鬧上一回，真是欺人太甚！」姚姑在劉嬤嬤走後，一口濁氣吐出，也不能吐盡心中的憋悶。

「姊姊何須為這些人動怒，就當看猴兒耍了一場戲便成。」

她拉了姚姑往裡屋走，涼風習習吹來，她正色道：「大太太在咱們面前挑撥，不外乎要咱們出頭去鬧得焦氏沒臉，她好在人前做好人，既討好老太太又讓焦氏心存感激，這一貫是大太太的手法，姊姊若連這點也看不透，往後只怕還有得氣受。」

姚姑雖說成熟不少，這脾性並沒見長，姚姒今兒索性把話挑明。「姊姊，咱們志不在回姚家，今後妳我自有去處，我安排姊姊學管帳理家，無非希望姊姊將來能在內宅獨當一面，事事不依賴旁人。」她見姚姑有些動容，便嘆了口氣。「咱們的心太小，裝不下那麼多委屈和不甘，何不只把對自己好的、有用的裝滿了，自己有了本事，便能安心活著，這才是往後姊姊該想、該做的。」

姚姑聽得很動容，好半晌才哽咽道：「姊姊從前不明白，總覺得姚家欠娘的，也欠了咱們的，咱們又做錯了什麼，他們憑什麼苛待咱們？妳我姊妹這些年有爹等於沒爹，我是氣，更是不甘。如今聽了妳這一番話，往後我再不會為那邊的任何人動氣了。」

兩姊妹平素各忙各的，雖說相依為命，但似這般交心說話，已是許久不曾，姚姒有心不叫姚娡想岔了去，只把上進勵志的話來磨她，又把上一世她聽到的一些內宅事例說給她聽。

有了這一遭，當姚府再使人來見她姊妹倆，說焦氏要去廣州府，臨走前要來見見她們，姚娡對那自稱是焦氏身邊的柳嬤嬤很客氣，從容淡定地周旋了一番，倒讓柳嬤嬤有些訝異。

焦氏十二進姚家門，十五回門，十六便開始打點行裝，待到五月二十那日，焦氏領著丫頭婆子一行足有二十幾人來到琉璃寺，她先給寺裡各處添了香油錢，又拜了菩薩，才來到姚姒她們住的小院子。

焦氏倒是識趣，只帶了柳嬤嬤和四個俏麗的丫鬟進屋，蘭嬤嬤忙著上茶，姚娡帶著姚姒給焦氏福身，嘴裡喊了聲。「給太太請安。」

焦氏臉上含笑，扶了一把。「往後都是一家人，哪裡需要這麼多禮，快快坐下，咱們說會子話。」

三人屋裡坐下，焦氏坐在上首，姚姒睃眼朝她打量，只見她今日穿了件真紅繡花緞面長身褙子，綰著元寶髻，頭上遍插珠釵，裙襬搖曳時卻只看到那雙高底鞋的鞋跟，光是身姿瞧著就曼妙動人。十七、八歲正是綺年花貌的年紀，一張芙蓉面描眉點唇，又恰到好處地含了幾分新婦的嬌羞，真真是明豔萬芳，只是那雙眼似蒙著層霧般叫人瞧不大真切。

許是見人打量她，焦氏朝姚姒笑了笑。「才一陣子不見，姒姊兒就長高了許多。」又朝姚娡望過去。「那會兒在老太太的屋裡，就數娡姊兒最安靜，如今看來，娡姊兒越發出落得水靈了。」

焦氏並不擅長熱絡，不過場面上的幾句話，就看了眼柳嬤嬤。

柳嬤嬤朝門口一個手拿托盤的丫頭招手，對姚娡和姚姒笑道：「來之前，老太太有交代，咱們詩禮傳家，自然禮不可廢，如今太太既已進門，母女名分已定，兩位小姐這就來與太太見禮吧。」

早有丫鬟把跪墊擺在焦氏腳邊，柳嬤嬤作勢要來扶姚娡，顯出幾分強硬。

姚娡頗為惱恨，正要甩開柳嬤嬤的手，姚姒卻上前給焦氏蹲了個禮，道：「老太太最是知禮數的，平素就一向把規矩看得比天大。今兒太太來琉璃寺，我們姊妹感激太太的用心，不如這會子就由我帶著太太先去我母親的靈前跪拜一番吧，所謂家禮，自然是以嫡長為尊。」

第四十三章 心跡

焦氏大為訝異，不是說這兩個三房嫡女很是懦弱好欺嗎？

她眉頭一皺，示意柳嬤嬤不要再動作，她不慌不忙笑道：「兩位小姐有心了，前兒已經在家廟叩拜過姊姊，不過我和老爺到底還沒有把三書六禮走全，哪裡好再去姊姊靈前跪拜。」

柳嬤嬤連忙接話。「可不是，兩位小姐還小，不懂這些禮數，還是咱們太太知禮。」

姚姑這回來了急智，便順著焦氏的話道：「既然如此，那我和姒姊兒也只得無奈，先不忙給太太見家禮，左右以後見面的日子還多，等太太去廣州府與父親走全了古禮，屆時我們再給太太行禮也不遲。」

這話說得焦氏面上一冷，柳嬤嬤明顯有幾分惱怒，姚姒一改先前的沈默，再使了一把勁。「太太是新婦，面嫩，我人小也不知禮，不若太太使人回去問下老太太該如何，咱們自然聽老太太的，不然傳到外頭去，倒是笑話咱們不懂禮。」

焦氏一滯，不管如何，今兒這一局打成了平手。她也知道，繼室難為，若這事真捅到老太太那裡去，不就白白讓老太太看輕她？

焦氏沒那麼笨，看了看姚姒。「這倒是不必，拿這樣小的事去煩老太太，倒顯得我們盡給老太太找煩心事，正如姑姊兒所說，往後日子還長，到那時行禮也不遲。」

姚姑見好就收，對焦氏也欠身。「多謝太太走這一遭，我知道太太不日就要去廣州府，若是老爺問起我和姒姊兒，煩太太說一句，我和姒姊兒很好，這裡清清靜靜的，讓父親不必掛心。」

焦氏別有深意回道：「妳且放心，妳們父親雖掛心女兒，卻也知道府裡有老太太在，哪裡就真能虧了孩子們去。我今兒來，也是替老爺來看看妳們，放心，我知道該怎樣對老爺說。」

焦氏最後這句話才是殺手鐧，好話歹話，在三老爺跟前就看她怎麼說了。

都是聰明人，焦氏話裡的弦外之音這般明顯，姚姒哪裡聽不明白。

不過焦氏卻是錯估了，姚三老爺這爹當得有等於無，姚姒哪裡還在乎她在姚三老爺面前怎麼說，抿嘴一笑道：「那就多謝太太了，也祝太太一路順水順風，早日給父親生個嫡子，咱們這一房便後繼有人了。」

姚姒的話看似尋常，但焦氏自己存了小心思，自然聽出幾分弦外之音，她還沒嫁進姚家便打探得清清楚楚，三房的子嗣是大問題，難道姚姒是意有所指嗎？她想到遠在廣州的桂姨娘，再無心與姚姒姊妹周旋，坐沒多久便離去。

夜裡，姚姒躺在床上思量，若焦氏是個心胸曠達的倒還罷了，大家互不為難，日子也就這麼過著了。

但依焦氏今日的陣仗，顯然她不是這樣想的，焦氏的性子裡帶了幾分陰沈，還有幾分不甘。老夫少妻，如花般的年紀給大了一輪的男人做填房，任何人都會心生不甘。正是因為她的不甘，年深日久，焦氏的刻薄只會有增無減。而上一世，定是有錢姨娘母女挑撥，焦氏才會給姚姑尋了那樣一戶人家。

焦氏，不得不防！姚姒在姜氏的事情上栽了個大跟頭，如今輪到姚姑，她如何還肯大意輕心，思來想去，打定了主意。

第二日，姚姒便招來張順，直接吩咐他。「你安排個妥當人進廣州姚府當差，等焦氏過去後，就把在老宅發生的事情都透露給焦氏知道，兔死狐悲，焦氏未必對老太太就沒有想法。」

張順是知道她給姚三老爺下絕子藥的，如今又這般行事，其用意不外乎要焦氏急著生兒子穩固地位，可三老爺早已不能生，焦氏想得子，便不得不……

張順想了想姜氏的遭遇，什麼話也沒說，下了山就按姚姒的話安排去。

日子漸漸熱起來，五月很快過去，轉眼便到了六月。

六月六，家家曬紅綠，彰州的習俗是，這一日各家各戶要把衣物棉被之物拿到太陽底下曝曬，被這一日的太陽曬過便不會生蟲，而姚姒正是這一日生辰。

過了這一日，姚姒便是十一歲的姑娘了。

姚姞一大早親自下廚給她做了碗長壽麵，姚姒吃過姊姊親手做的壽麵，便換了身月白色細紗褙子、楊柳色百褶裙，她這兩年眉眼長開了些，又加上練了小半年的五禽戲，身量竄高不少，和姚姞站在一起，兩人齊齊高。

「姒姊兒真是長大了，倒跟姊姊一樣高啦！」姚姞臉帶欣慰，拉著姚姒左右看了看，衣裳倒是合身，只不過這素淨的顏色越發顯得她氣韻清冷。

要說姚姒的長相其實不像姜氏，姚家的五位老爺都生得俊，其中以三老爺和五老爺為最，她這是隨了姚家人的好皮相。

姚姒見姊姊盯著她瞧，心裡大概明白姊姊的心思，她這張皮囊似足了姚家人，加上焦氏月前來這麼一齣，姚姞多少是有些想頭的。

「怎麼了，莫非我臉上長了花兒不成？」她眼一睃，自己便嗤嗤笑起來。「再怎麼好看也沒姊姊生得好呀，不過今兒我是壽星，姊姊可得容我長一回臉。」

姚姒故作玩笑，在姚姞面前美美地轉了幾圈，紗裳料子輕薄飄逸，頓時隨她化成了朵花兒。

「妳呀，盡作怪。」姚姞掩了嘴笑，卻有些感嘆。「人生得俊，只這一身衣裳卻不大襯妳，這兩年且將就著，等咱們出了孝，到時姊姊再給妳做些有顏色的衣裳，穿得太素淨了終究顯得單薄。」

「我倒覺得這身正好。」姚姒一向知道如何避重就輕，就是不往姚姞的想頭去搭話。

到下午青橙來了，姚姒歡喜得很，青橙自成婚後，再沒來過寺裡，今兒還是成了婦人後頭一次上門。

知道她是為了送生辰禮來的，姚姑很是禮待，親自起身交代廚下送些涼爽可口的吃食，便把屋子留給她二人說話。

青橙的氣色看上去很好，這成了婚的婦人和做姑娘時就是不同，眉梢眼角總多了分嫵媚的春情。

姚姒打趣道：「姊姊這是有了姊夫便忘了妹妹，好些天也不來瞧我，知道姊姊新婚必定忙，想必同姊夫蜜裡調油似的和美，恭喜姊姊啦！」

青橙本就是個爽朗的，叫姚姒笑了幾句也不羞，朝她嗔道：「妳就笑話吧，反正啊，這債也算是有主可找的，五爺那兒可叫我記上一筆了，改明兒妳出閣時，看我怎麼笑話妳。」

青橙就是個嘴上不吃虧的，這番意有所指的話，姚姒自己反倒鬧了個大紅臉，本想回幾句，卻又莫名心虛，暗自後悔不該打趣她。

姚姒和趙旆之間那點朦朧的情思，青橙最是明白，女兒家面皮薄，怕她真來氣，忙把放在桌上的紅木匣子朝她推過去。

「今兒妳生辰，這是五爺讓我送來的，五爺前些天出海了，不過這東西五爺老早就開始準備，說是這一日送過來賀妳芳辰呢！」

姚姒定睛一看，這紅木匣子只在上頭刷了層清漆，聞著還有淡淡桐香味，匣子的釦柄是對銅鎖白玉釦，匣身雕了朵半開的薔薇，手工很考究，單是這只小匣子，便透著雅致不凡，裡頭的東西只怕更貴重。

思及此，她便不敢伸手，他送這東西來是什麼意思？

青橙噗哧一笑。「妳呀，平時瞧著挺大膽的，也沒見妳如何拘禮，今兒怎地倒有些小女兒的扭捏了？」言罷自己把匣子轉了身，又輕輕把玉釦一壓，匣子被她打開再推到姚姒面前。「若論富貴，五爺什麼好東西沒見過，哪裡會拿那些金銀堆起來的俗物送妳呢。」

青橙的話音才落，姚姒便看到匣子裡放了兩隻拳頭大小的胖海螺，細看下一隻大點、一隻小些，大的那隻螺紋竟是紅白相間的，小的是粉白螺紋，兩隻小東西靜靜依偎在紅絨裡襯上，怎麼瞧怎麼討喜，姚姒一下便愛不釋手。

青橙瞧她眉眼間都是喜色，心下感嘆，這兩個倒是心意相通的，怪不得五爺神神秘秘的一個人拿了刻刀做活，竟是連裝東西的匣子都要親自動手。那兩隻海螺還是前次出海時，他親自跳到海裡尋獲的，為了一份生辰禮，五爺這樣用心，顯見這是一頭栽進情網了。

「怎麼樣？喜歡吧！妳拿起海螺放到耳邊聽聽。」青橙見她還在猶豫，就自己拿起那隻紅色海螺放到她手上，示意她放在耳邊聽。

不可思議的，姚姒彷彿聽到一陣陣呼嘯的風聲，待把海螺拿開，那聲音就沒了，待再放到耳邊，又聽得見，她不由稀罕極了。

真是個傻姑娘！這樣的小東西在海邊的人都不陌生，難為她了，竟稀罕得不得了似的。五爺這份生辰禮算是送對了，瞧她都樂傻了。

青橙忍不住道：「這匣子可是五爺親手做的，怕人看見，做活都是避了我們幾個，也不知道費了多少蠟油，從前我可沒看見他對人這麼上心過。」

青橙的話太露骨，叫姚姒好一陣臉紅，怎麼答話都不是。

青橙卻毫不介意，又笑道：「自那生意開始做後，五爺在海上的日子便多起來，這兩隻海螺是五爺親自下海摸的，東西雖不值幾個錢，難得的是這份心意。」

羞也羞過了，總不能一點表示也沒，姚姒忽略青橙促狹的笑，故作鎮定地道謝。「多謝五哥的禮物，我很喜歡。這麼熱的天兒，煩姊姊還特地跑一趟，要不姊姊今兒就別回去了，紅櫻最近跟寺裡掌勺的師父學了幾道爽口的素菜，井裡也擺了瓜果，晚上咱們一塊兒說說話可好？」

青橙本就是要來寺裡陪她的，知道這山中清苦，無人解悶，她這是借著送禮的機會來這裡好消暑，哪裡會不答應。

「這還差不多，好吃好喝的招呼才對得起我頂著大太陽給妳送生辰禮來。」她笑呵呵道。「怎麼樣，咱們五爺不錯吧？出身雖然高，但難得的是身上一絲紈袴之氣也無，又是這樣的體貼。」她成了婚後，更加口無遮攔。

姚姒急了，怕她再胡亂說些什麼，坐也不是站也不是。

聽了半天壁腳的姚姞見屋裡再說下去不像樣，掀了簾子微笑著進屋，招呼青橙用點心果子，姚姒才長吁口氣。

青橙陪了姚姒兩天，就返回月兒港，姚姒做了許多吃食和瓜果讓她帶回去。

最後臨出門時，交給青橙一封書信，她心裡鼓跳如擂，卻又覺得自己不過是給趙斾寫了封尋常的問候信，怎地在青橙面前就那麼不自在？到底故作鎮定，又交代青橙一路小心。

青橙接了信妥善收好，笑嘻嘻對她道：「妳放心，待五爺見了妳的信，指不定就會立即回信。妳可別偷懶，每日都要打一通五禽戲才算。」

姚姒見她難得沒打趣自己，卻是殷殷交代她要保養身子，這樣的情誼很令人感動，她眼眶微紅，看青橙上了馬車，目送許久才轉回屋。

晚上姚姒就寢前，姚姞自己拿了鋪蓋到她屋裡來，一進門便吩咐值夜的綠蕉替她收拾，一邊自己就來到姚姒床上。「我那屋子的紗窗被蟲子咬了個洞，反正妳床大，今兒我就在妳這兒將就擠擠了。」

這哪是將就啊，姚姒哭笑不得，篤定她這是有話要說，故意拿了個藉口，還學人家一副無賴樣，分明還有些拉不下臉來啊。

姚姒裝作不知情，笑道：「屋子可叫采芙她們熏艾？這紗窗也得換下來，要是叫蟲蟻爬進屋子可就不好了。」又吩咐綠蕉，今兒不要她值夜，把姚姞的被子抱上床，又從櫃裡拿出枕頭，睃眼看姚姞一臉難為情的樣子，實在有些好笑。

「有什麼好笑的？還不都是為了妳。」翻白眼這種不雅的動作姚姑是做不出來的，她恨聲道：「今兒妳就把話給我交代清楚了，妳和那趙公子是怎麼回事？」

說到激動處，她一個挺身坐起來，定定望著姚姒，面上頗有幾分厲色。

還較真上了，姚姒心知今兒不把話說明白，指不定就背上了個私相授受，她很認真道：「姊姊，即便妳不問我，我也是要同妳說的，在我心裡只把趙公子當作恩人來待，不管妳聽到什麼或看到什麼，還請姊姊放心，妹妹必定不會做出讓姊姊擔心的事。再說趙公子出身權貴之家，他就像那天上的明月，明月皎皎，不是我這等污濁之人可以妄想的。」

「妳……」她竟然聽出幾分悲切，姚姑心裡很矛盾，一面希望妹妹不要對這樣遠在天邊的男子動心，怕真用了情，若不能修成正果，落得個黯然神傷何其慘澹；一面又覺得妹妹敏慧強幹，她的姒姊兒配得起這天下間的好男兒！

她左右為難，忽然也生出一些悲意，且不說妹妹的歸宿，便是她自己，也還不知道將來要飄到哪裡去。

姚姑深深嘆了口氣，拉起妹妹的手溫聲道：「姒姊兒，妳我都命苦，若是這輩子不嫁人也沒什麼不好，有我一口吃的，也不會餓著妳。若是上天眷顧，叫我們的姻緣落在小戶人家也未嘗不好，一輩子只做個尋常婦人，相夫教子，也就過了一生。趙公子那樣的人太耀眼，咱們不能惦記。」

她狠了狠心，終於下了決定，姚家這樣的新貴都這般醉心權勢，可見權勢多麼惑動人心，何況處在權力頂端的堂堂定國公府呢？

國公府嫡出的公子，他的婚姻豈能簡單，時人講究門當戶對，這既是約定俗成，也是一道深深的門檻，她的姒姊兒，錯在出身不好，命也就不好。

姚姒明白她的意思，這是叫她放棄現在所做的一切，不要再與趙旆牽扯下去，姊妹倆安安心心的什麼也不想地過日子，她可以嗎？

除了要為姜家翻案，除了想要改變上一世她和姊姊的命運，她問自己，是否有一絲連自己也無法控制的情絲在撥動她冰冷的心呢？

又從什麼時候起，她對趙旆忽然就那麼放在心上了？每次見他都莫名歡喜，卻又緊緊壓抑，他對她的幾次孟浪，她除了羞惱，究竟有沒有一絲甘之如飴？

是啊，不能這樣下去，他與她，是兩個世界的人，一個在雲端之上，一個落在塵埃裡，她的心裡有多陰暗只有自己知道，明月皎皎啊，她怕污濁了他。

她想了很多，甚至想到上一世，柳筍對她也算是明月寄相思吧，可他在老家早已娶親，她不曉得那樣算不算是愛情，她只知道，她的心有些痛，想哭卻無淚，拖著殘缺的身子也不好再誤人，於是她作出選擇，入了空門，從此心如死水。

這一世，但願她再不要遇到柳筍，可情之一事由天不由人，叫她遇到了趙旆，那樣風清月朗的人物，對她點點滴滴地用心，像滴水穿石，終究讓他闖進自己心中。幸虧她保留了一絲清明，從來對他不假辭色，再上心也裝著懵懂無知，叫他不知如何挑破。

她，終究是虧了他的。

罷了！她艱難地下了決心，定定望著姚婆道：「姊姊放心，往後除了生意上的往來，我再不會同他有瓜葛，若有違誓就叫我……」

她的話只說了半截，就叫姚婆狠狠捂住了嘴。

姚婆把她緊緊摟在懷裡。「不用發下重誓，都是姊姊不好，姊姊說的都是些什麼混話呀，姊姊不逼妳了，都由得妳去吧。」

她莫名害怕。「姒姊兒，我不該疑妳的，妳不要怪姊姊好不好？這個世道這樣艱難，人心難測，咱們都如浮萍一樣活著，若能隨心活著，該有多好啊！」

「我不怪姊姊，若是可以，姊姊一定要嫁個好姊夫。將來我若是沒地方去，就隨姊姊過日子吧！」姚姒在心底重重一嘆，再難，放在心裡便罷，心裡的苦別人看不到，她也能假裝過得好，這樣就夠了。

第四十四章 戰事起

姚似的這番決心下得很足，第二日便把趙旆送的那兩隻海螺連同匣子都收了起來。認真說起來，這份禮物是趙旆第一次送她的東西，兩人之間又有那層意思，這便顯得不同，她如今把東西壓在箱底下，只當這事就到此為止。

其實她心底未必不痛不怨，也想到今後的日子，依然少不了同趙旆打交道，但事已至此，她也想好了，若趙旆再拿話來撩撥她，到時就狠一狠心。

存了心去傷一個人，是有千百種方法的。只她一面求著人幫忙，一面又傷人至深，要想切割這其中的紛亂關係，實在很艱難。

姚姑見她把東西收起來，終究有些愧疚，她這樣的行徑無異於棒打鴛鴦。事情走到現在這樣，她只能往好處想，若能就此叫妹妹斷了念想，未嘗不好。

姚姒卻很能寬慰自己，有些事多想無益，實在解不開便索性丟開，便一心專注在生意上。心裡想著，覺得那頭虧欠人家，便無論如何都要把生意做好，方有所補償。

古奇的貨到五月底便已全數交到他的船上，這筆大生意，終於開了個滿堂紅，也叫姚姒明白，為何這麼多人甘願冒朝廷禁令的風險，也要想盡法子往裡頭鑽，實在是這其中的利潤驚人。手頭有了這筆不大不小的銀錢，她便琢磨著之後該如何鋪排。

這日，她叫貞娘把七個掌櫃都叫上山來商議。

姚姒想過了，海上這頭生意最多還有個三、四年，待新帝上位，頭一條施政便是開海禁，到時朝廷會在幾大沿海之地開埠，海上貿易成了朝廷一家的獨門生意。那麼如今最大的考量是，如何能在最短時間內積累最大財富？打仗無非是耗銀子，依現在趙旆處於挨打的局面，朝廷既要養兵又時常難發下軍餉，這樣的情況下，銀錢便成了趙旆最要緊的東西。

待七個掌櫃和貞娘都齊齊坐下後，姚姒該誇的沒少誇，獎勵之物也沒少給，末了便道：「這次的事情各位辦得還算盡人意，後頭海上源源不斷的來貨，你們也有條不紊、運作如常，這點，我甚是多謝各位的齊心協力。」

底下八個人都異口同聲說不敢當，是東家安排得當。

姚姒點了點頭。「你們也知道，這回古奇的生意算是開了個滿堂紅，但你們也算是這個圈子裡打滾過的人，刀上舔血的日子只是無奈之舉，最終咱們寶昌號還是得要有正當的營生。況且，依如今這麼個勢頭，朝廷那邊同倭寇正面打起來是遲早的事，如何儘快賺銀子，便成了當務之急。當然了，海上這門生意是根本，除了這個，我今兒便要詢問各位的意思，要如何開源？」

八個人各有主意，把這當中的利弊優劣都分析了遍，貞娘主張把銀錢投到布市，並設工坊養蠶，一來多少有挾制巧針坊之意；二來，這門生意算是穩定開源，正正當當把錢洗白。所謂開源，還是要走正道。其他七人主張擴張洋貨鋪子到邊城大鎮，再在各地設古玩鋪和當鋪，以期後續由黑轉白。
姚姒未當場作決定，讓他們十日後再來商議，卻把貞娘留下來。
「咱們不能圖眼前這一點利益，這門生意雖說掛了我的名頭，只怕五爺是在那人處有報備過的。」
她伸出四根手指頭，這意思貞娘瞧得明白。「如今那上頭忙著爭位置，便顧不得這頭了，事急從權，個個鬥得烏眼雞似的，待真有那上位的一天，這麼個把柄可就成了控制五爺的殺手鐧。咱們不光看現在，也得為五爺做長遠打算。如何做些有利百姓民生之事，能做多少便是多少，但願不要有鳥盡弓藏、兔死狗烹的那一天。」她在心底暗嘆，到底是她連累了他。
貞娘見她言語間處處為著趙斾著想，不惜殫精竭慮地謀劃，心下非常感嘆。姚姒的話她明白，今日這番話雖是對自己說，但其意何嘗不是借她的嘴把意思透給其他七人知道？有些事情做歸做，卻不能明面上拿來說，這也許便是姚姒的顧慮。
貞娘回道：「姑娘不必擔心，該怎樣做，奴婢明白。」
隔天貞娘便下山去，貞娘這一走，足足過了三、四天才回來——整個東南被暴風雨襲擊，百年難得一遇，琉璃寺的山門都給吹倒了，還吹走好些屋頂。
姚姒看著眼前的大暴雨，止不住為趙斾擔心，陸地都這樣大的風雨，海上的趙斾豈不是更危險？但風大雨大，人又下不了山，好不容易等到風停雨歇，張順第一個上山來看望她，她便吩咐張順跑一趟月兒港，打聽趙旆的消息。

貞娘回來後報說七個掌櫃都平安，卻告知她彰州城如今災情嚴重，滿城房屋倒塌大半，壓死不少人，城裡到處都是積水。林縣令想是調令在即，救災之事能推則推，許是怕引起瘟疫，強行讓那些苦主儘快把人埋了，城裡哀鴻遍野，看著都可憐。

貞娘邊說邊嘆氣。「我還聽說了，先前北方地牛翻身，後頭湖廣江西一帶伏汛洪災，再有咱們這裡又經了一次大暴風雨，會不會都同太后娘娘薨在大年初一有關呢？不然，今年這事怎地這麼多，朝廷即便要管，也沒那麼多銀子管呀，苦的還是那些老百姓。」

姚姒也不忍。「年景不好，再遇上不管事的貪官，這日子只怕還有得苦。」

女人心腸軟，見不得這些悲苦的事，貞娘就問她。「咱們可有法子幫一幫這些人？」大街上衣衫襤褸的一堆人，不是拖兒帶女失了丈夫的，便是家裡只剩孤兒寡母的，何其可憐，那慘況令貞娘很是難忘。

姚姒苦笑，朝廷都不管，她哪有能力去管？不過，到底動了惻隱之心，便道：「大的忙幫不上，待我想想，看有沒有好法子幫幫這些人。」

貞娘難得地號了聲佛，臉上頭一次帶了幾分欣賞感激，姚姒只淡淡一笑。

姚姒既然答應貞娘要想辦法幫人，便認認真真想著方法。

她想到上一世，她逃出姚家後便一路向京城走，開平二十年，大周各處都有災情發生，一路上隨處可見逃荒的百姓。

如今想來，到了下半年，湖廣和東三省又鬧乾旱，糧食收成一下子銳減。朝廷這些年國庫日益耗在替今上修陵寢上，哪有餘錢落到救災這頭？不過，後來聽說是恒王當殿請旨下江南籌糧，在江南殺了一批貪官，又開了幾處糧倉，才不至於鬧得民眾起暴亂。

這些往事她慢慢在腦海中憶起，可是，能想什麼方法幫助彰州城裡受災的百姓？不單這樁事令她頭痛不已，寶昌號接下來的路該怎麼走，她也一籌莫展。

這日，姚姒剛午睡起身，便聽到堂屋裡有說話聲傳來，仔細聽，隱約是個男子的聲音，她有些好奇，便問紅櫻，屋外是哪個在同姚娡說話？

紅櫻便道：「是青山大哥來了，這場大暴風雨著實嚇人，青山大哥是來瞧瞧兩位小姐的。」

自從孫嬤嬤去了後，他在慈山書院的費用都是姚娡叫人打點的，還有一年的四季衣裳和書墨紙筆，都由姚娡一手包辦。

林青山很刻苦用功，如今能想到在這個時候來看望她們姊妹，也算有心了。

姚姒忽地靈機一動，林青山現今在慈山書院讀書，林縣令的公子聽說也在慈山書院，書院的學子，不乏熱血之輩，若能利用他們幫幫彰州的百姓……

她很快就想到一個好法子，朝紅櫻吩咐道：「待會兒妳請他留下來，我有話跟他說。」

姚姒見了林青山，原本還想著只怕要費一番口舌才能說服他幫忙，哪裡知道林青山聽說是為災民做好事，當即應承下來，二人再一合計，林青山便下山去。

隔了幾天傳來消息，林青山和林公子帶頭，領著書院一幫學子跪於縣衙前向林縣令遞了請願書，請林縣令撥銀救災。

此事一出，當時圍觀的人群中有個富商當即就捐了二千兩銀子，銀子是富商叫人抬到縣衙門口，這樣大手筆，叫人熱血得很。林縣令略一思量，便針對本城的富紳一家一家登門造訪，據說最後總計籌措出足足十萬兩。可災民眾多，若分攤到那些災民手上，也不知能分到多少。

這樣結果算是好的了，姚姒並沒有奢求更多，許是好人有好報，她因此想到寶昌號接下來的動向該如何了。

十日之期已到，姚姒看了這幾人擬的方案，最終同意開設古玩鋪子，但否決了往邊城之地添施洋貨鋪頭。至於貞娘提的開設養蠶織布工坊，她有所保留，最後她對八人道：「我要你們從今日開始調撥人手暗中往各州省去買糧食和糖，除了上面幾項所需用到的銀錢，不管是新糧還是陳年舊米，能買多少是多少，悄悄把糧食集中到江南和福建囤起來，我不發話不許停。」

眾人聽到前三條時，多少都有些預料到了，至於這第四條，就有些摸不清頭緒了。張子嗚很不贊同，勸道：「姑娘為何囤糧？雖說咱們大夥兒都聽姑娘示下，但事關寶昌號，姑娘不得不謹慎些啊！」

劉絡和王銘很少講話，這回也沈不住氣了。「朝廷自有糧倉，規定每年這些糧倉得存多少糧，戶部也年年派人查驗，這裡頭即便有作假，真到了天災人禍的時候，料想也不能動搖國本的，十三姑娘這樣做是不是太過冒險？」

姚姒若沒有上一世的經歷，估計現在也如他們這般想。但恒王下江南時，從京城出發一路至蘇州再到泉州，沿路經過上百個糧倉，竟是十有九空，大周的底都快要被蛀蟲敗光了，真相竟如此不可思議，這些都還是柳筍後來偶然同她說起的。柳筍後來很得帝心，有一回出京辦差，查的便是這樣的事，一個堂堂正二品的當紅京官去辦查糧的差事，足見新帝這是防患於未然啊。

姚姒知道現在她沒有說服人的理由，既然沒有理由，她也不須客氣。「我這麼做自有道理，所謂上令下行，五爺那兒我自有交代，你們若不服，便只管去找他。」

她這是拿勢來壓人了，八人就是向天借膽，也不敢有這樣的想頭。姚姒心裡暗嘆，欠趙旆的人情，她便一分一分地還，哪怕她殫精竭慮，也在所不惜。

姚姒的囤糧之計才剛議定，張順便從月兒港回來，他帶回趙旆的一封親筆信，姚姒當即拆開來看，料想是趙旆匆忙間倉促寫下的，信裡只有寥寥數語，看得姚姒頓時膽顫心驚。

信裡說，東洋倭寇月前已經占領琉球，荷蘭人也不安分起來，頻頻率船艦在東南海域示威，只怕大周與倭寇間的海戰一觸即發，海上就要亂起來，要姚姒有個準備。至於海上那門生意，就得看接下來的狀況如何，往後青衣會負責往她這邊傳遞消息。

姚姒過了最初的驚慌，慢慢平靜下來，琉球是大周屬國，看來此次東洋倭寇來勢洶洶，大周被個番邦小國欺辱至此，威嚴何存？就如趙旆所說，戰事一觸即發，那麼海上這門生意，不管是和洋人做交易還是打劫走私販，貨物的量都會銳減，這與她才剛定下寶昌號的走向並無多大背離，但只要戰事一打響，米糧和軍需物資只怕都會在價格上有波動，那麼，她的囤糧之計是做還是不做呢？

張順站在一旁有幾分焦急，姚姒在看完信後露出幾分驚惶，難道有什麼不好的事？果然接下來姚姒把信遞給他看，張順一時間也怔住了。

良久她才出聲。「張叔，還得煩勞你儘快下山通知寶昌號的八大掌櫃一早來見我，就說我有急事要與他們相商。」

張順忙應是，姚姒又吩咐。「我現在修書一封給譚吉，請張叔儘快使人往京城送去，務必要快。」言畢提筆當著張順的面就寫了一封信用蜜蠟封好。

「若真如五哥在信中所說，彰州城只怕不久後就會大亂，張叔且多叫些人手在身邊，不論如何，你的安全比什麼都重要。」

張順沈默了一會兒，聲音裡帶著濃濃的擔憂。「若真的亂起來，琉璃寺只怕不安全，兩位小姐身邊，我看還是由我帶些人就在寺裡住下來，山下那邊我叫人留守便成，小姐看可成？」

姚姒知道倉促間並不好找護院，再說她和姚姑以及丫頭婆子們，個個都是女眷，若由外男住進來，始終不大方便，琉璃寺多少與趙斾有些牽扯，他在這裡必定留了人手，當即便否決了張順的提議。

第二日，貞娘和張子鳴等人來得早，姚姒開門見山把趙斾信中的情況簡單說了下。「寶昌號才定下來的走向，只怕還得順應時勢稍微更改了。」

各人都跟著趙斾見過世面，還不至於引起驚慌，都小聲議論起來，末了，張子鳴率先道：「朝廷每年都要議上幾回海戰之事，若真如五爺所料，海戰肯定會打起來。這樣看來，寶昌號的貨源勢必受阻，咱們的鋪子才剛有賺頭，若是收起來一半，定會受重創。」

姚姒也知道現況，她睃了眼張子鳴。「張掌櫃說得不錯，這是現實問題，咱們半路出家才撞上這門生意，想那橫行在海上多年的幾家，必也會面臨和咱們一樣的狀況。您是經歷過事兒的，若有什麼意見不妨直言，大夥兒也一起聽聽，事關寶昌號的生死，你們可不許藏私啊。」

她這半是抬舉半是敲打的話，張子鳴哪裡聽不出來。「既然十三姑娘把話說到這分兒上來，老奴也不藏著掖著了。戰事一起，糧食等軍需物資勢必起價，大肆囤糧只怕會引起朝廷忌憚，老奴斗膽勸一句話，若要寶昌號平安經營下去，囤糧一舉還請姑娘停下來。」

張子鳴開了頭，楊大盛也不贊同，劉絡撫了把半長的鬍鬚卻道：「各位可別忘了，咱們五爺如今可正在海上，若海戰真打起來，朝廷的銀錢物資便會吃緊，一來咱們不知道這場戰事要持續多久，五爺的後援你們可曾考慮過？十三姑娘打理寶昌號，哪樣事情不是以五爺為先，如今你們怎可一味鑽進銅臭味裡計較些許小小得失呢？」

他這話一出，頓時叫其他人醍醐灌頂。

姚姒朝劉絡微微福身，清聲道：「咱們不光是要囤糧，還得加緊了辦。各位難道還不明白，秦王只需在軍餉上動動手腳，五爺帶的兵可就吃苦了。若是下半年秋糧短收，又加上有戰事，糧食和糖的價格勢必大漲，咱們多少要為五哥籌措些銀子出來，各位可都明白？」

男兒沙場拚命，為的無非是軍功，他們也希望趙旆少年得志，既為大周揚威，又以軍功博得前程。主子榮，他們跟著的這些人自然也好，是以，姚姒這番話一出，沒有人不明白的。

最後姚姒拍板，先前的十家鋪子不減，留下半數的鋪面先開著，京城開鋪的計劃也擱下。餘下五間鋪都在產糧之地，便由那五家鋪出面購糧，這是明面上的，私底下則由劉絡主理派人往各處囤糧，眾人都知道這事慢不得，還得做得十分隱密，便又細細一條一條商議。

姚姒把這次寶昌號的決定寫了封信，交給張順親自送到月兒港，又問青衣趙旆的歸期，青衣也不知道，只交了一封信給張順帶回來。

信裡一一列明軍需物資明細，看筆跡是趙旆的字樣，姚姒一看就明白了。她把貞娘和張順叫來，由貞娘在幕後主導，張順在前頭出面，加緊在黑市收買他所列的物資。

九月末，當天氣轉涼時，朝廷的水軍同東洋倭寇在琉球島終於打了起來。

戰事一開，就打得很激烈，朝上有人主張議和，有人義憤著要打，主和還是主打，兩派人馬爭議不休。可就在朝廷舉棋不定時，荷蘭人朝大周開了第一炮，福建炸了鍋，這下主和的人不出聲了，紅毛鬼子都欺到國門口來，焉有不打之理。

秋糧果然欠收，姚姒的擔心又深了一重，等到開平二十一年正月時，姚姒已經把手上所有銀子花光，而這個時候，譚吉和陳大回到了彰州。

第四十五章 情定

譚吉正是收到姚姒的信後才回彰州的，他在回彰州之前先去了產硫磺礦的四川和甘肅進行一番採買，等事情辦得差不多了，便來見姚姒。

採買硫磺的主意是姚姒決定的，如果想在短時間內賺更多銀子，這些軍資是最好的生錢工具。寶昌號已經在糧食上作起文章，姚姒變賣了一些姜氏手頭上不大值錢的產業，湊了些銀錢出來，這次譚吉和陳大回來是向姚姒拿銀子去付硫磺尾款的。

譚吉還帶了「茂德行」的帳本給姚姒查看，茂德行便是京城開設的鋪子名號。幾人先是寒暄一番，問了各人安好，姚姒便翻開茂德行的細帳來看，只看了幾處便合上帳簿，笑著對譚吉和陳大道：「辛苦你們了，先生把京裡的鋪排做得很不錯，若非你安排得當，我也不能知道京裡的動向，且茂德行雖然才開鋪一年有餘，不僅沒虧，反而頗有些盈利，我知道這是先生的一番用心，才有這樣的好成績。」譚吉在他家族鼎盛時，手頭上打理的銀錢數以萬計，而今卻並未嫌這裡頭的銀錢少，他的努力用心姚姒自然都清楚。

譚吉自謙了幾句，便說到正題上來，他和陳大半年內跑了川肅兩省的硫磺礦區，又一路收購藥材，此次回彰州，一來是要在此將手頭上購置的一大批藥材託鏢行運送回京；再有譚吉同硫磺礦那邊的賣家約定在彰州交貨。硫磺這樣的東西，若是數量多起來，自然只能是黑市交易，道上的規矩是見到貨才付銀錢，這也是譚吉要儘快趕回彰州的原因。

姚姒是知道內情的，問譚吉：「對方可說好什麼時間與咱們接頭？雖說他們做這行的自有他們的管道，但咱們可萬萬要小心謹慎些。」

譚吉知道她的意思，低聲回道：「小姐放心，這人在道上很有些名號，彰州如今亂象漸生，上頭當官的對於這種黑市向來睜一眼閉一眼的，只要不鬧大動靜又有銀子可掙，也就放了過去。再說，咱們此批的數量也不大，只要這人在路上不出岔子，到了彰州也就算是安全無虞了。原本我與他們約定在正月十五那日接頭，待我驗完貨，便在小姐這裡取銀子交割去，一面點銀一面給貨，銀貨兩訖互不相欠，咱們這頭再把貨放到小姐先前租賃好的貨倉便成。」

姚姒知道譚吉是個穩重人，他說不會出大差錯便有七、八分了，她起身打開桌上一早就準備好的錦盒，裡頭整整齊齊擺著一疊厚厚的銀票。譚吉掃眼過去，便知她這是籌到了買硫磺的尾款。

她把錦盒遞到譚吉手上。「銀子一早就給你們準備妥當了，拿去吧。」

譚吉心有疑問，姚姒手頭有多少銀錢，他約莫是知道的，如今這筆銀子數目較大，他望了望姚姒，心中大概猜出這銀錢是怎麼來的，他鄭重地朝姚姒抱拳。「不出半年，我一定會給小姐賺回來翻倍的銀兩，到時只請小姐把太太的嫁妝贖回來，不然，我譚吉如何對得起太太？」

她就知道這事絕對瞞不過譚吉，姚姒也不否認，只是帶著幾分期盼之色看向他。「如今寶昌號也要用銀子，茂德行也需現銀周轉，凡事需要變通，我相信我娘九泉之下一定會體諒我的這番不得已。」

姜氏對譚吉有大恩，如今聽到姚姒為了籌措銀子而變賣姜氏的產業，譚吉心裡如何好受，不禁在心底重重一嘆，姜氏的產業絕對不能敗在他手上，只要有他在的一天，姜氏的東西他都要好生護著。

譚吉是個極妥當的人，自從正月十五這日與硫磺賣家接上頭後，接下來的一應事情處理得十分謹慎小心，總算是有驚無險地把這事辦妥了。

陳大就隨鏢行的人先行回京，姚姒知道譚吉這一回離家許久，必定也想念家人。譚吉是家中長子，底下還有幾個弟妹需照拂，往日姚姒怕引人注意，並不曾叫人送東西上門，索性此次譚吉回來，就叫他在家中住些時日再回京。

寶昌號和茂德行這兩邊的生意都有條不紊地運作著，姚姒不再似先前那般忙碌，許是人一閒下來，先前那些強行壓抑的東西便如藤蔓般在她心裡恣意瘋長，夜深人靜時，趙旆的身影總會在她腦海裡飄浮，她終於知道情不由己，先前所發的誓言言猶在耳，卻是那樣的蒼白無力。

青衣那邊的信件越來越少，趙旆消失近一年，她不知道他如今在哪裡，有時她忍不住想，她與他所有的交集，會不會是夢幻一場？有時會胡思亂想一通，如果趙旆在海上受傷怎麼辦？遇到暴風雨他能否安然躲過？荷蘭人有洋槍火炮，東洋人凶狠殘忍，所有好的壞的，統統都往她腦海裡鑽。

陰雨纏綿的時節，昨兒滿樹的桃花還盛開著，一場風雨過後，落花鋪得滿地成愁，姚姒自己滿腹心事，坐在亭中看著這場花雨，不知怎的，竟覺得有些冷，她緊了緊雙臂。紅櫻瞧著這天氣，悄悄地轉身回去取披風。

姚姒恍恍惚惚的，忽地，有片落紅飄到她的手上，她抬頭往眼前那棵桃樹瞧去，不期然，模模糊糊的，彷彿有個熟悉的身影緩緩朝她走來。她一驚，不可置信地起了身，朝著那越來越近的身影跑了幾步，待真真切切見到人，她忽地如夢中醒來，胸腔裡酸脹得厲害，腦子也嗡嗡作響。

眼前的人是他卻又不是他，他的身量抽高不少，先前如玉的一張臉再不復見，面前的人眉毛英挺，一笑，黑黑的臉上露出一口白牙，這淡淡的笑容陌生卻又熟悉，這個穿著甲冑一身鐵血之氣的男人真的是他嗎？

不期然被他擁入懷中，她的臉貼在冰涼的甲冑上，鼻息間滿滿是男子氣息，她不爭氣地落下淚，長久的擔憂一旦鬆懈下來，就軟得發虛，也抖得厲害，她用了些力來掙脫，不想讓他看見自己的眼淚，只把頭往別處轉。

他緊緊把她箍入懷中，也不出聲，他微微扎人的下巴抵著她的額前，肌膚相親，她顫抖得更厲害，這會子是真真切切的不知所措。

他知道，他定是嚇著她了，他出了聲。「姒姊兒，傻姒姊兒！」喃喃自語，半是滿足半是期盼地含了無限情思。他知道她落了淚，這淚是為他流的。

他的心也鼓脹起來，抬起她的臉，輕輕拿指腹替她拭淚，他的指腹生了繭，哪怕只是輕輕幾下，也在她花般嬌妍的臉上留下幾道微紅的印跡。

他定定瞅著她，只有這一雙點漆妙目裡，才能窺探得一絲她對他的情意，他忍得很艱難，真想低下頭親一親她的眼睛。

她很是難為情，這樣情不自禁令她很後怕，狠了狠心，用力把他推開，低低地喊了聲「五哥」。

這一聲五哥，到底叫趙旆回了些神，久別重逢，是何等叫人歡喜，他輕輕地「欸」了聲，她的不自在都瞧在他眼裡，他笑了笑。「長高不少，到底有了幾分大姑娘的模樣。」

兩人間多少都有些不自在，也就揀了這不痛不癢的話來說。姚姒不敢抬頭看他，只在他熱切的目光裡嗡聲道：「五哥不也長高了？險些叫人沒認出來。」

他哈哈大笑幾聲，這爽朗的笑聲裡多少有些以往的影子，姚姒自己怪不好意思的，也抿了嘴笑，笑一下瞪他一眼。

紅櫻取了披風回來，看到依稀是趙旆的身影，也就離兩人不遠不近地守著。

趙旆眸光一閃，姚姒便猜到必是紅櫻取披風回來了，往後退了幾步，便問他怎麼會突然回來？

趙旆自己知道自家事，抵不過相思成災，他已經兩天兩夜沒合眼，就是為了來見她一面，因此而多繞了些海灣也值得。

他不管不顧地牽她的手行到一棵桃花樹下，清風徐徐吹來，兩人身上頓時落花成雨，他沈沈地望著她，似乎要把她印在心上。「想回來看看妳長得有多高了，是胖了還是瘦了，是高還是矮了，我不願錯過任何一個等待妳長大的時光，姒姊兒，妳可掛念五哥？」

如何不掛念他？若這世上有一種藥，能抵得過這種入骨纏綿的悸動，她願意花千金去換，原來話本裡說的「情不知所起，一往而生」，竟叫她真真切切明白了，她只覺得心悸得難受，快要呼吸不過來。

他的目光柔情似水，希望她能點點頭，再好不過的是能對他說幾句貼意的話。

她在他灼熱的目光注視下，忽然不敢看他的眼睛，緩了好幾息，避重就輕道：「一年年長大，當然會不一樣，難道會長成個妖怪不成？」

手還被他緊緊握在掌心，姚姒用力掙脫，奈何他就是不放，只好垂了頭，臉上紅得不敢見人。看到她嬌羞的模樣，趙旆的心雀躍起來，低聲調侃了句。「許是想的，不然也不會打發張順一遍遍去月兒港問人。」

「誰想了？」不知怎的就蹦出這句來，那嬌嗔負氣的樣子，立時惹得趙旆哈哈大笑起來。

他恁地不厚道，非得把人惹得羞惱了，見他越笑越大聲，心裡直懊悔，她是圖了一時嘴快才嘀咕了這麼句，女兒家終歸面皮薄，甩袖就要走。

他哪裡肯就這麼放她去，心裡惆悵一回，再不敢造次了，極不捨地放開她的手。「好姑娘，我可就這麼會子工夫，一會兒還得回船上去，咱們好好說會兒話可好？」

他說得可憐，姚姒頓時就心軟了，心裡掙扎幾回，到底抵不過想親近他，也不言聲，只朝他輕輕頷首。

他心裡滿滿是甜，從袖中掏出一支小巧玲瓏的簪斜斜插在她頭上，這支簪也不知是什麼做成的，在太陽底下華光璀璨。少女雙眸盈盈含光，似驚似呆，他猶似不滿意，又拿手比了比，把簪再往髻上正了幾分。

他的身子不經意越靠越近，她的心不由自主怦怦怦直跳，聲音卡在嗓子眼裡出不來。她知道，若再這樣下去，怕自己會不管不顧放縱下去，她往下一蹲身，他的手落了空，半空中還抓著那支玲瓏簪。

她顧不得羞怯，狠下心想要把一肚子的話說出來，他卻朝她寵溺地笑了笑，雙手搭在她的肩上道：「別鬧，都是大姑娘了，雖是守著母孝，可頭上不能沒點東西。」

他再次往她頭上插了那支簪，光華流轉，她的臉有了人間的生氣，再不似朦朦朧朧地懸在半空中讓他撓心抓肺。趙旆瞇起眼怔怔地看了半晌，啞著聲看著她的眼睛，動情地呢喃道：「姒姊兒，本來這些話不該現在說的，但我等不及了，不知道今日這一別，明兒再見面又是幾時。再過幾年妳就要及笄，這支玲瓏簪我提早插到妳頭上，妳……妳可明白我的心意？」

戰場上刀劍無眼，炮火無情，聽他這話，彷彿有不好的事情即將發生。

姚姒直想哭，老天爺，她究竟要如何是好？她也不知道是什麼感覺，似歡喜卻又難過得很，心像泡在沸水裡滾得生疼，也許這一別離再見無期。

這回，他把她逼到死角，再不容許她裝聾作啞，她萬千後悔對姚姑還未說出口的誓言，她深深責怪自己，怎能不戰而屈？

她和他即便沒有未來，她也想要擁有片刻美好。這麼久以來的壓抑片片在她心裡碎裂開來，她的手攀上他的手背，望著他的眼睛，他的眼睛裡倒映著她的臉，她重重一聲嘆息。

「何苦來招惹我呢？咱們這樣糊塗著何嘗不好？」

世間男女，兩情相悅是何等美好，她的怨怪洩了她的底，原來他對她的情思，她心裡都明白著。這一刻的驚喜太過大，充塞在趙旆的五臟六腑，讓他有些飄飄欲仙，他的臉慢慢低了下來，兩人越挨越近，近得都聽到彼此微微的喘息聲。

姚姒就算再沒有經過情事，也知道他接下來要做什麼，她的手剛要抵上他的胸，他的唇就濕濕地印在她的眼睛上，她的頭腦頓時混沌一片，微微暈眩襲來。

她的睫毛輕輕一顫，癢癢地搧在他的臉上，竟令他有些顫抖，血潮一股腦兒翻湧開來，險些把持不住，萬分不捨，天人交戰許久，才鬆開放在她肩上的手。

時間緊迫，他道：「寶昌號妳打理得很用心，我很放心。我走後，妳一定要好好保重，好生等我回來，等我……」

等他什麼？這未完的話彼此都明白，曾幾何時，意氣風發的少年也會這般兒女情長地殷殷細語，怎地不叫人情動？她一肚子的話都化為輕輕頷首，終於說了句貼意的話。「我等著五哥凱旋而歸。」

她抬起雙眸殷殷看他。「若五哥敢捨了這一身去，我必絞了頭髮做姑子，死後也不與你魂魄相見。」

再沒有什麼比得過情人間的相和更叫人歡喜，只是歡喜過後，滿心都是沈甸甸的澀痛。若他真有個不測，她這一生該怎麼辦？趙旆後悔起來，怪自己把話說得太早，所謂患得患失，趙旆原是不相信男子會有如此舉動的，如今他自己經歷一朝，才真正體會到……

這可真是要人命了！紅櫻嚇出一身冷汗，趙公子往常再正經不過的一個人，怎地今兒如此孟浪？再這樣下去，豈不是她家小姐要吃虧？她在原地轉來轉去，心急如麻，見他倆還傻傻地你望我、我望你，她一跺腳就跑開了去……

姚姞來得很快，可也是半盞茶的工夫了，趙旆早已不見人影，只有姚姒呆呆地立在樹下，神色似喜似悲。姚姞一眼就瞧見妹妹頭上多了支簪子，臉上也殘留著幾分紅暈，姚姞忍不住一聲嘆息，揮手讓紅櫻退下。

「姒姊兒，他可是同妳說了什麼？」姚姒向來是個心志堅定的女子，先前她分明在自己的勸說下息了對趙旆的情愫，甚至險些發下誓言，可瞧她現在分明是情願陷進去了。

姚姞鮮少對妹妹疾言厲色，這會說出來的話就有幾分重。「妳一向是個懂事的，我也相信妳先前說的話。姒姊兒，他那樣的家世人品，咱們這樣自身尚且不知將來的人，妳與他又能有個什麼好結局？私相授受，這是一輩子的把柄，妳怎可糊塗呀！」

「姊姊，我沒法子了。」姚姒轉過身，朝她道：「我知他的性子，他這一走必會拚盡全力，古來征戰幾人回，此後生死不知，相見也不知是否有期。姊姊，人生難得一回癡，且容我隨興一回吧。」

姚姞喃喃幾聲卻不知該說什麼，一跺腳恨聲道：「罷了罷了，我也不管妳了，妳想怎樣且隨意去，姊姊沒的在旁做個嫌棄人。」

擱在平時，姚姒早就黏上來扭著姚姞一番撒嬌了，這回她卻文風不動，眼神定定地朝著大海的方向望去，也不知在看什麼。

瞧她那不爭氣的樣子，姚姞無奈地連聲嘆息，桃花依然捨了枝頭要隨風起舞，就連姒姊兒都鐵了心，那她呢？她的歸宿又在何處？是周家嗎？

她想到周太太的關照，時常打發人來看望她們，但究竟是否有那層意思，她如今也未知，日後，她們姊妹又該何去何從？

第四十六章　賣女

兩姊妹心裡都存了事，晚飯草草用過就各自散了。屋裡點著兩盞桐油燈，山上的風入夜就大起來，吹得兩盞燈火明滅掙扎。

姚姒有些傷情，彷彿一盞燈是她，另一盞是戰場上的趙斾。又是一陣風吹來，她急奔到窗邊把支窗的橫木放下，轉身拿起桌上的黃銅剪子把燈芯剪了一截，兩盞燈火頓時亮起來，她這才眉頭微鬆。

屋裡只有紅櫻一個，等姚姒坐定，她便跪下來。「請小姐責罰，今兒是奴婢自作主張了。」

紅櫻平素看著沈穩，實則也是有股倔勁，今日大概是怕她吃虧吧，姚姒讓她起身，索性把話說開來。「我都知道妳是為了我好，但妳需記住，我不管世人如何看我，我只知道這輩子我注定要與別人活得不一樣，妳是我身邊最近的人，只能思我所思、想我所想，明白嗎？」

紅櫻立時就垂了頭，似有所悟，重重道：「小姐，是奴婢想歪了，奴婢記住了，這一生奴婢只會思小姐所思，想小姐所想。」

因為昨日之事，姚姑心裡存了些悶氣，認為一切都是趙旆的錯，妹妹於情之一事尚未開竅，而今深陷其中，一定是趙旆起意在先。若他二人就此下去，不免有私相授受之嫌，若將來真的能成其好事，只怕也少不了落人話柄。想到這些，再看看自己手上替周太太繡的鞋面，不禁一陣唏噓。

姚姒進了屋，見姊姊一會兒嘆息，一會兒又對著手上的針線發呆，多少能猜到她的心事。

周太太心善，每年都會派身邊的嬤嬤來送節禮，不說噓寒問暖，但至少表明了一種態度——周太太和姜氏當初的打算，如今周太太還是算數的。姜氏是開平十九年歿的，她姊妹二人喪母得服斬衰，二十七個月的孝期眼看今年八月就要出孝，姊姊這是有心事了。

「姊姊。」姚姒柔柔喚了聲，走進屋裡。

姚姑見是她，胡亂把手中的鞋面往針線簍裡塞，迎了妹妹進屋，兩姊妹坐在榻上說話。許是平日沒留意，挨得近了，姚姑發現妹妹的眉目生得越發玲瓏，這才驚覺她已經慢慢長大。

「左右無事，來瞧瞧姊姊在做甚。」姚姒看了眼那針線，不無感嘆道：「周太太待姊姊好，姊姊溫柔知禮，也不知做了多少針線送給周太太，看來周太太是真心喜歡姊姊的。」

姚姑的臉頓時紅成一片，朝妹妹啐了口。「口無遮攔的，也沒個羞。」

姚姒掩嘴直笑，姚姑又羞又惱，朝妹妹恨恨地瞪了幾眼，姚姒抱住她的手臂搖了搖。

「好姊姊，快別生氣了，都是我不好，妹妹這廂給妳賠不是了。」

她撒嬌扮癡，哪裡像是給人賠不是該有的樣子，不過好歹也受用，姚姝拿手指點了點妹妹的頭。「罷了，姊姊總是盼著妳好，若妳真的打定主意，我也不攔妳。只一條，妳年紀小不懂事，他趙旆是男兒，不會知道女兒家這輩子都受名聲所累，往後啊，且讓他顧著妳些。」

姊姊到底是為了她好，姚姒點了點頭，兩姊妹算是把昨日的事揭過去。

「對了，昨兒林大哥往我這裡跑了一趟，還特地問到妳，也不知他找妳是為何事？」姚姝看了看妹妹。「孫嬤嬤和錦香、錦蓉的家人，咱們欠她們的，往後必要厚待，若林大哥真的求了妳什麼，看在孫嬤嬤的分上，妳且盡力幫幫他吧。」

姚姒心中有數，林青山上山來，只怕是為了今年秋闈的事，林青山是個有野心的人，眼看就要出母孝，定是把重心都放在舉業上。

就怕他所求不小，只是這些事不必讓姊姊知道，她扯了幾句便圓過去，末了道：「今兒我來是想問姊姊一句實在話，姊姊覺得周家如何？」

姚姝一愣，姚姒又道：「姊姊過完今年生辰就滿十七歲了，等八月除了服，老宅那邊定是會有動作的，廣州府那邊是什麼打算也未可知，姊姊對自己的親事，心裡可有成算？」

姚姝顯然思量過這個問題，她也顧不得羞，回道：「自古婚姻大事，父母之命，媒妁之言，娘在世時就與周太太有口頭約定，我及笄那年，周太太也送了一支玉簪來，這些年妳也看得出周太太的用心，我、我自是願意的。」

姚姒看得真切明白，拉著姊姊的手笑道：「只要妳看中周家，我這裡必會想法子全了姊姊的心願；但若姊姊無意於周家，只是礙於周太太的人情，待出了孝，我想辨法讓廣州府那邊來接咱們，到時我再慢慢替姊姊相看人家。至於老宅那邊，咱們是不能再回去了，姊姊的意思如何？」

姚娡眼睛慢慢紅了，她攬過妹妹細瘦的雙肩，既覺得虧欠，又是感動。「怪姊姊沒用，原本該我承擔的事情都叫妳攬了去……」說到傷心處，拿帕子遮了半張臉無聲哭泣。

姚娡這兩年漸漸變得懂事持重起來，從前那偏執的性子改了許多，人也越發能幹，只是這動不動就愛哭的性子沒變，姚姒也很無奈。

看來，周家那邊得叫人去查查了，也要看周家這次在姜氏孝滿的時候，是不是會有所動作，這些，都得張羅起來。

第二天，姚姒提筆親自給周太太寫了封信，她用詞很斟酌，並在信末印了自己的私章，把信封用蠟油封好。張順便安排人去送信，並且按姚姒的交代讓人同時也查一查周家的狀況。

過了兩天，林青山來見姚姒，姚姒並未在屋裡接待他，而是去了琉璃寺西邊面海的那處高地，紅櫻遠遠跟在後面。

姚姒點明他的來意。「林大哥今日來找我，只怕是為秋闈之事吧？」

林青山的眉頭幾不可見地挑了下，卻沒否認。「真是什麼也瞞不過十三小姐，有時我很懷疑，您明明尚在稚齡，卻有著非同尋常的敏慧沈靜，想必以後定是際遇非凡。」

海風勁大，吹得人衣袖獵獵作響，她朝林青山笑了笑。「林大哥的學識，就連書院院長都出口誇讚，想必高中是沒有問題的。恕我愚鈍，實在猜不透林大哥要我做什麼？」

兩人都用了些心機，林青山想著，姚姒必定已猜出他的來意，卻故意不點破。而今看來，是真的不會幫他這個忙。他很失望，福建之地早被秦王把持，士子錄取得看上頭的意思，原本是看她與定國公的趙公子有所交集而來求一份人情，看來這步棋終是行不通了，他喃喃道：「十三小姐也沒法子嗎？」

姚姒見他失望的表情，心下一嘆，卻有些不忍，想起孫嬤嬤待姜氏和自己的忠心，她在心裡衡量了一遍，才道：「不是我不幫忙，這份人情即便用在你那兒也不合時宜。定國公在朝中一向是忠於天家的，秦王的人未必會賣他的面子，不過我卻有一個更好的人選，就看林大哥的用心了。」

林青山被她說中心事，既嘆她的聰敏也有一絲不堪，但聽說有轉機，心中大定，然而面上卻不顯分毫。

姚姒見他如此沈得住氣，心裡既欣賞又加重了防心。

這份人情就當是報孫嬤嬤的恩吧。「如今戰事吃緊，去年糧食又欠收，京裡的那幾位鬧得很難看。我得到消息，恒王會奉命下江南籌糧，林大哥抓不抓得住這個機遇，就得看林大哥的手段了。」

走時林青山再次對她作揖道謝。「十三小姐放心，我不是那等急功近利之人，十三小姐和五小姐待我的這份恩情，我林青山沒齒難忘。我在此承諾，日後您二位若是有用得著我的，必會盡全力效力。」

倒也是個拎得清的人，姚姒微微含笑，給他福身一禮。「我和姊姊往後就仰仗林大哥了。」

林青山面上難掩笑意，海風撲來一陣腥濕味道，他的身姿立在高崖上，慢慢伸直軀幹。

姚姒回屋，心裡很感慨，若林青山真的能有一番際遇，今日也算是與他結了善緣。可轉頭又想，恒王下江南籌糧，很可能林青山會在彰州鬧出一番大動靜，那麼，寶昌號就不能再暗中收糧了。

她把貞娘叫進來，吩咐她即刻下山，通知寶昌號停止動作，只叫人把糧倉守好，若有民眾拿著豆子、地瓜等等來糧鋪裡換米麵，叫鋪頭的夥計不許為難，務必要給人換。

貞娘心裡詫異，但看姚姒那不容置疑的態度，她俐落地點頭。

去年因水患糧食欠收，今年卻是乾旱，禾苗嬌貴，但諸如豆子、地瓜的莖類作物至少還能收作，與民奪利，她是不得已而為之，現在也只能做這些來補償一二了。

姚姒囤糧的目的，本來大半原因是為趙旆準備，現在看來，她的目光還是太短淺了。恒王這趟下江南必定不簡單，至少幾處屬於恒王的勢力，如鎮守西北的定國公以及趙旆這兩處，戰事處於膠著狀態，必定軍糧堪憂，是以恒王才在奪嫡的緊要關頭下江南籌糧。反之，只要定國公和趙旆能穩住，恒王則安。

想通了這點，後面的思路越發清晰起來。趙旆在彰州不聲不響地經營了幾年，絕不會一點成果都沒有，有沒有可能是在為恒王打前哨呢？而恒王則以奉旨籌糧為由，順勢把原本屬於秦王在江南和福建的勢力連根拔起？這個猜測令她興奮不已。

借刀殺人的念頭在她腦海盤旋許久，想到能替母親報仇，這份快感在她內心激盪不已，她的手隱隱發抖，前世今生，姚家所有負她們母女三人的，一個都跑不了。

就在姚姒絞盡腦汁如何為姜氏報仇的時候，姚蔣氏身邊如今得用的李婆子奉命來看望姚姒、姚娡。這麼個時候不年不節的，姚娡頓時覺得事情有些不尋常，因此先找了妹妹過來商量。姚姒冷哼一聲。「這個時候來還能為什麼事？眼瞅著我們就要服除，想來她們把主意要打到姊姊頭上了。」

李婆子見到兩姊妹時，那眼神直往姚娡身上瞅，更加讓姚姒肯定自己的猜測。姚娡對李婆子的眼神十分厭惡，懶得再拐彎抹角，問道：「不知今日嬤嬤來此是為何事？」

李婆子嘴邊的笑就沒停過，忙道：「咱們府裡過幾日要辦花宴，老太太甚是想念兩位小姐，先前念著兩位小姐為母在寺裡守孝，是以過年過節都沒接兩位小姐回去團圓。此番老太太說，眼瞧著兩位小姐今年就要除服了，不若趁著府裡此次設花宴回府露露臉，也消弭先前一些人的胡亂猜疑。」
還有比這更不要臉的嗎？姚姞心中大怒，這幾年對她們不聞不問的，一見她們快要除服就來做做面子。說是花宴，誰不知道這是相看的老把戲？
一時間她心灰意冷，懶得同李婆子囉嗦。「老太太的心意我知道，我姊妹出府為母守孝，外間只會讚姚家知禮守節，若有那胡亂嚼舌根的，公道自在人心，老太太又何須理會？還請嬤嬤回府後同老太太說，我和姒姊兒就不去湊熱鬧了，待我姊妹二人除了服，自會回去給老太太磕頭。」
好厲害的嘴皮子，翅膀這就長硬了不成？
別以為離開姚家的大門就受不得老太太的掌控！李婆子心裡滿是不屑。「來時老太太便有交代，務必要讓老婆子把話傳到，花宴設在三月十二那日，那日府中會派人來接，還請兩位小姐早做準備，免得老婆子我回去難以交差啊。」
這半是威脅、半是警告的話，李婆子說得很理所當然。
姚姞氣得臉色發青，姚姒卻沈得住氣，對李婆子淡聲道：「老太太的一番好意，我姊妹二人無有不從，煩請嬤嬤回去告訴老太太，到那日自會打點妥當後回府。」
這還差不多，李婆子也不欲多留，言罷便離去。
姚姒安慰姊姊。「老太太既然派人來接，咱們不回府去，倒無端被人猜測。姊姊只管放心，咱們且去會會，看是哪一家人想把姊姊娶回家？俗話說知己知彼、百戰百勝，再說，姊姊溫柔知禮，這不，一家有女百家求嘛。」

姚姒的話果然安撫了姚姞無措的心，她深知妹妹在她的婚事上絕對不會坐視不管，只得勉強點了點頭。

到了三月十二那日，姚府果然派人來接她們，其中赫然有五太太崔氏的貼身丫鬟田黃。姚姒止不住揣測，難道這件事裡還有五太太的摻和不成？

田黃帶著一群僕婦先給她姊妹二人行過禮後，便自行揮手叫人先下去，只留了個揹著包袱的小丫頭在，她瞭了眼姚姞，而後笑盈盈地欠身道：「恕奴婢話多，五小姐這身打扮只怕不妥，若是赴宴未免素寡了點。來時五太太便交代奴婢，務必讓奴婢給兩位小姐掌掌眼。」

言罷，不待她姊妹反應，便叫那揹包袱的丫鬟上前，逕自解開包袱，自顧自指揮起采芙和綠蕉。「這是五太太特地給兩位小姐準備的衣裳頭面，快去重新給兩位小姐梳頭整裝。」

采芙和綠蕉幾個頓時面面相覷，姚姞望了妹妹一眼，見她輕輕點了點頭，也沒多說，只得回屋重新梳妝。

過了盞茶工夫，兩人掀了簾子再出來時，田黃難掩驚訝之色，頗為滿意地點了點頭。「五小姐花容月貌，配這身妃色衣裳柳色緞繡花百蝶裙，頭上明珠耀目，實在是將府裡的小姐們都比了下去。」

田黃的溢美之詞聽在姚姞耳裡是那般刺人，特地只對她加以評論，姚姞在這個時候再看不出來今日花宴有問題，那真是蠢蛋了。

今日之辱，令姚婧清楚意識到這兩年的清閒日子是多麼不容易，妹妹付出多少心血才令她有安生日子過。

她把不甘和屈辱深深埋進心裡，替姚姒把頭上的珍珠簪扶正，看著妹妹波瀾不驚的神色，一襲柳芽綠裙裳映得妹妹如嬌花照水般出塵，她的心彷彿得到安定，對田黃微笑道：「哪裡，都是田黃姑娘巧手，想來田黃姑娘在五嬸身邊定是深受倚重。」

田黃豈會聽不出她話裡的暗諷之意，依然笑盈盈道：「五小姐過獎了，不是奴婢手巧，是兩位小姐原本就生得好看，稍一打扮就姿容出色。」

姚婧一拳彷彿打在棉花上，才知道這田黃確是個厲害角色。

姚姒不禁思忖，田黃的態度便是五太太的態度，田黃強勢的手段，只能說明五太太是一心要促成這門還不知道對方是誰的婚事，那麼是什麼令五太太這樣主動？這就值得推敲了。

寅時三刻從琉璃寺出發，直到辰時三刻才到姚府，田黃領著姚姒姊妹進二門的時候，五太太恰好迎面而來，兩人忙給五太太福身行禮。

五太太「嗯」了聲，那雙銳厲的眼睛卻把姚婧從頭看到腳，就像查驗待價而沽的貨物般。姚婧的手恨得直發抖，姚姒伸手捏了捏她，溫聲對五太太道：「幾年未見，五嬸風華依舊，氣蘊更勝往昔。聽說如今是五嬸掌家，適才進了門，見沿路僕從井然有序，各司其職，五嬸不愧出身京都名門，端的是好手段。」

她話裡含誚帶譏，不無影射五太太強硬替她們姊妹換衣之舉。

五太太微愣，再看姚姒的目光就含了七分嚴厲。「是個聰明的姑娘，既然知道妳五嬸治家嚴謹，那姑姊兒和姒姊兒今兒可得顧著身分，莫要行事衝動，讓人白白笑話。」

這實實在在的警告，讓姚姒眉頭輕皺，看來，五太太勞心又勞力地摻和在姊姊的婚事上，所圖必不小。

第四十七章　連環計

對於姚家，前有殺母之仇，今有僕婢折辱之恨，是謂新仇舊恨交織在一起。

姚姒看著這座華麗的屋舍，屋脊綿延，頓時有種恍如隔世的感覺，只覺得一口悶氣堵在胸口。她略停了幾步，抬頭逼自己狠狠呼了幾口氣，才壓下心中的翻騰。

蘊福堂的花廳一向是用來待客的，今日既是賞花宴，自是少不了應景的奇花異草錯落有致地擺放在院子各處。

丫鬟打起薄紗簾子，五太太帶頭進了屋。「老太太，可把人給盼回來了。」五太太拔高聲音道：「還以為趕不及了，媳婦正愁著呢，這下好了，幸虧沒耽誤。」

姚蔣氏笑著拍了拍五太太的手。「妳做事，老身從來都是放心的。」

進了屋兩人先給姚蔣氏磕頭行禮，姚姒眼一睃，屋裡除了五太太沒有其他人在，想必姚蔣氏這是要親自掌掌眼，之後必是對她們一番敲打。

果不其然，五太太眼風一轉。「說起來，子孫人倫，這幾年也不回府給老太太請安，是妳們兩個不孝。」

五太太一頂帽子扣下來，姚蔣氏看向兩個孫女道：「她們心裡沒我老婆子，可我這個做祖母的，總不能跟這兩個小的計較。」婆媳倆一唱一和，一個打一個拉，虛情假意做到這分兒上來，足見功夫。

見兩姊妹把頭微微垂下去，也不辯駁，姚蔣氏頗為滿意，再次敲打起來。「我自小教導妳們，女子需得貞靜嫻雅，不可出言無狀，行事乖張。今兒花宴請了好些客人，妳們萬不可失禮於人前，若出了什麼差錯，到時祖母只怕都護不了妳們。琉璃寺日子清苦，我正想著，待妳們出孝後，就把妳姊妹二人接回府來。」

姚姑只覺得屈辱難堪，麻木地點了點頭，姚蔣氏才對五太太點頭。

等小丫鬟帶她們去偏廳時，姚蔣氏對五太太道：「一事不煩二主，田黃這丫頭機靈沈得住氣，我看一會兒妳把田黃安排在姑姊兒身邊服侍，省得出差池。」

「老太太說得是，田黃這丫頭倒也當得起您的誇。」五太太小意奉承道。

陸陸續續有客人上門，蔣家、李家、焦家等，不是親家就是通家之好，五太太迎了個穿著很富貴的四十多歲婦人進屋，她身後還跟了個十五、六歲的女孩子。

姚蔣氏作勢要起身迎上去，那年紀大的婦人幾步上前連連道：「當不得老祖宗這樣的大禮，妾身和李太太是族姊妹，亦聽聞過貴府些事，今日一見，才相信唯有老祖宗這樣的品格，才能教養得出一門一探花二進士來，妾身厚臉皮，給老太太請安了！」

叫老祖宗是客氣，稱一聲老太太，才顯得親厚，宋太太這樣上道，姚蔣氏滿是笑意，連聲客氣，便指了指姚姑。「姑姊兒，這是莆田宋家的大太太，快向妳宋伯母問好。」

果真是宋家！姚姒心頭的猜測落實，暗吁了一口氣，隨著姚姑一起給宋太太福身施禮。

屋裡極熱鬧，宋太太的眼神時不時落到姚姑身上，帶著幾分挑剔。

姚姑心裡不禁又惱又恨，坐立難安，覷了個空，對姚蔣氏輕聲道：「老太太，姊妹們都在西花廳那邊，不如由孫女帶著宋家妹妹去那邊，好讓老太太和幾位太太們說話。」

姚蔣氏很慈愛地笑道：「今兒可是說好妳要幫祖母待客的，哪能這樣撒手不管？」言罷還拿手點了點她的頭，屋裡的人就都笑起來。

「老太太，不如我帶宋家姊姊去那邊找姊妹們可好？」姚姒施施起身道。

姚蔣氏只要把姚姑留下來便成，自然是准了姚姒的話。

姚姒和宋琴韻出了花廳，宋琴韻的話裡不無打探姚姑之意。

姚姒心中有數，故意露了幾句她們姊妹並不得人喜愛，而今還在寺中守孝。宋琴韻自有心計，並沒露出什麼臉色。姚姒深知點到為止，於是二人進了西花廳。

姚姒打眼一瞧，廳裡半數都是熟面孔，各有各的小圈子。就連姚嫻都故意裝作沒看見她，姚姒見她和二房的姚娫以及蔣家幾位小姐親親熱熱的樣子，搖了搖頭，先前就聽說姚嫻跟二房走得近，沒想到現在還摻和進蔣家。

二太太韋氏小氣貪財，她的次女姚娫就生得跟她十足十的性子，而蔣家的人阿諛又涼薄，姚嫻跟這樣的人混在一起，看來這兩年也沒個長進。

見她在門口躊躇，四房的姚姮極親熱地迎上來。「十三妹倒是變了不少，長高了。」

姚姒笑著喊了聲：「六姊。」

姚姮意有所指道：「立在門邊上可不好看，許久未見妳了，走，咱們去那邊廊下坐著說話。」

姚姒從善如流地點了點頭，姚姮便問起姚娡，聽說被老太太留在屋裡待客，她不禁輕嗤了聲。

姚姒故作疑惑問道：「六姊這是何故？」見姚姮不語，她輕嘆道：「想我姊妹失怙在前，又離家去琉璃寺守孝，處境已十分艱難，六姊只怕是在笑我姊妹沒骨氣吧。」

這話半真半假的，給姚姮穩穩遞了把梯子，姚姮果然話中有話。「十三妹有所不知，這宋家是莆田的首富，也不知他們是如何結交上老太太的，今兒宋太太帶著一雙兒女來咱們府裡作客，我父親這會兒還在外院設了宴招待宋二爺，又叫瑞哥兒陪席。」說到這裡，頓了頓。「宋大爺和宋二爺皆已成親，聽說宋太太還有一么子，堪堪到了說親的年紀。」

果真是宋三郎這個畜生！姚姒望了望姚姮。「六姊這話何意？」

姚姮覷她一眼。「今兒老太太把五姊留在屋裡陪客，其他姊妹卻都在西花廳，做得這樣明顯，妳還猜不出來？」

明人不說暗話，姚姒心道，不能一味裝弱，既然四房拋出橄欖枝，她就看看四房是何意？「五嬸明知我和姊姊身有重孝，田黃卻仗勢把我姊妹的素裳換華服，宋四小姐明裡暗裡向我打探五姊的事情，若是到這會子我還不知道她們這是何意，也就不值當六姊一片用心了。」

姚姮有些微不自在。「莆田宋三郎行事乖戾，喜好男風，眾所周知。」卻故意停頓在這裡，弄起手上的帕子，而後一抬頭，頗有些推心置腹。「這樣的人家，難道十三妹看著五姊跳火坑不成？這個家裡，要說比尊貴，妳和五姊堂堂二品大員的千金，她們卻這樣作踐妳們，若三太太還在世，她們豈敢如此？」

姚姮的話十足十挑撥，姚姒不禁揣測起四房的用意，難道四房挑唆她去鬧事，是為了自己與宋家結親不成？她看了看姚姮，試探道：「六姊莫非有什麼主意不成？我自是不能看著姊姊嫁給那樣的人渣。」

姚姮聽她這麼說，似笑非笑地朝她望了幾眼。「我一個尚在閨中的女兒家，哪裡有什麼主意幫妳，不過是看在三嬸從前同我娘交好的分上，把這事告訴妳一聲，省得到時被人賣了還替人數錢。」

她這話分明意有所指，姚姒故意央求道：「好六姊，如今也只有妳才能說些真心話了，還請六姊指點迷津，這次宋家的事，五嬸也太過殷勤了，六姊若是知道些什麼，還請看在我們兩房一向交好的分上，幫幫我和姊姊。」

姚姮顯然早有成算。「前些時候，三嬸身邊的柳嬤嬤回了趟老宅，五嬸事後把柳嬤嬤叫去屋裡說了好一陣的話，私底下又送給柳嬤嬤一支金簪。」

姚姒的猜測成真，竟然真的是焦氏在背後搗鬼，弄清楚這背後之人，再無心同姚姮玩心機，她對姚姮道了謝，轉頭便離去。

姚姞覷了空來找姚姒，見到她就哭。「姒姊兒，我不要嫁到宋家，聽說那宋三郎不是個東西，好妹妹，妳要救救我！」

姚姞這是被逼急了，突然遇到這樣的事情，心裡就鎮不住，說出來的話都有些顛三倒四的。

「姊姊，先不要自亂陣腳，這裡人多眼雜的，不能叫人瞧見去。」姚姒連聲安慰。「妳放心，我是無論如何不會讓妳嫁到宋家去的。」

從姚府回到琉璃寺，第二天紅櫻下山把張順叫了來，姚姒恨聲道：「我們姊妹和焦氏也算是無冤無仇，焦氏卻串通五太太，慫恿老太太把姊姊嫁到宋家。回頭你叫廣州那邊的人查查，從焦氏、五太太再到宋家，看看這裡頭有些什麼利益糾葛。」

張順很驚訝，這可真是你不害人人卻要來害你，這幾年他替姚姒辦事，從沒見過她如此氣急敗壞。他連忙點頭，卻聽她又道：「還有一事請張叔心裡有準備，我得知恒王欲請旨下江南籌糧，我思前想後，姚家的人不除，一日就不得安生，這回我要借恒王的刀，來個借刀殺人。」

張順的心漏跳了一拍，少言少語的他第一次衝動勸道：「小姐，恒王的消息來源可靠嗎？不到萬不得已，小姐不要兵行險招，反而把自身陷進去呀！」

姚姒不能告訴張順她的消息來源，她蟄伏這些年，也實在想不到好法子整垮姚家。從她腦中開始有了借刀殺人的念頭後，便開始日思夜想，該用什麼方法？但經過昨日姚府一行，讓她下定了決心。

「張叔應該信我從不打無把握的仗，姚家是個無底的深坑，不擺脫姚家，我和姊姊是不會安生的，更別說替外祖父一家翻案了。」

張順緊皺著眉，終於一嘆，問她有何計策，姚姒道：「千里之堤，潰於蟻穴，雖說姚家多行不義必自斃，但也要有個因由來誘導。」

她頓了頓，接著道：「我欲利用金生引大房的姚博瑞入彀，在糧食上打主意，不管恒王是否來彰州，只要那時咱們放出風聲彰州有糧，就算他不來，他的人也會暗中來彰州。屆時咱們只管在姚博瑞的糧食裡放入荷蘭人的洋銃，讓恒王的人來個人贓俱獲，姚家決計跑不了勾結海寇、哄抬物價的罪名，拔了姚家這根蘿蔔，扯出如洪家、焦家、李家這些泥，這現成的把柄，恒王如何不想要。」

張順的腦子彷彿不夠用，想了許久才想通這連環計的關鍵，方才明白她所說的千里之堤、潰於蟻穴這句深意，好一招避人耳目，栽贓嫁禍的連環計！不過，他也沒掉以輕心，忙道：「對姚家下這麼大的手，難保不會讓姚老太爺有所察覺。」

「這個我自有後招，姚四老爺與姚老太太及大房有著解不開的冤仇，一旦姚博瑞上鈎，我自會想法子叫姚四老爺替姚博瑞遮掩，姚四老爺此人極具野心，一直想獨攬姚家生意，一定會借著這件事讓大房就此翻不了身，咱們只需要他肯替姚博瑞遮掩就好，事後誰管他們狗咬狗去。」

張順下去後做了一番安排，金生很快就上鈎，張順來回幾次，一字不差地把事回稟給姚姒。眼見金生果然拿了銀子就開始四處購糧，她很滿意，讓張順好生盯著，並吩咐他事情一有進展立即來報。

姚娡自從姚府回來後，便有些愁眉不展，無論蘭嬤嬤如何勸，總是悶悶不樂，眼見著一晃進了四月，而姚姒那邊卻一直沒有動作，周家也未有任何信件回來，兩件事一激，忍了半個月的姚娡再也沈不住氣了。

一進了妹妹屋子，她就把所有丫鬟都打發下去，見姚姒正坐在窗邊做針線，她手上是一件雪白中衣，手上飛針走線正在縫邊，妹妹氣定神閒彷彿沒事人一般，她把一切都指望妹妹，卻不見妹妹有任何動作，叫她如何不急？難道妹妹答應她的事只是隨口說說？

這些日子所受的屈辱與不甘在她胸中翻滾，無處發洩，姚娡心中怒極，一把奪過妹妹手上的活計，隨後扔到桌上，恨聲道：「姒姊兒，姊姊只問妳一句，宋家這個麻煩，妳幫是不幫我解決？」

姚姒被她蠻橫地奪去手中的針線也沒惱，只一笑。「姊姊為何這般說？」

她這不溫不火的樣子，徹底激怒了姚娡，她百般情緒，想要指責妹妹幾句，可狠心的話終是難以說出口，最終全部化成淚水。

姚似也不勸，依然坐在窗前，待她哭夠了，才道：「姊姊哭過後，心情如何？那宋家的事情可被妳哭著解決了？」這清凜的聲音，從來不曾有過的輕慢語氣，讓姚姑有片刻愕然。

「那日姊姊從姚家回來後，即便把手心抓得滿是血痕，是否有半個人憐惜妳？」她的詰問排山倒海而來。

姚姑懵了，真真切切地感到驚駭與徬徨。

姚似覷了她一眼，心想火候快到了，她一改方才咄咄逼人的態度，重重嘆息道：「古語有云，居安而思危，旁人的憐惜只在一時，姊姊的路還有一世那麼長，縮在烏龜殼裡固然安全，若是有一天我遭遇不測，姊姊若還這樣禁不住事的樣子，到時何人能幫妳我？」

這樣的語重心長，姚似確實費了一番苦心，她看姚姑漸漸羞愧不已地低下頭去，便道：「姊姊抬起頭，望著我。」

姚姑慢慢把頭抬起，睜著一雙腫脹的雙眸定定望向她，妹妹的眼睛黑而亮，雙眉英氣而又精神地挺起，秀氣的臉上彷彿有著無窮無盡的生氣和大無畏的果敢，一時間心中萬千情緒翻滾而來。她想狠狠哭一場，哭命運何其不公，叫她姊妹受這飄零無依之苦，又深恨自己無能為力改變現狀，只是就算她把眼睛哭瞎，事情依然存在。

姚似的心也在疼，可是不痛不立，她望著姊姊那張帶著怨忿羞愧的臉，一把將她攬住，一字一句道：「從今以後，妳要立起來，把這軟弱的脾性都改了吧！」

「似姊兒，似姊兒……」姚姑恨聲喊著，難成一語。

姚姒明白，這種大徹大悟，帶著疼痛的成長，哪裡是一言兩語能說得清楚的，她如釋重負般嘆息了聲。

這一夜，姊妹兩個都沒睡好，姚姒心裡琢磨著該想些什麼法子讓姊姊改變，而姚娡則是痛定思痛，今日妹妹這當頭一棒確實讓她醒悟過來，她身為長姊卻沒擔起長姊之責，反而越來越依賴妹妹，遇事沒主見，還一味逃避，這樣的人生，真的是她想要的嗎？

第二天姚娡起得很早，天色還昏暗著，她梳洗一番後，拿了螺黛把原本略淡的雙眉畫深許多，從不梳高髻的她讓采芙替她綰了個百合髻，濃厚的劉海抹了一層頭油全部梳上去，露出光潔的額頭。挑衣裳時，她選了身玄青色暗紋杭綢褙子、月牙色長裙，這樣一裝扮，從前溫婉無害的姑娘褪去幾分稚嫩，看著頗有幾分當家理事的氣勢了。

采芙和采菱相視一眼，滿是揣測。

姚娡未理會兩個丫鬟的眉眼，留她們在門口，逕自去了供奉姜氏牌位的正堂，捻了香拜過母親後，就在姜氏靈前長跪不起。

天色微亮，姚姒早起過來給姜氏上香，才發現姊姊身邊的兩個丫鬟苦著張臉，見她來像看見救星似的。

「咱們小姐在裡頭跪了快一個多時辰了，奴婢實在擔心，十三小姐，可是出了什麼事情？」采菱低聲問道。

姚姒微笑道：「姊姊沒事，妳們不必擔心，回去準備早飯，一會兒我和姊姊一塊兒用。」

兩個丫鬟聞聲鬆了口氣。姚姒進了堂屋，喊了聲姊姊，屋裡點著白燭，把姚姑的變化看在眼裡，她會心一笑，捻了香也給姜氏上香，跟著跪到她身邊。

「妳來了。」姚姑柔聲回了妹妹，卻沒睜眼，依然合著雙目跪得筆直，像是在唸經。

看到姚姑梳了高髻，燭光下露出光潔飽滿的額頭，她的神態虔誠而肅穆，看來較之往日確實多了分從容大氣。看來，她痛定思痛，也是願意改變的。

姚姒很欣慰，只要姊姊有這份心，她一定會盡全力幫她。

第四十八章 大鬧

姊妹兩個用完早飯，肩挨肩坐在南窗邊說話，四月微風輕輕吹來，帶著泥土草木的清香，時光靜謐而美好，姚姑彷彿下了很大的決心，她握緊妹妹的手，很堅定地道：「姒姊兒，這幾年辛苦妳了！從今以後，就換姊姊做妳的依靠。」

姚姒很大力地朝姊姊點點頭，此刻她心中很感動，鼻間澀澀的，綻開一個極燦爛的笑容。「我相信姊姊說到做到。」

沒想到事情峰迴路轉，回了一趟姚家老宅，倒讓姚姑有了這麼大的變化，這樣的收穫卻是姚姒未曾料到的，她不禁再次感嘆，世間之事往往禍福相倚，但人定勝天。

姚姑道：「妳和我說說，現在姚家和宋家都是什麼狀況，裡頭又牽扯進哪些人，知己知彼才好行事，姊姊總算想通了，就拿這宋家做我的試金石，妹妹在一旁相看，若姊姊哪裡做得不好，妳再出言提點。」

姚姒是真的高興，連連點頭道：「好、好，姊姊有這個心，一定會成的。」

兩姊妹都從對方眼中看出鼓勵之色，姚姒就把那天姚姮的話說給她聽，又把姚家現在幾房之間的矛盾一一說來，見姚姑若有所思，就引導地問道：「姊姊不妨從這個角度想一想，人在做事之前必定會先衡量得失，做事也必定都有動機。」見姚姑似有不解，她就笑道：

「姊姊想想，焦氏最想要什麼？五太太又最想得到什麼？四房和老太太呢？」

姚姒的話彷彿給她開了一處新天地，她順著妹妹的思路想了想。「老太太素來就想打壓四房，並希望大房接下家業，是以把五太太留在老宅掌家，說來都是在合力打壓四房。」

姚姒賞了姊姊一個大大的笑臉，點點頭，又示意她接著說。

這樣的舉動無疑給了姚娡很大的鼓舞，她續道：「記得兩、三年前在老宅，那次妳讓我去找五太太送簪，我多少看得出五嬸和五叔夫妻感情甚篤，如果五嬸想要掌家權，一定不會有後頭大奶奶和二太太管家之事，但是五嬸卻沒有這麼做，這就不難看出，五嬸心不在此，她想回京城去。」

姚姒拍了拍掌，讚道：「不錯不錯，原來姊姊竟是深藏不露啊！」

姚娡微微紅了臉，姚姒便問：「那姊姊再想想，焦氏想要什麼？」

姚娡沈思了半會，有些不確定道：「焦氏嫁給父親後，一直沒傳出好消息，我想子嗣是她目前最焦急的，還有一個，母親身上的二品誥命還在，可我卻沒聽過父親給焦氏去請封，這樣看來，誥命也是焦氏所急。」她看向妹妹。「不知我說的對是不對？」

姚姒心下感慨萬千，這樣看來，姊姊不是不聰明，只怕是自己誤了她啊。

她朝姊姊點頭。「確實如此，想那焦氏兩頭都急，這兩樣東西都是她在姚家的立身之本，是以當宋家向她透露出要求娶姊姊的意思時，焦氏便想到五太太，這也不失為合縱連橫之策。」

姚姞聽她這麼說，卻愈加糊塗了。「這又怎麼說？」

「姊姊莫不是忘了，五太太的大哥目前任職禮部，禮部掌各官眷的封誥之事，焦氏派柳嬤嬤回來，其目的就是要和五太太交好，肯定是許諾會幫五太太使法子助她回京，但焦氏為人謹慎，出於各種顧慮，於是就拿了姊姊的婚事來試探。一來她不在老宅不方便行事，再者她和宋家必定有利益往來，是以才和五太太聯手，當然也不乏以此試探五太太之意。」

忖了忖，復道：「只怕焦氏想得更深，若三房真的沒兒子，五房有三個嫡子，任挑一個過繼三房，三房和五房從此同氣連枝，互享背後的人脈，這樁買賣互惠互利，各取所得，只怕五太太心裡也是清楚的。」

姚姞低低地「啊」了聲，仔細把妹妹的話想了一遍，深覺這個猜測十有八九是真的。

「那我們該怎麼辦？」姚姞失聲道。

姚姒眉眼彎彎，朝姊姊眨了下眼，姚姞會意過來。「難道妳這些時日派人去查焦氏和宋家嗎？」她這才明白妹妹的一番苦心，此時此刻，她的心中五味雜陳。

「說來，這也是各家利益糾葛，焦氏與宋大奶奶陳氏有親，那陳氏一向與宋二奶奶白氏不睦，也是那陳氏有些小心思，她自己的丈夫走科舉，又怕家業落到二房手上，才搭上焦氏這條線。陳氏的心思很好猜，若宋三郎娶了姊姊，宋大爺背後便有了姚三老爺這門靠山，官場上關係複雜，若無人提攜只怕要多奮鬥幾年。再來，那宋三郎雖然行事荒唐卻最得宋太太喜愛，若有了姊姊這層關係，大房和三房連成一片，二房又豈是她的對手？是以陳氏不僅說服宋大太太，還暗中送了五萬兩銀子給焦氏，焦氏雖說陪嫁頗豐，但這五萬兩也很誘人，這才有了後頭焦氏與五太太之間的走動。」

她望著姊姊一臉不可置信，不無嘲諷道：「姊姊這也算是人在家中坐，莫名降橫禍吧。」

姚姞恨聲道：「區區五萬兩銀子，焦氏便把我賣了，怪不得老話說得好，最毒莫過蠍子針，最狠不過後娘心。」良久不知想起什麼，她問道：「父親難道不知情嗎？母親去時他說公務繁忙不回來奔喪，但咱們姊妹可是他的親骨肉啊，他就這麼狠心冷情不成？」

姚姒連眉頭都沒皺一下。「他這些年把娘和我們丟在老宅不聞不問，是謂無情；姜家出事後，娘曾寫信求他幫忙為姜家疏通，他卻回信訓斥母親，說母親已是姚家人，管不得姜家事，不僅如此，他還投靠外祖父的政敵王閣老，這樣的無恥行徑是為不義。如此無情無義之人，他也配讓我叫他一聲父親？」

姚姞打這日起，改變許多，遇事不再一味詢問妹妹。她打定主意，要自己解決宋家這個麻煩。姚姒在一旁暗暗觀察，姚姞倒沒有急進，只是做了些糕點讓采芙送回姚府，除了要采芙打探消息外，也不無試探一下姚府有心人的反應。

就在這時，周家回信了，信是周太太親筆所書，先是問候她們姊妹，又殷殷交代她二人一定要好生讀書習字，說等她們姊妹出孝時，她會親自參加她們姊妹的除服儀式。

周太太的信裡，表達了一個長輩對晚輩的叮嚀愛護之心，信末附上禮單，說是得了些好料子送給她們裁衣裳。許是關心則亂，周太太這樣含糊地回信，倒把姚姒弄糊塗了，她弄不清周太太的用意，便叫人把東西拿進來，除了些山東的土儀，如紅棗阿膠之物，餘下便是一疋疋上好的料子。

姚姒忙叫兩個丫頭把料子揀出來，兩疋四喜如意雲紋錦緞、兩疋金縷百蝶紋杭綢，以及四疋素色羅紗和幾樣顏色雅麗的夏布。姚姒伸手摸了摸，料子細軟顏色正，都是好料子，她不禁感慨，周太太這幾年，可說待她們姊妹很是妥貼周到。

這時紅櫻卻低呼。「小姐，最裡頭竟然有兩疋大紅刻絲的料子！」

姚姒忙把那料子拿在手上看，一般人做嫁衣都用這種料子，她茅塞頓開，難道周太太是在暗示要來提親？必定是了，她和姊姊都是姑娘家，周太太最重禮儀了，哪裡就能把姊姊的親事跟她說？這樣一想，頓時覺得自己的猜測是對的，周家不愧是詩禮傳家，一言既出，定當守約，她這回是真的鬆了口氣。

「快去請姊姊來。」她一迭連聲吩咐屋裡的兩個丫鬟。

姚娡來得很快，人還沒進屋，聲音就傳來了。「可是出了什麼事？」

姚姒的笑容止也止不住，她把信遞給姊姊看，等她看完信便指著桌上一堆料子笑道：「周伯母真是個好人，這回又送了許多好東西來。」

姚娡一眼就瞧見那兩疋大紅刻絲的料子，有些不敢置信。

姚姒歡快道：「周伯母不愧是母親的手帕交，不說這些年對我們姊妹的照顧，便是兩家當年只是口頭婚約，在得知我們形同被姚家所棄的時候，還承認這門婚事，這周伯母就值得人敬重。」

姚姞連聲「嗯嗯」，一時也是百感交集。

事後姚姒招來去周家送信的柴安，柴安是張順安排的人，這一趟把周家的事打聽得很清楚。周家在當地門風很正，風評也不錯，姚姒聽了很放心，她重重賞了柴安，待紅櫻把人送出去，就鋪紙給周太太回信。

信裡，她很直接把宋家藉由繼母焦氏打算求娶姚姞的事情說明了，又把這裡所涉及的姚家眾人和焦氏、宋家的利益糾葛一一道出，又問周太太啟程之期，寫好信後，她就去姚姞屋裡商量給周家的回禮，又慫恿姊姊給周太太及周小姐寫信。姚姞羞得不得了，但還是扭扭捏捏地提筆給周家母女寫了信。

第二天，姚姒把自己給周太太的信以及姊姊寫的信合在一起，又叫柴安去山東送信。

周家的來信，讓姚姞彷彿吃了顆定心丸，但對焦氏的恨意卻油然而生。在她心裡，宋家固然可恨，但若不是焦氏貪心又起歹意，她何至於受那些屈辱，思前想後，很是費了些神，遂提筆親自給遠在廣州的姚三老爺寫了封信。

待信寫好，她又花了三個日夜和兩個丫頭一起給三老爺和焦氏各趕製了一套夏衣，對此兩個貼身丫頭很不解，焦氏那樣的人，也配她們小姐給她做衣裳？

姚姞卻什麼也沒說，又叫蘭嬤嬤準備了些藥材和彰州小吃，等這些都準備好，便把長生叫來。

長生這幾年歷練下來，很有些長進，姚姑對他一番吩咐，他連連點頭。

采菱送長生出門，眼見無人，羞紅著臉對他道：「小姐昨兒說了，讓我開始繡嫁衣，待你這趟差事回來，就擇日讓我們成親。」

長生當時就喜得跳起腳來，趁著無人，偷偷地拉了采菱的小手。

過了兩天，姚姮身邊的丫頭突然來寺裡上香，順道給姚姑姊妹請安，沒想到第二天，姚姑就對姚姒道：「姒姊兒，今日跟姊姊回姚府去，今兒個不鬧他一場，總讓她們覺得妳我姊妹是好欺負的。」

姚姒聽姊姊這樣說，立時心中有數，定是與姚恒有關，她裝著不解，姚姑便把嘴湊到妹妹耳邊低語好一陣，見她聽完後目瞪口呆，她臉上的嘲諷之意更濃。

「和這些虛情假意的人沒什麼道理可講，她們要臉面，就得讓她們沒臉，反正赤腳的不怕穿鞋的，我孑然一身捨出這沒用的名聲，怎麼也要攪黃了她們的算計。」

姚姒沒想到姚姑竟然會想出這麼個法子，實在哭笑不得，本想要阻止，但她前頭才說過一切由姊姊自行作主，如今再反對豈不是出爾反爾？只是由得她回去鬧一場，好像也落入姚姮的圈套，她左思右想，忽地福至心靈，她才琢磨著要怎樣和姚家劃清界線，這會子可不就有現成的法子來打頭陣了？

姚姒欣然同意，姚姞看妹妹一副全心支持和信任的模樣，更加肯定自己的決定，她摸了摸妹妹的頭，神情很是決絕。

姚姒趁著回屋換衣裳的時候交代紅櫻，如果今日她們沒有回琉璃寺，就代表她們被困在姚府，到時叫她下山去找張順想辦法。

紅櫻眼中含著濃濃的擔憂，無聲地點了點頭，幫姚姒換了件素色舊衣，又在錢袋裡頭放了二十幾兩碎銀子，才送她出門。

姚姞點了六個小丫頭跟著，姚姒一看，這些小丫頭都是去年從田莊提上來的，雖然才十一、二歲，可在莊子長大的孩子，看著生得瘦弱卻自有一把力氣和野性。采芙、紅櫻這等大丫鬟倒是一個也沒帶，蘭嬤嬤好說歹說地勸，死活要跟著去，姚姞這回卻不為所動。

趁著太陽才冒出頭，姚姞一聲吩咐，兩輛馬車靜悄悄地下了山。

等進了姚府，一行人下了馬車，正是午飯時候，姚姞把時間掐得準，她帶著人急匆匆就往蘊福堂去，一路上邊走邊用手揉眼睛，姚姒看她這個樣子，既心酸又覺得滑稽。

姚姞三步併兩步就往待客的花廳跑，遠遠地聽到裡頭的說話聲，屋裡擺了兩桌席面，姚蔣氏和李太太坐一席，姚府幾個太太們作陪，另一席大概是李太太的媳婦，由大奶奶幾人陪客。

姚姞衝進屋，左手抓起五太太的髮髻，右手對著五太太的左臉就這麼一抓，口中恨聲喊道：「妳個爛心爛肝的毒婦！妳說，妳又收了宋家多少銀子？」邊說邊往五太太身上拉扯。

事情發生得太突然，五太太一聲尖叫，屋裡的人才回過神來，候在一邊的丫頭婆子急忙上前拉人，只是人一多便擠在一起，妳推我拉的，不過片刻，屋子裡碗筷杯碟、湯湯水水的灑了一地。

姚蔣氏還沒明白這進屋的是何人，早有丫鬟架著她就往門邊上挪，這時卻又衝進來一批丫頭婆子，拉人的拉人、扶客的扶客。李太太驚魂未定，她的兒媳婦扶著她退到門邊上，瞧著屋子裡一地狼藉，很不可置信。

姚蔣氏待丫頭婆子把姚姑抓住，才看清楚鬧事的人，她怒不可遏，朝姚姑恨聲斥道：「妳這是發什麼瘋？妳、妳反了天了！」

姚姒乘機跑到姚蔣氏面前恨聲道：「老太太，我五姊只是一下子氣昏頭才衝撞了各位，想那焦氏收了宋家五萬兩銀子，才要把姊姊說給宋家。五太太這樣殷勤，又收了宋家多少銀子？屋裡的各位太太奶奶都是有兒有女的，我和姊姊雖沒了倚仗，但也容不得妳們這般欺負，敢問一聲，妳們就是這樣賣自家女兒的？」她朝屋裡眾人一一望去，眼裡滿是嘲諷。

姚姒的話不亞於在姚蔣氏臉上狠狠刮了一巴掌，她氣得渾身顫抖，看著李太太和兒媳婦一副目瞪口呆的樣子，強忍著怒火喝道：「胡言亂語的瞎說什麼，妳給我住口。」又對屋裡婆子喝道：「妳們都是死人嗎？還不把這兩個孽障給我拖下去！」

姚姒本意也是想要把事情鬧大，至於這樣做會直接對她姊妹有什麼後果，她也顧不得了。也許經過此事，她們姊妹的名聲就徹底完蛋了，但這樣也好，若能藉此事脫離姚家，這個險就值得冒。

這些念頭在她腦中極快閃過，她作了決定，見婆子來拉她，她忙給那六個丫頭使眼色，然後朝李太太喊道：「李太太，妳也是有兒有女的，那宋家小兒是什麼德行妳難道心裡不清楚？妳把我姊姊往火坑裡推，就不怕做了虧心事要遭報應嗎？」她話還沒喊完，嘴上就被婆子們強橫地塞了一團帕子。

姚蔣氏氣得朝姚姒臉上重重搧下去，接著氣血一上湧，整個人就直直歪在丫鬟身上，不知是誰喊了聲：「不得了啦，老太太被五小姐和十三小姐氣昏過去了！」

姚姒心裡有數，姚蔣氏身子好得不得了，這會子只怕覺得顏面無存，不想直接面對李太太婆媳二人，才借機裝暈的。

李太太婆媳二人驚魂未定，又看了場極稀罕的大戲，到底還是顧著姚家幾分面子，很快就告辭而去。至於這樁婚事，李太太決定回去後就給宋太太送信，勸自己的族妹，這樣野蠻無禮又剽悍的女子，哪裡能娶回家去。

姚姒和姚娡兩人被一群粗壯的僕婦帶下去時，五太太的眼睛裡冷得能淬出毒汁來。她保養得宜的臉上，此刻兩條血痕很是醒目。

姚娡高昂了頭，臉上沒有一絲悔意。一旁的四太太心裡直是拍手稱快，只恨不能表現得太明顯，用帕子捂住嘴，慢慢退到人後頭。

第四十九章 心機深沈

姚蔣氏昏倒，五太太又傷了臉，四太太一副不願攬事在身的樣子，大太太與二太太兩人一對眼，大太太便挺身而出，拿出長嫂的氣勢，吩咐二太太處理花廳的事，她親自送李家婆媳出門。得大太太一番指點，姚家發生的事情過沒幾天就傳遍了彰州大戶人家。誰家都有兒有女，一邊雖說看不慣姚家這樣欺凌弱女，一邊何嘗不是在看姚家的笑話。

大太太折身回屋，就見剛才待客的花廳已經收拾好，眾人都在老太太的屋裡，大太太進了屋，只見老太太在那兒直哼哼，大夫正在替五太太看臉上的傷口。

五太太此時已略微收拾，只是那保養得宜的臉上兩道紅痕十分醒目，哪裡還有平日的得意。

大太太捂了帕子偷偷笑了一陣，這才裝模作樣地往老太太床榻瞧，甚是關切地問丫頭老太太現在如何了，又去看五太太的臉，見那大夫不停搖頭，大太太便問道：「這臉往後不會留傷疤吧，哎喲，五弟妹這臉要是毀了，五叔那不得心疼壞了？姑姊兒這丫頭，可真下得了手，這是有什麼深仇大恨哪！」

五太太氣得心肝兒疼，顧不得臉上的傷，怒目朝大太太狠狠剜了眼，大太太訕訕的，到底是沒敢再激怒她。

田黃也是一肚子氣，對那老大夫道：「您老倒是說句話，咱們太太的臉要是留下疤痕，到時可別怪我帶人去砸了您老的招牌。」

一個丫頭說話是這樣的有底氣，二太太酸溜溜地朝大太太遞了個眼色，大太太在心裡冷哼了聲，卻也沒理會二太太的慫恿。

五太太見那老大夫苦著張臉，就訓田黃。「妳這丫頭，無端端的嚇唬老大夫，不得無禮！」

她主僕一個唱黑臉一個唱白臉，那老大夫就苦了臉道：「太太這臉上的傷痕好在不深，老夫開一些藥給太太早晚搽於傷口處，切記不可沾水，還要忌口，約莫兩、三個月，這傷痕便會淡去。旁的老夫再不敢保證，便是這位姑娘砸了老夫的招牌也沒用。」

五太太沈下臉，朝田黃睃了一眼，田黃知機，待老大夫寫下方子，又留下了藥膏，她親自送出門，在路上趁著無人，便給那老大夫塞了個荷包，裡頭約莫有二十兩銀子，那老大夫極快地收進袖口。

四太太沒在人前湊熱鬧，回屋拉了女兒的手說話。「老太太還在那兒哼哼呢，裝得倒也像樣子，只妳五嬸這回，是面子裡子都沒了。」

姚姮聽母親的話隱隱透著幸災落禍，便猜五太太臉上的傷定是有些嚴重，忙問道：「那大夫怎樣說？五嬸最愛美了，想不到姑姊兒竟狠得下心，這姑姊兒倒是比姒姊兒好糊弄，稍稍挑撥一下就上鉤。只是女兒卻有些擔心，姑姊兒會不會把女兒給供出來？」

四太太撫著女兒的手安慰。「我兒放心，有妳爹在，誰能動妳試試看，若姑姊兒蠢笨到把妳說出來，到時妳只管打死不承認，誰能把這盆髒水潑到妳身上？再有，焦氏自己貪心，收了宋家五萬兩銀子的事情真真切切，妳五嬸心心念念要回京，這才心急上了那焦氏的賊船，以她心高氣傲的性子，這事情她倒是不敢太過為難姑姊兒姊妹倆，卻會把老太太和焦氏給恨上了，妳娘我看著她們窩裡鬥，心裡才覺得為厚哥兒出了口氣。」

五太太回了屋，一院子的丫頭婆子噤若寒蟬，田黃招來幾個丫頭替五太太換衣搽藥，好一通忙亂。才剛收拾妥當，院子裡便有丫頭來報，說是幾位少爺和兩位小姐來探望太太。

五太太生了三個嫡子、一個嫡女，五房還有一個庶女養在她身邊，五太太教養兒女甚是嚴厲，幾個孩子也對母親是敬多於愛。五個兒女進了屋，看見母親的臉不僅紅腫起來，那兩條醜陋的血痕臥在臉上，使五太太看上去越發冷厲，各人臉上神情不一。

田黃朝五太太瞅了眼，五太太就出聲打發屋裡服侍的，又叫姚姝把姚娥抱下去，等屋裡只剩下三個嫡子時，五太太沈聲道：「你們都看清楚了，母親臉上的傷就是你們幾個的恥辱！」

三個半大的孩子眼裡蓄滿了淚，尤其是兩個小的，道：「母親您告訴我們，是何人所傷，我也要把傷了母親臉的賤人給撓花！」

五太太厲目掃向兩個幼子，又看了眼大兒子，才道：「撓花別人的臉，只是逞匹夫之勇，母親常教導你們，凡事要過腦子，多想多聽多看，鴻哥兒，你是長子，母親很欣慰你沒像你的弟弟們這樣衝動。你說說，母親今日受此辱，究竟是誰造成的？」

姚博鴻低下頭，他已經十七歲了，又是長子，內宅那點事情即便不懂，但少不了會聽到一些風言風語，半晌才嗡聲道：「母親，咱們回京城去吧！」

五太太頓時落下淚來，她盯著長子看了會兒，交代道：「你們給我聽好了，不許去找姑姊兒和姒姊兒的麻煩，母親今日之所以被姑姊兒姊妹羞辱，其因卻在你們祖母身上，是我太想回京和你們父親團圓，才不小心著了別人的道。你們三兄弟這就去給你們父親寫信，就說你們母親的臉怕是好不了了，你們三個一片孝心，希望父親能派人回來接母親去京裡醫治，你們幾個也甚是想念父親和外祖一家，旁的一概不許多說。」

三個孩子胸中含了一把火，點了頭道是就退下。田黃替五太太掖了被子，低聲道：「太太沒怪我吧，當時奴婢離得最近，卻沒上前替太太遮擋。」

五太太溫聲道：「虧妳機靈想得遠，真真是應了那福禍相倚的道理，我不過是與焦氏虛與委蛇，四房以為做得滴水不漏，卻不知我故意折辱姑姊兒她姊妹二人，但凡有些氣性的，都會做出些事來。這老宅鬼鬼魅魅的太多了，姜氏這樣的下場，我就是作夢都會嚇醒，只是可憐了我三個孩子，我這做母親的要利用自己的兒子才能離了這吃人的地方。」

且不說姚府各人的心思，姚姒、姚姑被婆子們一路推搡著關進蘊福堂北邊的一處屋子裡，雖是四月的天，可房子久沒住人，一進去就透出股陰冷之氣。

李婆子親自過來點了兩名粗使婆子守門，還給屋子上了一把銅鎖。

姚姑拿手抹了椅上的灰，才扶著妹妹坐下，看到妹妹的左臉此刻腫得老高，五個手指印清晰地留在臉上，不禁萬分後悔。

姚姒拉了姊姊坐下，想笑一下安慰姊姊，卻不承想扯動臉上的傷，她嘶的一聲，忍痛道：「不礙事，事情既做下了，就沒有後悔藥吃。」

姚姑對妹妹既愧疚又心疼，輕輕拿帕子拭了妹妹嘴邊殘留的一絲血跡，恨聲道：「老太太這一巴掌怕是用了十二分力氣，妳現在可聽得到姊姊說話？可有哪裡不適？」

說實話，剛才她耳朵還嗡嗡作響，這會子倒好些了，姚姒朝姊姊點點頭。「就是臉上痛，其他倒還好。」

事情太過順利，姚姒現在不禁回過神來，當時田黃就站在五太太身邊，為什麼姚姑還會得手？她忖了忖，問道：「姊姊，妳不覺得事情太過順利了些？按說那些丫頭見我們來，依禮肯定會進去通報，但我和姊姊一路走到花廳，沒半個下人相攔，這太不尋常了。」

姚姑聽到她的話思量一陣，轉而問道：「難道妳發現了什麼不成？」

姚姒把顧慮說給她聽，兩人又回想了一下當時屋裡的情形，她不可置信地朝妹妹看過去，臉上滿是愕然。

「這可真是一山還有一山高，到現在我才想明白，為何五太太要那般對我們。」這五太太藏得真夠深的，看來，是打算利用臉上的傷來謀劃回京去。

想明白了這點，姚姒懸著的心就此放下一半，轉頭對姚娡小聲道：「一會兒若是老太太把我們叫過去問話，姊姊萬不可說是我們派人去廣州查焦氏，也不能把姚姮供出來，到時只做一副驚惶後怕的樣子，依老太太那疑神疑鬼的性子，必定以為我們是有所顧忌才不說的，她便會懷疑是老宅的人在搞鬼。到時老太太必定會追查，四房做的事是瞞不了人的，咱們的目的便是讓老太太覺得我們是被人利用算計了，且讓她們私底下互相攀咬去。」

姚娡也覺得妹妹的話在理，能讓老太太覺得她們蠢笨，總好過知道她們姊妹私底下弄鬼要強。

姊妹倆一大早才用了早飯出來，趕到姚宅又鬧了一場，已是飢腸轆轆，現在被關在這屋子裡，連杯茶水都沒，更別說有人給她們送午飯。兩人忍飢挨餓的，足足關了兩個多時辰後，才被李婆子面無表情地帶去蘊福堂。

事情果真如姚姒推測，姚蔣氏見到兩人便問是誰告訴她們焦氏收了宋家五萬銀子的，姚娡和姚姒咬緊牙關就是不說，姚蔣氏一氣之下叫人把她們拖到院子裡打手心，並交代婆子，沒她的話不許停。

院子裡一眾丫鬟婆子立在廊下，姚姒和姚娡兩人就跪在中庭，兩個婆子各拿了一把榆木戒尺，這戒尺厚二寸，看著光溜滑亮，可想而知打在人的手心該是何等的痛。

婆子臉上隱隱含著譏笑。「兩位小姐，老奴也是聽吩咐行事，得罪了！」

話音剛落，板子就上手了，「啪」的兩聲，姚姒和姚姽兩人纖白細嫩的手掌心就紅了，姚姽望向妹妹，見她挺直著身子咬緊牙關死死忍著疼痛，姚姽的眼淚就再難忍住，不停往下落。

「不許妳們打姒姊兒，事情是我一個人做下的，要打就打我。」

她把兩隻手伸到兩邊，婆子原本打她的右手，這下左邊也叫她挨了去，姚姒忙把姊姊的手推過去，卻又叫姚姽推開了。

婆子們不知如何是好，這時早有丫頭進屋回話，轉眼屋裡就傳來姚蔣氏的咆哮聲。「越發沒規矩了，叫妳們打個人也不會，要妳們何用？」

婆子們吃了掛絡兒，心裡不痛快了，也不管是誰的手，見了就打，力道也越來越大。

消息傳到五太太的梨香院時，五太太便叫田黃替她更衣。「這會老太太就是打給我們幾房看的，敲山震虎嘛，想必如今幾個院子裡都得了消息。看來，這臺階還得妳太太我去搭，不然，這姊妹倆真要把手給打廢了，於我的名聲也不好。」

田黃噘著嘴給五太太披了件紫色披風，就扶著她去了蘊福堂。

五太太進了院子，見那姊妹倆手腫得老高，額頭疼得全是汗，可兩人身子依然跪得筆直，口中塞了一團帕子，只怕是防著她們忍痛而咬到舌頭。

五太太進了屋就朝姚蔣氏求情。「老太太，您也別動氣了，這兩個丫頭挨了這麼些打，也該長記性了。您老人家最是菩薩心腸，就饒了她們去吧。」

姚蔣氏不為所動，只是指了指五太太道：「妳呀，就是太心軟了些，看看妳臉上的傷，這兩個丫頭膽大包天，今日這事估計明兒就會傳出去，我就是把這兩個孽障打殘了也沒人敢說我姚蔣氏不慈。」

五太太心裡打了個冷顫，這得有多狠的心要把人打殘？想到這兒她越發謹慎小心了。「老太太，再打下去，三伯那裡只怕不好交代呀。」

姚蔣氏聽到兒媳婦說到遠在廣州府的三兒子，她立時就想明白了，兒子官居二品鎮守一方，若是被御史抓住一句內宅不和而參一本，到時確實有些麻煩。

這時李婆子進來回道：「四太太和姮姊兒來了，想必也是為求情而來。」

姚蔣氏這敲山震虎的對象大半是為了警示四房，這會子見四房還有臉來替人求情，心裡的火氣又蹭上來，對李婆子道：「妳去告訴她，不見，誰要再敢替這兩個孽障求情，我連她一塊兒打。」吩咐完就叫人扶五太太起來。

五太太便乘機勸姚蔣氏。「老太太，一會兒若是四嫂進來求情，我看您就放了那兩個丫頭吧，容媳婦說句大不敬的話，宋家那兒眼見姞姊兒是嫁不成了，我想三嫂那邊必定是有收宋家銀子的，不然姞姊兒她們又怎麼會知道？四房一門心思攪黃了這門親事，不就是為了厚哥兒娶宋家女兒嗎？我瞧著，這時候不是追究誰的問題，要緊的是不能讓四房得逞，就算要娶宋家女，也還輪不到厚哥兒，大嫂那邊，瑞哥兒眼見也到了年紀。」

姚蔣氏顯然回味過來，對五太太誇道：「虧妳心思清明，可不提醒了我，瑞哥兒若有這麼個岳家幫襯，往後也能頂門立戶了。唉呀，老婆子我這是被那兩個小孽障氣得都沒了章法。」

五太太臉上在笑，心裡卻冷哼，哪裡是沒有想到，而是要她去做這個得罪四房的惡人，她看著姚蔣氏面上笑盈盈的，不禁一陣惡寒。

果然四太太不肯離去，要求見老太太，姚蔣氏就吩咐李婆子。「妳去傳話，今兒就到此為止，妳親自送那兩個孽障回寺裡，再拿五百兩銀子捐給琉璃寺，就說是我說的，我那兩個不肖孫女做錯了事，因此被我罰了，待手養好，就罰她們抄百遍《女誡》，這段日子就不要讓任何人打擾她們了。」

李婆子知其意，忙應諾。

姚姒和姚娡兩個撐著口氣回到琉璃寺，李婆子把人送到後，很是敲打了一番屋裡的一干大小丫鬟。她給寺裡的知客僧捐了銀子，委婉表達姚蔣氏的意思，知客僧做著迎來送往的事情，最會做人了，自然應允不提。

待李婆子走後，知客僧忙把這事向上報，等慧能知道了事情始末，急忙趕過來為兩姊妹把脈。看到兩人被打得皮肉都爛了，不忍直視。想到趙旆要是知道這丫頭遭了這通罪，指不定怎麼心疼，慧能叫徒弟拿了上好的金瘡藥來，又開了方子，交代蘭嬤嬤，屋裡要通風，若她姊妹二人發起燒，就把藥給餵下去。

這一夜確實很難熬，姚姒和姚姑都發起燒，許是疼得狠了，兩人頻頻無意識地直哼哼，才換過的乾淨衣裳，不一會兒就像水裡撈出來的，屋裡的丫頭心疼難過得無以復加，卻束手無策。

天微亮的時候，張順帶著青橙終於來了。青橙進了屋替兩人看了手上的傷勢，又把了脈，兩姊妹如今高燒不退。青橙恨不得給姚蔣氏下一帖毒藥毒死這老太婆，這都長了顆什麼黑心爛肝呢？這是把人往死裡打啊。

青橙重新開了藥方，叫人立即煎藥去，又把帶來的藥膏讓紅櫻幾個幫著搽到她兩人的傷口上，到了晚上，兩人的燒終於退了。

半夜裡，姚姒醒了過來，她是被疼醒的。紅櫻聽到動靜一臉驚喜，忙把綠蕉踢醒。姚姒說要喝茶，但一開口，聲音嘶啞不說，嘴裡一陣陣的泛著苦味。

餵她喝了一盅茶水，綠蕉便去喚青橙。

姚姒有大半年沒有見到青橙，沒想到兩人再見卻是這麼個情形，她一眼便看出青橙的肚子微微隆起，顯見是有了身孕。再多感激的話都難以說出口，姚姒親暱地喚了聲「青橙姊姊」。

青橙卻沒理會她腆著臉的喚人，只把手扶在她的脈上，過了會又探了探她的額頭，才放下心來。

她沒好氣地朝姚姒狠狠剜了眼，惡聲惡氣道：「再有這樣的事，我也不來救妳，只把妳往大海裡一扔餵魚算了，省得這頭把我嚇出病來。」

姚姒的手不能動，便把頭往青橙懷裡靠。

青橙只是嘴上狠，心裡這會子早就軟了，她嘆了口氣，摸了摸姚姒的頭。「若不是我叫妳每日耍五禽戲，就妳這小身子骨，這回怕是挨不過去了，究竟發生了什麼事？依妳的聰明勁，怎地做出這沒頭腦的事來？」

姚姒卻沒答她的話，抬起頭便問她姚娡現下如何，青橙回道：「死不了，妳姊姊身子骨壯實得很，下午就醒過來了。」

姚姒點了點頭，把耳朵貼在青橙隆起的肚子上，輕聲道：「好寶貝，我是你姒姨，這回辛苦你娘了，等你出來，姒姨一定給你做好多好吃的，還給你做衣裳布偶玩，好不好？」

青橙嗔道：「還真是個孩子，剛出娘胎的娃兒哪能吃妳做的東西。」

說完心裡又泛起憐惜，這真是沒娘的孩子，這些事情若是有親娘在，哪能不知情？

姚姒臉上頓時兩條黑線，臉上訕訕的，忙叫紅櫻扶青橙去休息。

第五十章 矛盾

姚姒的手包著一層厚紗布，一天要換三、四回藥，所幸才四月的天，兩隻手感染的機會較少，饒是這樣，青橙的心也提在半空中，就怕姚姒這邊有個什麼不好，趙旆那邊若是得知，還不知道會做出什麼事來。

青橙挺著肚子勞累，姚姒很過意不去，囑咐紅櫻好生讓人服侍。

她在床上躺了兩天，實在躺不住，便說要在院子裡走一走。

青橙是大夫，自然知道病人走動走動，對身體復原是有好處的。她點了紅櫻扶著姚姒，三人就沿著小徑往後山隨意走動。

琉璃寺建在山上卻又臨海，種植的花木多數都是四季長青，放眼望去，滿眼鬱鬱蔥蔥，路邊不知名的野花恣意綻放，花紅柳綠的春景，就連青橙也舒展了眉。

姚姒便乘機道謝。「多虧有姊姊，不然這次還不知道要遭多少罪。」

青橙斜了她一眼。「知道就行，看妳下次還敢不敢這樣胡來。」

這兩天青橙總算從蘭嬤嬤口中把話套出來了，多少猜到姚姒會這樣魯莽行事，多半是為了姚娡，可這樣的用心良苦，也不知道姚娡這回能不能受教？她光是想到張順大半夜把她從營地找過來，當時只知道兩姊妹都昏了過去，可沒把她嚇個半死。

「妳呀，都不知道該說妳什麼好。」青橙點了點姚姒的頭。「但願妳姊姊這回是真學乖了，曉得妳這片用心良苦。」

姚姒嘆息一聲。「從前是我的錯，一味將她護著，到現在才知曉後悔，不過姊姊真的改變許多，這樣即便將來我有個萬一，姊姊也會想辦法堅強起來。」

青橙卻從她的話裡聽出不尋常，她打眼瞧了四周，見不遠處有座亭子，就朝紅櫻吩咐。「那邊有座亭子，煩勞紅櫻姑娘回去替我拿個墊子來。」說完，有些不好意思道：「自從懷了這個小的，是什麼都要注意了，這樣的天萬萬坐不得冷石凳。」

姚姒兩世人了，這些事情還真沒注意到，忙吩咐紅櫻快去。

紅櫻應諾，轉身就回去拿東西。

青橙見紅櫻走遠了，才一改先前的懶散，問道：「這些日子我雖沒來妳這裡，也知道妳吩咐張順去做了些事情，若是不介意，可否跟我說說，這是怎麼回事？」

姚姒眼中浮上幾許決絕。「便是姊姊今日不提，我也是要跟姊姊說的。」

她把計劃一一道來，末了看著青橙。「五哥那邊煩請姊姊知會一聲，不論五哥是贊同還是反對，我絕不會放過這次的機會。」

她說得斬釘截鐵，顯然是打定主意，再不會聽任何勸說。

青橙好半晌無語，這樣的人倫慘劇，她作為一個外人都異常憤怒，何況是當事者。只是看姚姒現在的情形，可算是不擇手段要報仇，她的執念很深，而且這件事情又把恒王這樣的人物牽扯進來，她就深覺不安。

青橙在趙旆身邊多年，恒王是什麼樣的人，她心中多少是有數的。恒王此人深具謀略又很能隱忍，光看他只是養在皇后身邊，卻能令皇后視如己出，說親母子也不為過。這樣的天皇貴胄，哪裡能由人牽著鼻子走？就算這事對恒王有著莫大幫助，但能算計到他頭上，姚姒將來有什麼下場還真難說，青橙想到這些就頭痛不已。

想到趙旆出海前交代她要看好姚姒，還提到若她對姚家有動作時一定要阻攔，青橙勸道：「這件事牽扯到五爺，我就算想隱瞞也不行了。只是五爺如今正在外海，這兩年海戰打打停停的，我和青衣萬分擔心五爺的安全。若妳這邊又事發，我擔心五爺兩頭掛心。」

她看著姚姒，幽幽嘆道：「姒姊兒，姊姊癡長妳幾歲，不得不說句公道話，妳的心入了魔障，又有幾分真心是放在五爺身上？妳難道不知道，五爺待妳是怎樣的一片心意？對於仇人，未必要把對方弄得死無葬身之地，有時候看人活著受罪求死不成，豈不更能解恨，何必多造殺孽？」

青橙這是把趙旆拉出來，想用趙旆待她的情意感化姚姒。只是姚姒一頭掉進報仇的業障裡，姜氏被毒死的那個晚上，這些年她每每夢到都驚出一身冷汗，這種種痛苦和怨恨，每每吞噬著她的心。

在她心裡，看著姚家一夥人上斷頭臺才能解恨，又怎會聽人勸。

「五哥待我的一片心，我這生萬死難報。」想到趙旆，姚姒閉起眼。「可母仇不共戴天，五哥必能理解我這樣做，等我母仇得報，我餘生聽憑五哥差遣。」

青橙聽到她這樣說，直為趙旆搖頭，她本是爽快人，心中也贊同快意泯恩仇這種做法，但趙旆特地囑咐過，必有其深意，見姚姒執著於此，她知道再說下去，只會鬧得不歡而散，便道：「唉，也不知道你們這兩個冤家，究竟是誰欠了誰的。」

姚姒心中的糾結不比青橙少，說到趙旆，她心中又添了些不明的愁緒，良久才問青橙。

「五哥他……可有受傷？」

青橙看她這糾結樣，沒好氣回道：「總算還有點良心，知道問一問五爺的狀況。若妳一直不問，我還當妳的心是石頭做的，五爺這輩子怕都焐不熱了！」

見姚姒的臉倏地就紅了，青橙乘機替趙旆說話。

「怎麼，我這話可有說錯？五爺回回都讓補給的船捎來信問妳，我這回信回得都手軟了，還不能隨意胡扯幾句，可妳呢？五爺出征在外，也沒見妳給五爺做件像樣的衣裳鞋襪；再不濟，也給做件能擋風遮雨的披風吧？在海上日曬雨淋的，五爺又一貫不用丫頭服侍，原本還有我這麼個不擅女紅的打點，現在我卻不能管了，肚子裡的這個還做不過來呢。」

姚姒心知趙旆也沒到這樣可憐的地步，但一想戰場上刀劍無眼，又日日在海上漂，哪一場仗不是用性命在拚，出征在外生死難料，一時間心頭悶澀澀的，原本就對趙旆若有似無的牽掛，這下是越發牽腸掛肚了。

只是到底臉皮薄，不肯做出那等小兒女情狀來讓人看笑話，心裡既希望青橙多說些趙旆的點點滴滴，又不好表現得太明顯，就道：「等我的手好了，姊姊孩兒的衣裳鞋襪就交給我來做吧，只是五哥那邊，要勞姊姊多費心了。」

「那敢情好，只是京城那邊知道我有了身子，足足送了好些東西來，只怕我這孩兒長到一歲都不愁沒衣裳鞋子穿。我看呀，妳還是給五爺做好了，這次也不知怎的，夫人只顧著讓人給我的孩子送東西，五爺那邊卻只送了些藥材來，衣裳鞋襪一件都無，我這又有了身子，正愁呢。」

姚姒明知青橙給自己挖了個坑，卻心甘情願往裡跳。「那要不，我試著給五哥趕出些衣襪來，姊姊再多留幾天，我這就回去要她們裁布。」想了想，又發現自己不知趙旆的腳有多大，於是硬著頭皮問青橙，青橙這回肚皮都笑疼了。

兩人回了屋，青橙推說累了要歇息會兒，乘機給趙旆寫了信，信中將姚姒近日打算借恒王的手暗算姚家之事一一寫明，總之只要涉及姚姒的事情，都寫得很詳細，信末又說姚姒的手再休養一、兩月應無大礙，又把周家對姚娡的意圖也寫進信裡。趁著姚姒在屋裡指揮丫頭們翻箱倒櫃找料子時，她把信封好後，就叫人趕緊往青衣那邊送去。

姚姒對此一無所知，這幾年一直受趙旆的庇護與關照，她卻從沒有為趙旆做過什麼，這樣一想就很慚愧，不知道該怎樣回報趙旆待自己的一片心。

在她的認知裡，她的心裡有他，不過分沈溺，不患得患失，這樣也許就很好，但青橙的話點醒她，也許她待趙旆遠遠沒有趙旆待她真誠可親。

她想了想，海上缺少淡水，一天到晚操練，只怕貼身衣裳不知一天要濕多少回，再一想趙旆那樣愛清爽的模樣，哪裡能忍受得了一身汗臭味，於是她決定給趙旆做幾身中衣。

以姚姒前世的女紅水準，給人做衣裳只需目測一下那人身形便能知道尺寸，更何況是她心裡掛念的趙旆。她讓綠蕉帶著小丫頭們把裝布料的樟木箱子打開，她記得先前有幾疋細棉布料放著，細棉布吸水性好、料子軟和，不管是用來做小兒貼身衣物，還是給趙旆做中衣都最合適不過。

綠蕉管著她的衣裳首飾，自然很快就替她找到那幾疋細棉布，卻不知她要用來做什麼，一邊指揮小丫頭們把料子揀出來，一邊問姚姒。「小姐，這料子倒是好，摸到手上軟和得很，您打算用來做什麼？」

姚姒便讓綠蕉拿四疋布去給青橙未出世的寶寶做小衣裳，餘下還有七、八疋料子，她讓小丫頭們拿到隔壁的書房，那邊有個裁衣的案板，小丫頭們聽了吩咐，分了兩頭就開始搬料子。

晚間，姚姒去看望姚娡，見姊姊那雙原本細嫩如玉的雙手此時都裂開來，跟自己的手一樣露出鮮紅皮肉，采芙替她上藥，她硬是咬緊牙沒吭聲，看來經此一事後，她是真的堅強許多，姚姒覺得這一頓打挨得也值當。

等姚娡上完藥，她把頭挨在姊姊肩上。「那天戒尺大部分都打到姊姊手上，很疼吧？」

姚娡手上不方便動，便輕輕碰了妹妹的頭。「不疼不疼，妳看，咱們又一次平安活了下來。」

隔了半晌，她才道：「我終於明白了，比起我回姚府鬧事，我知道妳一定有更好的主意，可妳還是由著我去鬧。姒姊兒，妳的這片心意沒白費，姊姊領妳這份情，吃了這次教訓，往後做事情定會三思而後行，再不魯莽行事。」

姚姒沒想到她能說出這一席話來，看到姊姊痛定思痛，姚姒相信她一定能成熟起來，於是重重點頭。「嗯，咱們往後就要這樣，凡事有商有量，便是再大的難關都不要緊，我們一定會踏過去的。」

在門口正要進來的青橙聽到她們姊妹的話，也不禁感動。這兩個丫頭雖說父母緣分淺，但姊妹齊心，友愛謙讓，未喪失心底最純真的良善親情，而姚姒對姚姞更是一番用心良苦，心裡感嘆，趙斾沒喜歡錯人。

過了幾天，姚姒和姚姞的傷口開始發癢，青橙很高興。「傷處發癢是好事，這說明傷口在長新肉了，可得忍著點不能撓。」又替她們把了脈，見無大礙後，才放下心來。

「出來也這些日子了，不知道青衣一個人忙不忙得過來，既然妳們姊妹倆無大礙，我這就回營地去。」青橙便向她姊妹辭行。

姚姞和青橙相處這些天，也很喜歡她的爽朗直率，見她要走便相留。「姊姊挺著大肚子為了我們姊妹勞累奔波，我們心裡很過意不去，眼看我們手上的傷就快好了，姊姊且多留幾天歇息一陣也好。」

姚姒倒沒有強留青橙，畢竟月兒港那邊事情多，她望了望天色，若這個時候走，至少晚飯前能趕到營地，便對姚娡道：「姊姊且由青橙姊姊回去吧，不若我們送些自己做的小點心，還有她們幾個給青橙姊姊肚子裡的孩兒做的針線，這會子姊姊不妨準備一下，我這就陪青橙姊姊去收拾。」

姚娡很感激青橙，聽到妹妹這樣說，覺得多少是自己的心意，便叫一屋子的丫頭們忙活起來，衣裳布疋、各種糕餅點心的吃食、滋補的藥材、新鮮的果子等等，雜七雜八地準備了一堆。

姚姒扶青橙回屋，讓紅櫻替青橙收拾東西，趁人都在忙，便對青橙道：「姊姊回去後，要好好顧身子，五哥那裡，我也不知道如今海上是什麼情形，除了替我娘報仇之事沒得退讓外，其他我都聽五哥的。我這裡有封信，若姊姊再往五哥那裡送信時就順便，也不用安排特意送一趟。」

青橙接過信後收好，見她欲言又止的，哪裡不知道她的意思，也不點破，笑道：「妳可是答應給五爺做衣裳鞋襪的，到時五爺沒換洗的衣裳責怪下來，我可不管。」

姚姒瞪了一眼青橙，無奈地點了點頭。

姚姒的手養了十幾天，還沒有好全時，就開始給趙旆做衣裳。她做了八套中衣、十雙襪子，鞋子也沒做那複雜的樣式，簡單的青布厚底鞋做了兩雙，除了鞋底是紅櫻和綠蕉幫忙納的外，其他的姚姒都沒假手他人。這些活計趕了幾個日夜，在四月快要過完時，終於趕製出來。

她把東西都包好，讓張順送到營地交給青橙。

青橙臉上的笑容就沒止過，她把東西拿出來瞧，一看那針腳綿密細緻，便知道是姚姒親手所做，心裡老大安慰。青衣則笑呵呵道：「原還當她是個冷心冷情之人，沒承想只是外冷內熱，到底是沒負五爺一片深情。」

夫妻兩個連忙把東西包好，又把上次姚姒給趙旆的信也一塊兒放進去，特地派了艘傳訊用的小船送去給趙旆。

五月初六是姜氏的忌日，姚姒姊妹手上的傷已無大礙，施了些銀錢給寺裡替姜氏作了七天法事，姊妹倆七天沒怎麼合過眼，等法事作完，人又瘦了一圈。

這時，姚、宋兩府作親的消息就送到姚姒這裡來，最終和宋家結親的既不是四房也不是姚娡，而是大房的次子姚博瑞定下宋家的嫡女宋琴韻。鷸蚌相爭，漁翁得利，大房這是撿了個天大的便宜。

另一個令姚姒毫不驚訝的事情，便是五太太過了五月初五端陽節後，就帶著五房幾個兒女回京城去了，姚家由大奶奶劉氏再度掌家。姊妹倆唏噓一陣，姚娡終於鬆了一口氣。

這個時候，遠在廣州府的焦氏就有些焦頭爛額了。

姚三老爺這日從衙門回來，進門就怒氣沖沖，焦氏像往常一樣笑著迎上去，沒想到姚三老爺怒目瞪了眼焦氏，屋裡的柳嬤嬤見勢不對，連忙把正屋的門虛掩了，她自己貓身貼在門邊偷聽，只聽到裡頭傳來姚三老爺的怒罵聲。「妳做的好事，那五萬兩銀子妳是何時收的？背著我五萬兩銀子就把姑姊兒給賣了，妳這後母當得好哇！」

屋裡的焦氏掩面就哭起來。「老爺冤枉啊！且聽妾身解釋，老爺是知道妾身為人的，從不貪那些個黃白之物，我焦家自有陪嫁嫁妝給我，何苦我要貪下他宋家的銀子呢？」

見焦氏聲淚俱下，哭得梨花帶雨、楚楚可憐，姚三老爺的怒火就熄了一半，想著焦氏素來溫柔乖巧懂事，行事也大度方正，莫非冤枉了嬌妻？

姚三老爺思量了會兒便拉起嬌妻，臉色也緩和下來，焦氏顫巍巍地扶著他的手站起來時，順勢就歪在姚三老爺身上，春裳料子薄，焦氏柔軟香馥的身子貼在身上，說不出的叫人心癢。

「老爺，妾身起得急了，勞老爺扶一把。」焦氏軟了聲調，柔得能滴出水來。

這樣的美人恩很有用，姚三老爺連忙關切道：「這是怎麼了，不過是訓了妳一頓，怎地嬌氣成這樣？成何體統？」他嘴上雖然這樣說，身上卻很受用，貼著嬌嫩的身軀，說出去的話就再度轉了個彎。「妳快說說，到底有沒有收宋家的銀兩，若是有收，莫非有苦衷不成？」

焦氏再度抹了把淚，哽咽道：「這銀子妾身真的沒收，不過卻收了宋家的幾抬禮盒。當時那宋家大奶奶身邊的婆子只說是送給我一些藥材吃食，我也就收下了，不承想前兒整理庫房時，婆子們發現那盒子裡竟然裝的是銀子，妾身才知道這宋家做了這樣的事情。妾身一時驚慌，又怕老爺誤會，正想著怎麼跟老爺開口說，卻不承想老爺知道了，妾身這可真是有口難言啊。」

姚三老爺細想了會兒，確實宋家來人的那天，焦氏是跟自己說過，收下宋家的禮物，又說那宋家家世如何、宋家三郎是個什麼模樣等等。那日自己好像喝了點酒，兩人躺在床上又被焦氏撩撥一通，記得當時自己交代過焦氏，說一切讓她作主便成。

焦氏嬌弱抽泣著，坐在姚三老爺腿上，高聳的胸部也跟著一抽一抽的，五月天衣裳又輕薄，哪個男人禁得住這樣的磨蹭。姚三老爺的怒氣煙消雲散，壓低了聲音故意訓道：「妳也是，這個家由妳當著，怎地這樣不小心，往後可得精明些，萬一給我的政敵抓住把柄，老爺我那時可沒情面說。」

焦氏就抬起臉點頭。「老爺訓得對，妾身就是太嫩了，這些人情往來上必定會多加注意。唉，說來妾身也慚愧得很，進門這麼久，怎地就沒半個動靜，也怪我著急上火，難免就怠慢了家裡的事。」

姚三老爺聽了她的話後笑起來。「看來，為夫還得多加把勁才行！」說完就將焦氏一把抱起，往內室走去。

第五十一章 狀告

眼見著快到六月，果然早糧欠收，姚姒收到京城密信，信上說皇帝已有多日沒上朝，朝事多由王閣老把持，秦王大出風頭，恒王也不得不避其鋒芒，據一些小官們私底下議論，秦王有可能把恒王弄出京城。

姚姒仔細把這封信讀了兩遍，又回想了一下前世知道的事情，心中猜測，恒王必是先秦王一步動作，避出京城，請旨下江南籌糧。

江南一帶是秦王和王閣老的地盤，恒王此行無異於入了虎狼窩，是以秦王必以為恒王撈不著好處，才放心讓他出京。但前世，恒王在江南殺了不少官商，一舉把江南和福建之地的刺頭拔了個乾淨。恒王會如此大刀闊斧行事，不可能沒有倚仗和後手，那他的倚仗又是什麼？

姚姒又沒人可以商量，實在想不通也就不去費那個精神，她只知道一點，恒王必定會如同上一世那樣下江南籌糧，那麼，寶昌號手頭的糧食要快且要不動聲色地拋出去了。

她把貞娘和寶昌號幾大掌櫃又叫上山來，向幾大掌櫃說，她接到京城的消息，朝廷可能會派人下江南籌糧，幾個掌櫃都是經過些事情的，商議出來的結果是拋糧，姚姒欣然贊同。

幾個掌櫃的下了山，姚姒卻把貞娘留下來，又叫了張順進來，三人團團坐在屋裡，姚姒道：「時間不多了，兩位的事情都辦得如何了？」

張順和貞娘看了眼，張順就道：「魚兒上鈎了，金生前前後後倒賣了幾次糧食，賺了七、八百兩銀子，就去慫恿姚博瑞。這回因姚博瑞得了宋家這麼個岳家，姚四老爺是明裡暗裡把他閒置起來，不叫他沾一分鋪子，姚博瑞氣急卻又奈何不了，有心想做番事情令姚老太爺和四老爺刮目相看，便在金生的慫恿下倒賣起糧食來。」

貞娘撥著算盤道：「鄰縣的太昌糧鋪從頂下鋪子到收金生幾次糧食，以及接收姚博瑞第一次大批的糧，總共虧了二千兩銀子。我聽姑娘的，幾天前就把太昌糧鋪關了，且一應相關人等都抹去痕跡，料想就算有人去查，也查不出個所以然來。」

姚姒點頭。「你們兩個配合得很好，姚博瑞賺了第一批銀子，肯定嘗到了甜頭，勢必會想盡法子去籌銀子來囤糧，加上早糧又欠收，糧價日益上漲，他手頭的糧食就不會多到引人注意，這樣一來，精明的姚老太爺就不會起疑心。姚四老爺久在彰州行事，姚博瑞的事情想瞞住他卻是不容易，我猜，姚四老爺是巴不得看姚博瑞出醜的。」她略停了停，起身朝張順一福身。「接下來請張叔萬萬要小心行事，成敗在此一舉，多謝張叔了！」

張順避開身去，抱拳鄭重道：「小姐放心，小的雖然不會說話，但事情一定會給小姐辦妥了。」

姚姒顯露出幾分激動的神色，張順從未見她如此喜形於色過，心知這件事對姚姒無比重要，越發打起精神來。

晚飯的時候，姚姒見姚娡神色不對，飯畢就拉著她問：「這是怎麼了？在生誰的氣呢？」

姚娡苦笑一聲。「我原來心底還存了一絲僥倖，他就算是無情無義之人，也該對親生女兒有絲情義，卻是我大錯特錯，不該心存幻想的。」

原來在說姚三老爺，早起就聽說長生回來了，必定是他帶回來的消息不大好，她拍了拍姊姊的手冷笑道：「這樣的人不值得我們傷心，他既無情我便休，想那樣多做甚！」

姚娡沒想到妹妹會說出這樣一番話來，緩了好大會子才道：「他卻是個糊塗的，焦氏說甚他就信，半分沒有為我出頭的意思，還叫長生帶了信回來，說什麼不要讓我們聽風就是雨、詆毀繼母。還叫我們安心在寺裡待著，等出了母孝再讓老太太把我們接回家，不痛不癢的幾句話，就算做做樣子，也該對我們噓寒問暖一番，他這樣做，真真是叫人寒了心，我們怎會有這樣的父親？」

姚姒抱住姊姊，試探道：「不如我們想法子離了姚家，從此和他們一刀兩斷好不好？那樣，我們就再不是姚家人，姚家人也管不了妳我，從此我們便可以過自己想要的日子，不會再被人算計。」

姚姒的話充滿誘惑，從此擺脫受人算計擺弄，那是何等的自由！姚娡很嚮往，沈思良久，一時間只覺得妹妹說得很對，姚家無異於虎狼窩，她寧願這輩子無依無靠也不要再擔驚受怕。「妳可有法子？」

姚姒便知道她也不反對和姚家一刀兩斷。「法子是人想出來的，只要姊姊也是這個意思，那我就想法子。只是有一點，我們若被姚家除族，往後若周家因此而有什麼變故，姊姊心裡可要有準備。」

姚娡明白她的意思。「若周家不是看中我的人而是姚家的家勢，這門親不結也罷，這輩子姊姊就守著妳過日子，咱們到時搬到別的地方，從此隱姓埋名不理世事。」

姚姒眼眶微濕，沒想到姊姊經了這些事情後，能看得這樣開，她滿心高興。「好，好，我這就想法子，只要能和姊姊在一起，去哪兒都好。」

才剛進六月，天兒就使勁地熱起來，這樣的酷暑天，又是大中午的，就連那樹上的鳥兒也受不了，往那樹蔭裡躲了就不出來。

按說飛禽走獸都如此，何況是人。只是在彰州通往福州的官道上，隨處可見一群群衣衫襤褸的百姓睜著飢渴的眼，哪裡顧得了大熱的天，只要看到但凡是能果腹的東西就團團上去搶，這樣的情形已屢見不鮮。

官道上茶寮的老闆嘆息著搖了搖頭，指著他收養的孤兒道：「看好嘍小子，若不是老頭子我收養了你，這世道哪有你小子的活路。」

小男孩聞言只是傻笑，雖然身上衣服都是補丁，但比起路邊那餓得面黃肌瘦的孩童來卻要好得多，至少每日還能吃到一頓飽飯。

茶寮的老闆是個六十多歲、臉上滿是皺紋的老頭，那雙渾濁的眼睛裡含著悲憫，只是那情緒僅僅一閃而過。這條官道是彰州往返福州的官道，這前不著村後不著店的，茶寮恰好能讓人喝口茶水解解乏，是以老頭才能勉強度日。

這時，遠遠傳來一陣馬蹄聲，小男孩的耳朵靈，驚喜地朝老人喊道：「爺爺，你聽，有馬蹄聲傳來，又有生意上門了！」

老人耳朵背，聽了孫子的話卻是一喜，看見孫子只顧著伸頭往外瞧，老人把肩上搭的汗巾往小孫子身上抽，喝道：「還不快些把燒好的涼茶拿出來，再懶就不給你小子飯吃。」

小男孩才一溜煙地跑進去準備茶水。

這時候漫天塵土飛起，十幾匹輕騎「噠噠」地由遠逼近，老人半輩子都湮沒在這條官道的灰塵裡，聽這馬蹄聲規整有力，便知不是普通人家的馬匹，連忙打起精神來。

果然，這十幾匹人馬停在這間低矮的茶寮前，老人帶著孫子躬著身子迎上去。「幾位客官裡頭請，喝些茶水解解乏，小老兒的店裡還有些馬料。」

為首的黑衣男子朝四周望了一眼，眼見那名看來像是哪家公子哥兒的青年下馬來，黑衣男子就上前低語了幾聲，那名公子點了頭，後頭就有人把馬拴在馬棚裡。

老頭極會看眼色，急急忙忙把布巾拿在手上，朝那上首的桌子擦了擦，又叫孫子提了茶壺出來。等那貴公子坐下，老頭提著的茶壺就被剛才那名黑衣男子接了過去，叫老頭把擺在桌上的粗瓷茶杯拿開，後頭就有人擺上一只素青花瓷杯。

那人往杯裡倒了水，又拿出根銀針往裡試，待確定銀針無變色，才把茶杯往那貴公子面前遞。

老頭看慣了這些大家公子外出的講究樣兒，也不惱，待那貴公子端起杯子輕啜一口，老頭的臉上就笑開了花。

這時，小男孩已經獨自把一捆捆的馬料抬了出來，便有黑衣人上前查看，小男孩眨著雙不甚靈氣的眼道：「這馬料我爺爺把它藏在地窖裡，客官放心，絕對沒問題。」

黑衣人不緊不慢地查看了一會兒，也不用小男孩搬，他自己一氣兒提起幾捆馬料就去餵馬。

貴公子喝了茶，便叫那些黑衣人也自去用茶，他往官道外打量幾眼，就朝那老頭招手，道：「這樣的情形都有多久了？這是從彰州逃難出來的人吧？」貴公子一口官話，他雖刻意溫和，卻還是露出幾許威嚴。

老頭戰戰兢兢回道：「回公子爺，這兩年天公不賞人飯吃，這樣的情形從今年就有了，最近衙門又開始徵稅糧，許多人家地裡沒收成便逃難出來，真是作孽啊！」

貴公子再沒出聲，老頭不敢再作答。

一行人無聲地歇了會，就又打馬遠去，老人捏了捏手上的一錠銀子，足足有五兩，且是上等的雪花銀，便急急忙忙往兜裡塞，生怕被人瞧了去。

琉璃寺裡，張順正和姚姒說話。「據我們的人回報，恒王殿下一眾人馬是六月初一從京城出發的，從京城走陸路到天津，聽說要在天津港坐海船一路往江南去。」

姚姒掐指一算，今兒已經六月中旬了，恒王的官船若是走海道，只怕就快要到了。

張順這時又道：「林青山那邊最近有些動作，先是鼓動慈山書院的一夥學子們，他帶頭寫了萬民陳情書，又把林縣令家的公子拖下水，請求縣衙開倉賑糧。林縣令現在把兒子拘在家裡，可林青山見縣衙不接這個萬民書，就乾脆在縣衙前帶著人長跪不起，這些天響應的人是越來越多了，林縣令叫了所有衙役緊緊守在衙門前，就怕暴動。」

姚姒聽聞後若有所思，想著林青山終於動了，而且是鼓動學子鬧事，倒是有些膽量，卻也越發覺得這樣的人要敬而遠之。

她想了想，對張順道：「叫人暗中盯緊姚博瑞的糧倉，現在我們得做兩手打算了，若城裡真有暴亂，而還未等到恒王的人來，那就把人引向姚博瑞的糧倉去搶糧，叫那些學子和世人都親眼目睹姚家私藏軍械，姚家就算想把此事蓋起來也不容易；另外一條便是如咱們期待的，恒王的人來到福建，到時咱們只要有了恒王的行蹤，就把告發姚家的書信想盡辦法遞到恒王面前，引恒王人馬來彰州。」

張順心裡明白，走到現在這一步，再沒有任何退路，只是到時姚家若是判個滿門抄斬，她們姊妹又要怎麼逃脫？嘴唇動了動，終於問出口。「小姐的退路可想好？」

姚姒微笑著朝他點了點頭，起身往裡屋走去，待出來時，手上拿了樣東西，她遞給張順，示意他打開來看，張順一看竟是份狀紙。

他驚愕萬分，不可置信地望向姚姒，她卻輕輕頷首。

張順懷著複雜的心情把狀紙看完，又把它捲起來，低聲問道：「小姐準備幾時動手？到時我隨小姐一起去，兩位小姐身嬌體弱，哪裡受得了那些板子上身！」

大周律，子告父母是要挨板子的，小姐這樣一來，等於是損敵一千、自傷八百啊，張順很想阻止，但也知道阻止不成。

姚姒盈盈笑道：「這板子既然要挨，也要看挨得值不值，我和姊姊已經打定主意，要脫離姚家免受牽連，唯有走此一途。」

她接過張順遞回的狀紙。「明兒且離不得你去，你一會兒下山後，就把人安排起來分成兩組，一組專門散到人群裡鼓動一二，務必要叫彰州人人皆知我姚姒狀告祖父母殺害我母親之事；第二組就混在衙門看熱鬧的人裡頭，老太爺這個人我很看不透，以防他到時一不做二不休，直接把我和姊姊帶回姚府。你的人到時要注意了，看到姚府來的人若真要對我和姊姊不利，便裝成是同情我和姊姊來打抱不平的，切不可叫人看出什麼來。」

「小的知道，小姐不必擔心，就算姚家有天大的膽子敢在衙門裡搶人，也要看打不打得過我張順，明兒一早我上山來接兩位小姐。」

姚姒點頭同意，又交代了一些要注意的事，就讓張順下了山。

姚似轉頭就去姚惦屋裡，把安排都說給姊姊聽。「我和姊姊明日只怕要受些苦楚，但一想到母親的冤案總算能叫世人得知，這心裡就無比期待。」

姚惦雙眼紅通通，聞言只是輕輕頷首，把明兒要穿的孝服和面紗都攤開來給妹妹看，又和妹妹商量明兒要帶哪幾個丫頭跟著。

兩姊妹在屋裡為明兒盡力準備著，蘭嬤嬤卻在門外直嘆氣。

此時，官道上那十幾騎人馬已經換了一身粗布裝扮，極低調地住進彰州城東離縣衙不遠處的一座宅子裡。只見那貴公子換了身素紗衣，頭上卻簪了支蟠龍簪，正坐在書案前看著信件。

「回稟主子，那聚在衙門前鬧事的是慈山書院的學子，帶頭之人叫林青山，是個秀才，為守母孝而耽擱了舉業，今次之所以聚在衙門前，是因他寫了紙萬民請願書，希望林知縣能開倉濟民。」

貴公子頭也沒抬，眉頭微微皺了一下，淡聲吩咐道：「去查查此人來歷。」

底下回事的人急忙應諾，卻聽到那貴公子又吩咐道：「給琉璃寺的慧能送信，問問趙旆那小子還有幾天能回，特地拜託我往彰州來，他就是正火燒火燎地打紅毛鬼子，也得給我趕回來。」

「是，主子。」回事之人沒耽擱片刻，就躬身退了出去。

第二天又是個大晴天，天還沒亮，姚姒就起身，梳洗後換上那身孝服，除了頭上一支固定髮髻的銀簪，通身無一絲金玉之物。

她和姚娡用了早飯，點齊了跟下山的人，張順就到了。

張順親自駕著馬車，車裡坐了姚姒、姚娡以及跟來的采芙、綠焦及兩名小丫頭，直朝縣衙駛去。等到日頭昇到頭頂，姚姒扶了姊姊下馬車，兩姊妹相視一眼，手挽手就往衙門口的大鼓走去，姚姒拿起鼓槌，「咚咚咚」的幾聲，震得連那一旁威武的石獅都快要清醒過來。

「何人鬧事？」衙役趕了過來，看到是兩個身著孝服、戴著面紗的嬌滴滴小姐，那衙役就喝斥道：「看妳們的樣子也像是閨中小姐，這裡可是衙門，這鼓豈是胡亂敲著好玩的，去去去。」說完不分青紅皂白就要趕人。

姚姒上前一步，把狀紙遞了上去，聲音清冷卻又不容忽視地高聲道：「我有冤情，我要告姚家老太爺和老太太謀害其嫡媳姜氏，望縣太爺受理！」

衙役當差有了年頭，往衙門裡遞狀紙告人的不是沒有，這會兒聽著卻新鮮了，姚家是什麼樣的人家，若說是彰州第一人家也不為過，於是忙喝斥道：「妳們是何人？」

姚娡走上前大聲道：「我們姊妹是姚家三房嫡女，姚家上下害死我母親，這位差大哥，煩請您進去通報。」

衙役皺了眉頭，閃過幾絲念頭，可眾目睽睽下，只得按捺下思量，轉頭就往衙裡去。

第五十二章 侮辱

離縣衙不遠處的小宅子裡，又有人往那貴氣公子跟前回話。「主子，現在縣衙門口圍了不少人，倒是發生了稀罕事，本地姚家被自家親孫女給告了，這事倒也湊巧得很，您道那苦主是誰？就是前幾年壞了事的姜閣老之女姚姜氏。」

「喔？」貴公子伸出白淨的手揉了揉太陽穴，從案牘中抬頭。「我記得姜閣老有一嫡女，確是許配給福建一戶人家，其婿姚東筵便是現任廣州府布政使司，這個姚東筵是開平五年那一科的探花郎，出身福建彰州，難道便是這個姚家？」

不必主人下令，早有人出去查探，很快就有人回稟。「主子您說得沒錯，確實是這個姚家，福州的洪家小兒娶的便是姚家女兒，遠在京城的崔家，以及本地豪門旺族李家、焦家，甚至莆田宋家都是其姻親。」

貴公子聽到下人說到福州的洪家和京城的崔家時，也不知想到什麼，良久他低聲一笑，自言自語了一句：「原來如此，好個趙旆！」

「走，本王也去瞧瞧熱鬧。」

那貴公子彷彿心情很好，走下案桌就叫人更衣。

一旁的護衛連忙勸道：「主子，外頭圍了那樣多的人，衙門前又有學子鬧事，就怕有人趁著人多行刺，萬萬請主子三思。」

貴公子冷哼了聲。「本王主意已定，他們若是能跟蹤到彰州來，也算他們的本事，你們可要想想，是哪裡出了紕漏。」

那回事的人頓時冷汗涔涔。

姚姒和姚娡在衙門外等了快半個時辰，二人雖說戴著面紗、身著孝服，但薄薄一層面紗如何抵擋得住好奇之人的眼睛。老話說女要俏，一身孝，姚娡已近十七歲，嬌弱的身姿亭亭玉立，姚姒雖說年紀還小，但一身氣度叫人側目，兩人雖然挺直脊背目不斜視，仍被人一圈圈地指指點點。

姚姒見此就把姊姊往自己身後拉，遮住姊姊，又有兩個大丫鬟擋著，多少擋住些猥瑣的目光。

姚娡畢竟從未這樣在人前拋頭露面，原本就緊張不安，看到妹妹始終如一地維護自己，她緊握的拳頭悄悄放開，拉了妹妹的手，也跟妹妹一樣一臉漠然。

等到衙門外聚滿圍觀的百姓，林縣令才扶了頭上的烏紗帽坐到堂前，衙役們列班上堂。

姚姒和姚娡被衙役請到堂上，摘了面紗，這時外面圍觀的百姓便擠到堂前，人群裡不斷發出聲聲議論，一聲蓋過一聲。林知縣朝師爺看了眼，拿起驚堂木重重一拍，立時裡外鴉雀無聲。

「堂下是何人擊鼓鳴冤？還不報來？」林縣令面無表情，對著立在堂下的姚姒姊妹只掃了一眼，就朝一旁的布簾望去。這時立在簾後的丫鬟輕輕點了點頭，林縣令心裡有數，這是剛才說好的暗號，裡頭的縣令夫人是見過這姊妹兩人的，只怕是錯不了。

姚姒和姚娡被那面前的衙役一聲低喊。「還不跪下回話？」

兩姊妹往堂上一跪，姚姒便道：「回大人，小女閨名姚姒，和姊姊姚娡今日是為亡母姜氏擊鼓鳴冤。適才小女已將狀紙呈上，小女雖在閨閣，但素來聽聞林大人是位秉公辦理的好官，望大人收了我姊妹二人的狀紙，替我亡母姜氏伸冤。」

林縣令難掩驚訝，這番話說得擲地有聲，說他是好官，若不收了這狀紙，外面又有這麼多的百姓看著，這還真是將了他一軍。這麼伶牙俐齒，看著年紀才十二、三歲的樣子，林縣令頓時皺了眉頭。

「既然妳們姊妹要告祖父母，按大周律，子告父母或孫告祖父母，實乃不孝，告之前要受二十軍棍。本官看妳姊妹二人乃一介弱質女流，受不受得住且另說，當堂打這二十板子也有損妳們閨譽，本官念在妳們是世姪女，聽本官一勸，撤了狀紙立刻家去，不可因此許挑撥就對親人生了怨忿不孝之心。」

此話一出，頓時叫擠在衙門前看熱鬧之人發出一陣譁然之聲，更有人交頭接耳起來。

「大人……」姚姒忙喊道，卻不承想，這時有個衙差來報，打斷她的話。

「大人，姚府四老爺在外求見。」

林縣令忙道：「讓他進來。」

外邊就有人讓出一條道來，姚四老爺跑得臉上一層汗，見了林縣令就作揖，連連抱拳解釋。

「叫大人看笑話了，都是兩個姪女氣性大，最近為了婚事受了些委屈，哪承想她們竟然這樣不孝。我家老太爺適才聽說了，讓我給大人帶個話，這兩個不孝女就由我帶回家，至於驚擾了大人，稍後我家老太爺一定置酒給大人賠罪。」

外面的百姓又是一陣譁然，姚娡一聽這話就沈不住氣，一張臉脹得通紅，幾番想說話卻又不知怎麼說，顯見是氣得很了。

姚姒就冷聲道：「大人，我和姊姊願受那二十軍棍，也要為亡母伸冤，若是大人任他將我姊妹帶回去，明兒我和姊姊活不活得成還兩說。想我姊妹二人自從母親亡故後，就避居在琉璃寺，終日擔驚受怕，眼看就要出母孝，這才求人寫了狀紙遞給衙門。誰承想，大人身為一縣父母官，又是這般推諉了事，難道是懼於姚家權勢而想循私不成？」

林縣令苦著一張臉朝姚四老爺無聲地望了眼，意思再明白不過。

姚四老爺心裡對這老奸巨猾的林知縣直罵娘，心裡快速思量對策，嘴上卻喝道：「給我住嘴，妳們這兩個孽障，休得胡言亂語！」

姚四老爺雖有私心，可姚家若是蒙羞，他也落不著好。「不瞞大人，我家老太太一聽這事就暈了過去，這會子還沒醒來。我姚家在彰州一向不欺凌霸道，天冷施粥，天災施銀，大人可是親眼所見，也曾讚過我姚家仁義良善；再說我姚家書香名門，一門出了三進士，老太爺治家嚴正，絕不會做出那等謀害媳婦性命之事，還望大人看在你我兩家的交情上，不要聽信了小兒負氣胡言。」

見林縣令顯出很為難的樣子，姚姒故意冷笑道：「林大人，莫非你怕了姚家？我且告訴你我母親是怎麼死的。」她自顧自起了身，朝外面人群大聲道：「我母親姜氏，姚家三房媳婦，是被姚老太太半夜裡親自帶人給我母親強灌了毒藥毒死的！那天是開平十九年五月初六，剛進寅時，我母親身邊服侍之人也一併遭害，這便是自詡為書香名門做出的勾當！我母親……」

姚姒的嘴頓時被姚四老爺一把捂住，姚姒使勁地扳，臉上脹得通紅，姚娡一看也立時起身來扯姚四老爺的手。這時，外頭看熱鬧的人群就叫喊起來，姚四老爺才驚覺自己做了什麼，急急鬆開了手。

林縣令見水到渠成，又有民眾呼喊請願，便不再理會姚四老爺，他把驚堂木再一拍，下了命令。

「給我將堂下的這對姊妹各打二十大板，這狀紙本官接下了。」

姚四老爺才剛失了態，又見林縣令這番作態，心裡也明白了，只怕這林縣令一改往日的巴結奉承之態，就知他是決計不會這麼輕易給姚家這份人情了，一時間，他急急朝外面的小廝使了個眼色，就不再發一言。

這時就有四個差婆上堂來，兩兩把姚似姊妹二人按在地板上，衙差準備好板子就要上前施刑。

這時，卻突然有個聲音傳來。「且慢！」

姚似被差婆強按在地上，以為板子就要上身，但預期的疼痛並未至，卻聽到這聲「且慢」，這些年的自持再難把持住，百般情緒湧向心頭，也顧不得思量他這個時候怎麼會來，急急把頭往後轉，就尋到他的身影。

逆著光，只覺得那團光暈裡的人是他又彷彿不是他，曬得黝黑的一張臉，雙目寒星熠熠，英氣的臉上蘊藏著一股冷傲孑然。

她睜著雙水潤的眼矇矓地看他，腦子竟一陣陣暈眩起來。

趙旆朝她輕輕一瞥就停在她身邊，朝著林縣令不懷好意地譏諷道：「好一個道貌岸然的好官，這二十板子下去，焉有這兩位姑娘的性命在？你身為一縣父母官，豈不知理法不外乎人情？難道就沒半點憐憫之心？」

看熱鬧的人群再次譁然，低頭交耳紛紛議論起來。

想想也是，這麼嬌滴滴的兩位小姐，明知要挨二十板子卻依然要拋頭露面來衙門提告，若不是有天大的冤情，這就說不過去了。

林縣令聽了這話，頓時怒不可遏。

這是哪裡來的無知小兒，空口無憑就胡言亂語一通，竟然這樣不懷好意地揣測他！

林縣令倏地起身，就要發作時，卻見衙門口的百姓一個個伸了手指，彷彿在朝他指指點點，林縣令尚存一絲理智，又收到師爺頻頻使來的眼色，總算是忍下胸中的那口惡氣，冷聲喝道：「堂下是何人喧鬧，本官自然是按朝廷法度行事，無知小兒，你信口雌黃誣衊本官，究竟是何意？」

一旁的姚四老爺睜大眼仔細端詳著突然闖進來的趙旆，搜腸刮肚的，也沒想起來這個氣度不凡的少年是誰。

看場中情形，這人只怕是要護著三房姊妹兩個了，一時間，心裡閃過無數猜測，他暗地朝姚姑打量，難道是姚姑在外惹的浪蕩子不成？

林縣令也想著這個問題，他把趙旆從頭打量到腳，又觀他長身玉立、儀表堂堂，隱隱含了幾分貴氣，適才進來堂上時閒庭信步般如入自家園子。林縣令心裡警醒起來，覺得姚家姑娘告發姚家人這件事，從頭到尾就透著幾分蹊蹺，莫非是受人指使不成？不然姜氏就算冤死也兩年多了，這兩年多來姜氏的兩個嫡女為何不告發？

趙旆這時嗤笑了聲，顯然沒把林縣令的話放在眼裡，他朝周圍的人掃了眼。「聽說姚家在彰州乃是首善之家，而今看來其內裡竟是這樣藏污納垢，實在是令人匪夷所思。在我看來，你這縣令莫非是收了姚家的好處，或是怕惹了姚家這麻煩，才一不過堂、二不查實就要板子上身謀人性命？」

林縣令猶如一口老血梗在喉嚨裡，越發肯定這少年來歷不凡。

外面看熱鬧的人群情激昂起來，有人喊著不能打板子，有人指著姚家說缺德，還有人懷疑地望著他，林縣令的頭腦慢慢清醒了，他把得失重新衡量一下，心思幾轉，就打定主意。他朝姚四老爺輕輕搖了搖頭，意思很明顯，他就算有心想護，只怕也不能做得太過明顯，這當口，他怎麼肯落人口實。

姚四老爺心裡直罵娘，這林縣令可真是滑不溜手，逮著空就拿來示恩，當誰不知道他這是裝作愛莫能助的樣子，私心裡只怕是順理成章審了這個案子，姚家到那時可就要花大錢來擺平他了。

姚四老爺急了，忙朝林縣令抱拳道：「大人，公堂之上豈容這小子空口白牙胡謅一通，我姚家一向積德行善，行得正坐得直，豈容他誣衊，這小子來歷可疑，也不知從哪裡冒出來的。」

他打住了話頭，卻朝姚姞意有所指地看了看，冷哼道：「說不得我姚家這回要讓大人看笑話了，我這兩個姪女被家中老太太打發到琉璃寺替母守孝，身邊沒半個長輩在，這女孩家大了，心思也大了，誰知道是不是她姊妹有何不檢點的地方，勾搭了些不三不四的人，就往姚家潑髒水……」

姚姞恨恨地盯著姚四老爺，眼睛裡蘊著一團火，女兒家的名聲豈能這樣被他誣衊！

她氣得渾身發抖，掙開那兩個差婆就指著姚四老爺反唇相稽道：「四老爺可要積陰德，你無故毀我姊妹名聲，不過是想引人遐想那些不存在的事實，你們姚家把我姊妹二人棄在琉璃寺不聞不問，如今倒拿這來說事，你又安的是什麼心？」

姚姒看了眼姊姊，又望向場中一干人等，等她看到趙斾唇邊的一絲譏誚，心裡豁然開朗，這才明白趙斾的用意。

她想起兵法上寫著「一鼓作氣，再而衰，三而竭」，只怕趙斾是識破她告狀的用意，才一而再、再而三拿話激林縣令。

他這樣一副天不怕地不怕的樣子，反而令多疑的林縣令忌憚起來。

林縣令有了顧忌就不會明目張膽偏幫姚家，姚四老爺來此之前，姚老太爺肯定有交代，說不定令他必要時行必要手段，丟車保帥，再往她姊妹頭上潑髒水。

她心思百轉，朝趙斾望去，眸中連自己都不曾發覺地含了一絲柔情。

只是，姚四老爺的話更難聽起來，他沒等林縣令出聲，就作出痛心疾首的樣子指責道：「娡姊兒，妳老實說，是不是妳不守閨閣之禮和這小子相好了，也不知哪裡來的人模狗樣的東西，騙了妳的身子後就引妳做些不孝不忠的事出來？姚家養大妳們姊妹，妳二人就是這樣回報祖宗恩德的？我姚家怎麼會有妳們這樣傷風敗德的女孩？妳們又何曾對得起妳父兄姊妹和家族親人？」

姚四老爺聽著耳邊傳來的倒喝聲，自覺扳回一局，望著姚娡姊妹像看著什麼下賤東西似的，這是徹底撕破了臉面在羞辱人。

事情到這裡，公堂成了擺設，林縣令和師爺二人眉眼不停飛來又飛去，一干衙役也直愣地看著面前這場好戲，更不要說外面圍觀的人群了。

姚姒怒不可遏地指著姚四老爺，恨聲道：「你這是含血噴人！我們可是姚家的女兒，你為了轉移焦點，就往自家姑娘身上潑這樣的髒水，虧你做得出來！還有什麼下作事是你們做不出來的？」

姚姑的耳裡盡是人群裡的聲聲猜疑，眼睛裡看到的是人們毫不遮掩的嘲笑，她的腦中頓時一片空白。

姚四老爺深知此時正是時機，就對看戲的林縣令作揖道：「回大人，人說家醜不可外揚，現在卻也顧不得了。我這兩個姪女因痛失其母而對我姚家心懷怨忿之心，家中老太太才叫她二人去琉璃寺守孝，其目的不外乎要她們靜心反省。誰知這兩個不肖女屢教不改，時常散播謠言不打緊，前些日子她二人還對家中長輩大打出手，不僅氣昏老太太，還把五太太的臉毀容了。這些事再作不得假的，想我姚家實在有苦難言。如今這兩個孽子反而受人唆使來衙門告其親族，這樣罪大惡極的行徑，我姚家再也不敢包庇了。來時家中老太爺有吩咐，從今日起，這兩個不肖女再也不是我姚家人，我家老太爺親自把這兩個孽子的名字從族譜上劃去，往後這兩個孽子再做出什麼驚世駭俗的事情，皆與我姚家無關，還望大人知情，還我姚家一個公道……」

姚四老爺的話還沒說完，他只覺衣袖一動，就聽得砰的一聲響，他朝聲音的來處望去，就見姚姑撞了柱子倒地不起，柱子上是一片觸目的血跡，而原本在自己旁邊的少年不知何時跑到柱子那邊，急急往姚姞嘴裡塞進藥丸。
這時，外頭人群裡不知是誰帶頭喊起來。
「姚家逼死人啦！」
「真是作孽！這存心就不讓人活了啊！」
姚四老爺傻了眼，愣了半晌才回神，他抹了把腦門上的汗，對坐在上首的林縣令嘆道：「這丫頭好狠的心啊，這是存心陷我姚家於不義啊，莫非是她自己做的醜事被人發覺而羞愧自殺？」
這個時候了姚四老爺還不忘狠狠踩一腳，林縣令瞧著姚家人的這股狠勁，心底一再思量，很快作出決定，以這案子的當事人生死不知為由頭，案子自然是擇期再審。
這一天怕是彰州城最熱鬧的一天，白天在縣衙公堂上發生的一幕叫人實在匪夷所思，大街小巷都在紛紛議論。姚家爆出這樣的醜事，姚蔣氏再度氣昏了，就連姚家的下人出街都會叫人指指點點，姚家不得不閉門謝客。
姚老太爺的秋鴻館裡燈火通明，這都過去兩、三個時辰了，姚四老爺依然跪在廊簷下，守門的童兒一臉戰戰兢兢的，各自低了頭也不敢朝姚四老爺那裡望。
過了許久，屋裡走出一個穿著黑衣的高大人影，那人從姚四老爺身邊極快閃過，幾下就消失在茫茫夜色中。老管家過沒一會兒也從書房走出來，他走到四老爺身邊躬身道：「老太爺說，沒出息的東西，你那根花花腸子老子我還不清楚，這輩子你就是個庶子，嫡庶有別，什麼時候想通了就起來。」

姚四老爺聽完老管家的話後，並沒有起身。

夜深沈，燈火滅，人已靜，他仰了頭去看懸在頭頂的明月，卻只見烏黑的一團雲遮住明亮的月色，他的臉色止不住的一片灰敗。

第五十三章　情意

姚姒在姚娡床邊守了一夜又一個白天，姚娡卻始終沒有清醒過來。

雖然青橙一再保證姚娡無性命之憂，只因失血過多暫時昏迷，但醒來後腦子是否受了撞擊的影響而有後遺症，這點青橙也不敢說。

她望著姊姊氣若游絲地躺在床上，不由得心痛如刀絞。

她沒有想到姊姊是那樣剛烈，姚四老爺一番顛倒黑白的話竟令姊姊撞柱以死明志。她不停責怪自己，是不是做錯了？當時，她任由姚四老爺把髒水往姊姊身上潑，而她卻只想著如何激姚四老爺說出除族的話。如果當時能注意到姊姊的異常，或者提醒一下姊姊，事情也許不會弄成現在這樣。

此時，彰州縣衙對面的小宅子裡，看似一切與普通百姓人家無異，可院子裡頭一撥撥的暗衛正睜大眼睛藏在屋簷和樹梢裡。正屋東間的書房門前，遠遠地立著幾名黑衣人一動也不動。屋裡，趙旆舉著燈，牆上掛著一幅輿圖，他伸手指著輿圖一邊看一邊說話，而他身旁，正佇立著一名負手而立的年輕男子。

屋裡這樣的情形已經持續了一天一夜，除了中途送吃食進來，任何人都沒敢打擾屋裡的人。屋裡只開著一扇窗，四周雖說擺著冰，可天兒這樣熱，兩人也不知說到什麼一時興起，哪裡還顧得汗濕衣衫。

堪堪到了亥時，書房的門突然從裡面打開，只聽到帶頭走出來的年輕男子哈哈笑了幾聲，待下了門前臺階，快要到二門口，他轉身拍了拍趙旆的肩膀，語氣帶著幾分揶揄。「去吧，再不放你走，只怕你心裡要怨恨本王不體恤你了。」

趙旆連忙拱手向他告罪，言語很恭敬。「多謝殿下，此一別還請殿下萬萬保重。」

看到他這樣急切，恒王不禁又笑了起來，他再沒多言，只在趙旆上馬前，親手把馬鞭遞給趙旆，沈聲道：「這大周的江山，竟然已經危重至此，五郎，攘外必先安內，本王堅信，不破不立，成敗就在江南這一役。去吧，替本王把大周的海防守緊了，他日建功封賞自有時。」

趙旆聞言，臉上隱現幾分凜冽殺氣，抱拳對恒王沈聲道：「臣必定不負殿下所託，夜已深，殿下且回屋去。」說完，他雙腿夾了馬腹，一馬當先就消失在夜色中。

恒王望著遠去的身影，站了良久才回屋，待他進屋坐定，就有人回話。

「主子，彰州城中幾家大戶皆有囤糧，再加上幾家不良的商家，咱們的人悄悄去查過了，光是這些囤糧就夠彰州災民吃三個月了，只不過，咱們的人發現了一件極怪異的事情。」

「噢，發現了什麼事？」恒王端起桌上的茶水，輕輕飲了一口。

「回主子，這姚家前兒才出了這樣一件大事，咱們的人專往那姚家小兒囤糧的庫房去查看，竟然發現裡頭有荷蘭人的洋銃，主子，這件事有蹊蹺。」

恒王聽下頭人這樣說，臉上卻沒半點驚訝，有些漫不經心地問道：「什麼蹊蹺？莫非你們叫人發現了行蹤？」

回話的人頓時低下頭。「主子，屬下該死，想那姚家老頭是個人物，這麼些年橫行海上勾結倭寇，京裡那位的銀子泰半從這裡得到。如今咱們才剛到彰州，先是叫咱們看了一場衙門裡的好戲，又叫咱們發現姚家橫行海上的罪證，這事就顯得很不尋常。要說咱們的行蹤被人發現倒也不至於，但如果有人早就算計好，專門等著殿下來彰州，這樣才可怕。」

恒王聽完卻是哈哈笑了幾聲，他想起趙旆先前同他交的底，腦海中就想到那日在堂上的兩姊妹，大的性情剛烈不懼死，小的年紀這樣小，卻有那樣的膽量與心思，也怪不得趙旆會鍾情於她。

「不怪你們，有人存了心把罪證往咱們手上遞，你們且順著這條線去查，查到什麼即刻來報。」

回話的人忙領命而去。

趙旆騎著馬，跑了足足兩個時辰，才趕到琉璃寺，下了馬就直奔姚姒的小院。

張順閃身上前，把這兩天的情形一一說給他聽，等他叩了門，裡邊即時就有人把院門打開，紅櫻提著燈籠迎他進門，趙旆放輕腳步朝姚姞的屋裡走去。

屋裡亮著盞小油燈，姚姒一天一夜沒合眼，這會子也熬不住了，撐了手抵住頭就歪在床邊，趙旆上前蹲下身，才瞧見她不過兩日就脫了形，頓時有些心疼。

那天姚姞撞了柱子，還好他出手快拉住姚姞一片衣角，縱然這樣還是叫她撞破了頭。後來他派人去把青橙接來，又快馬加鞭把她兩姊妹送回琉璃寺，忙忙亂亂的，也沒顧上和姚姒說什麼話，這會子猛地一瞧，滿是心疼憐惜。

聽張順說她不吃也不喝，兩天下來，正常人都會挨不住，何況是她，趙旆又一陣惱恨她不愛惜身子。

紅櫻在他身後壓低聲音回話。「小姐不肯聽勸，奴婢幾個也是沒法子了，小姐身子本來就弱，這不吃不喝怎生是好？」

趙旆朝她望了一眼，低聲吩咐道：「去做些清淡的粥水端上來，我這就把她送回屋去，再不能由她這樣糟蹋自己了。」

說完，他碰了下姚姒，見她沒有醒，雙臂一張，輕輕抱起她來，紅櫻緊緊捂住了嘴，好半天才回過神來，卻發現趙旆已經抱著人出了房門。

短短一段路，卻叫趙旆走得很艱難，望著歪在懷中的人兒，再不似往日一副自持清冷的模樣，變得無比乖順，他的心一會兒喜一會兒怒，可就是這樣的她卻叫他不肯輕易挪開眼去。

她的眉輕蹙著，就著明亮月色，他的手輕輕撫上去，描繪她的眉峰，細膩的臉頰，手停在櫻粉色卻乾枯的唇上。他不知道現在是什麼心情，這朦朧的月夜裡，他的腦子慢慢暈眩起來，心裡面像是燃著一團火，他的手竟然輕顫著。

他確實沒有想到她竟然布了這麼大的局，寧願毀了自己的名聲，寧願把他們的未來全部賠光。這樣的決絕，就是為了為母報仇。他實在不願意承認，也許在她的心目中，他被排在仇恨後面。只是，她為什麼又給他做衣裳鞋襪，難道她不知道這些只有妻子才能相送？

她是那樣聰明，豈會分不清楚他待她是真心還是假意？那她又為何不給自己留一絲餘地？難道她對他根本無心？還是她根本就沒想過會和他修成正果？這樣的念頭一起，他腳下一個踉蹌，險些將她摔下，慌忙之中他緊緊收攏手臂，把她越發攬緊了，好像這樣就能填補心裡的那個坑洞。

他漸漸地起了些怨恨，驕傲如他怎能承認不叫自己鍾情的女子放在心尖上？望著這樣大的動靜都未醒來的她，心下千般思量萬般無奈，到底又替自己找了許多藉口，她如今才這麼個年紀，也許於男女之情上只知道個囫圇，他只能對自己說——不急，這輩子他就認定她了，不管往後的路多麼辛苦，他也要緊緊抓住她不放。

趙旆是個心志堅定的人，短短幾步路叫他的心思千迴百轉了一番，等到把她放在床上，也就穩住了心神。

灶上一直沒敢熄火，紅櫻很快就提了個食盒進屋，又把幾碟小菜和清粥擺在桌上，就上前來打算喚醒姚姒。趙旆卻叫住她。「夜已深了，妳且去歇著，這裡我來就好。」

他話音沈沈，卻叫紅櫻聽出一絲異常，又看他剛才臉色不對，哪裡敢說出什麼男女之防的話，到底是不敢逆他的意，悄身退出去時，又順帶把房門合起，卻不敢走遠，就在外間找了把椅子坐下，替屋裡這對守門。

趙旆看姚姒睡得沈，本想叫醒她起來用些吃的，可轉念一想，叫醒她只怕她也不會歇著，他嘆息了聲，彎身把床上的薄絲被鋪開，輕輕替她蓋在身上，又去抽她頭上的髮簪。

屋裡昏燈照影，他的手卻僵在她的頭上，她頭上的這支簪子半隱在髮間，他竟然到這時候才發現，這支簪子就是他送她的那支。一時間心裡被滿滿的甜蜜填滿，就著半明半滅的油燈，他不錯眼地望著她不安的睡顏，只覺得這夜心情激盪起伏，猶不能自持。

鬼使神差的，他脫了鞋，和衣挨著她躺下去。臉挨著臉，兩人枕著一個枕頭，一條薄絲被蓋在兩人身上，被子下面，他尋到她的手，把她珍愛地握在自己掌中，拿了指腹輕輕摩挲著滿是傷痕的手掌心，心忽地就安定下來。

若她心裡沒裝著他，那就逼著把他裝在心裡；若她不愛他，他會使盡各種手段令她愛上他。他對自己說，這輩子還長著，他一定會焐熱她的心。

半夜裡姚姒半夢半醒間，就覺得有些不對勁，一下子想到姊姊，頓時清醒過來，眼一睜開，屋裡半昏半暗的，動了動身子，才發覺手一緊，趙旆竟然和她頭抵著頭睡在身邊。她的心怦怦跳著，不知道發生了什麼事，想出聲叫紅櫻，可到底沒敢出聲，不知該怎麼辦時，趙旆醒了過來。

這夜深人靜的，兩人目光交纏，到底她很快回了神，縱然此時有千言萬語要問，也難抵臉上的尷尬，她聲若蚊蚋。「你……你怎地睡在我床上？」

饒是她活了兩輩子，也沒和任何一個男子同床共枕過，這、這……她一著急就要起身，顧不得手還被他暖和的大掌緊緊包覆在他心口。

趙旆哪裡能讓她躲開。「別鬧，聽話，好好睡一會兒。」

他不依她，單臂一攬就把她按在懷中，下巴抵著她的頭頂，手擱在她背上，不容她有任何反抗。她幾經掙扎扭動，又低聲哀求，可他不為所動，越攬越緊，手也緊箍在她的腰上，兩人胸貼著胸，毫無縫隙。

如此霸道的行徑終於令她不安起來，他這是何意？這樣欺負她，一天一夜未睡，才打了個盹就遇到這種事，她的腦子昏沈只覺得不夠用，眼淚傾瀉而出，悶在他胸口無聲哭泣起來。

趙旆能感受到她的徬徨羞憤，卻不給她任何安撫，只是緊緊摟著她，半晌啞著聲咬牙含恨道：「從前是我太過放縱妳了，讓妳把自己逼得沒一絲退路，妳背著這樣的名聲過一輩子，我和妳的事將來有多難，妳會不清楚嗎？妳是被仇恨蒙住了心嗎？妳……有沒有想過我們的將來？」

聽到這樣的話，姚姒只覺得悽惶。

她承認，若是拿趙旆和報仇比，她會毫不猶豫選擇報仇。原本就是她玷污了他的一番情意，還有什麼好說的？他那樣高傲出塵的一個人，卻在她手裡得不到純粹的感情，想來他是沒辦法承受的。

她很艱難地把眼淚逼回去，事已至此，她也為自己感到羞慚。

既然如此，她就起了斷腕的心思，這樣糾纏不清下去，於自己、於他都是一種折磨，如今她的名聲已壞，他那樣的顯赫家世，他們根本就不可能走到一起。若是勉強在一起，只怕情愛會被世俗的壓力去了七分。他是人中龍鳳，她怎能拖累他？罷了，長痛不如短痛。

她把頭從他胸口抬起，狠下心道：「所以你要這樣欺負我？趙旆，原是我錯看了你。」

趙旆伸出手遮住她的眼睛，這雙眼睛裡面泛著冷幽幽的光，他受不得這個。

他不明白，剛才明明還好好的，不知怎的就弄到這般地步，他知道自己的行徑有多無恥，說到底，他還是怨恨她，他這是不甘，想扳回些許自尊，於是恨聲道：「妳這樣不乖，我怕一放手妳就不見了。」

她的心有多痛只有她自己知道，這輩子只怕心裡再不會容任何人進來了。

打從她對姚家設下計謀，就預料到她不會全身而退，而她和趙旆再不會有將來，那時的她被仇恨蒙蔽了心眼，一心想著報仇，可現在眼看姚家傾覆在即，卻賠上了姊姊的性命，又辜負趙旆的一番情意，天知道她有多後悔自責。

身子輕輕抖起來，姚姒死死咬緊牙關，一字一句說道：「趙旆，你該知道我從來就沒把你放在心上，從前那般待你，不過是我下作，我知道以我一人之力決計沒辦法為母報仇，也無法保全我和姊姊。我、我只有接近你，才能達成心願，我就是這樣一個卑鄙無恥的小人。」

傷人的話就這樣猝不及防地說出來，趙旆的心沈到谷底，心底的怒火徹底被她撩撥起來，覺得自尊像被她狠狠踩在腳下，理智統統喪失。

他望著那張說出如此無情無義的話的小嘴，狠狠地把她壓在身下，她的眼睛還被他用手遮著，她像是沒反應過來，驚得微張開嘴，他趁勢覆上她的唇，在她不斷嗚咽聲中輾轉肆虐。她想逃卻逃不開，想躲也無法躲，他像個不得其法的孩子，在她唇上蠻橫齧咬，像是要傾盡心中所有怒火。

她的眼淚打濕他的手心，令他微微回了神，鬆開遮住她雙眸的手，放開她的唇，卻不過幾息工夫，他又低頭吻下來，這回卻不似剛才那樣蠻橫。他漸漸地吻出心得，吻得她淚眼淒迷，心神散亂不堪，滿滿的全是他的氣息。

他的雙手捧著她的臉，忘情地在她的唇舌之間遊走。情竇初開的少年，又是在這樣的情形下有了第一次身體上的接觸，就有些不管不顧起來。

等他發現身下的人在顫抖時，意識才歸位，她領子上的盤扣已經被他扯開，露出裡頭粉色肚兜，而她淚眼滂沱，雙唇已經紅腫不堪，雙手死緊抓著床單，臉帶驚惶。

他把她抱在懷裡，一遍遍地安慰賠罪。

琉璃寺打鳴的雄雞發出第一聲鳴叫，紅櫻立時就站起身來，她搖了搖痠痛的脖頸，輕輕地在房門外敲了幾聲，過沒一會兒，趙旆就從裡頭開門出來，外屋黑漆漆的也沒點燈火，紅櫻看不清他的神情，只聽他低低嘆息了一聲。「好生照顧妳家姑娘。」人就出了屋子。

紅櫻送他出門，瞧他消失在晨霧中，折身回來就往裡屋走。屋裡還亮著那盞油燈，看見姚姒背著人躺在床上，紅櫻隱約清楚昨夜屋裡發生的事情，也不點破，只把薄被輕輕替她蓋好，再把油燈吹熄，靜悄悄出了屋子。

天亮時分，綠蕉進屋來，見了紅櫻就喜笑顏開道：「剛才我去了趟大小姐那裡，聽采芙說大小姐昨兒下半夜醒來一次，意識還不大清醒，不過卻是認得蘭嬤嬤的。阿彌陀佛，謝天謝地，大小姐總算醒過來了。」

紅櫻連忙雙手合十說了句「菩薩保佑」，見綠蕉要推房門，她心裡不安，忙一把拉住。「小姐昨兒半夜裡才回的屋，這會子且讓小姐好好睡一覺。」

綠蕉不疑有他，放輕腳步就和紅櫻出了屋子，又打發端了洗臉水的小丫頭下去。

屋裡點了安神香，姚姒昏昏沈沈地躺在床上，這一夜流了那樣多的眼淚，一雙眼睛就算閉著也澀痛得慌，睡不著也醒不來，直到隱隱約約傳來綠蕉的說話聲，她懸了幾日的心終是落了地。想起身梳洗去看看姊姊，卻猛地想起昨兒夜裡趙旆對她做的事，伸手摸了摸腫脹的唇，這個樣子哪能見人，想想只得作罷。

許是人一放鬆，先前的疲乏都跑了出來，姚姒這一覺睡到辰時末才醒，屋裡沒人，她撩了帳子喚人進來，看到進屋的是綠蕉，竟然鬆了一口氣。綠蕉大剌剌的性子，想必瞧見她這個樣子也不會胡亂猜想。

她讓綠蕉準備熱水沐浴，掩了嘴裝作打哈欠，起身就往布簾後的浴間走，倒也沒叫綠蕉看出什麼。等到熱水都備下了，她把人都打發出去，解了衣裳坐到浴桶裡，照鏡子就看到鎖骨上有幾處深淺不一的紅色印跡，想到昨夜的荒唐，心止不住一陣痙攣，滿口都是苦澀。

待梳洗好，她又往臉上敷了些粉，穿了件珍珠盤扣領子的比甲，雖然雙眼還有些紅腫，卻也看不出異樣。

第五十四章　操縱

姚姑醒過來後，青橙給她把脈，拍著胸口對姚姒保證，一定不會有後遺症，姚姒的心才落到實處。

姚姑便問起案子的後續，姚姒怕她傷神，不讓她多想。「反正咱們的目的達到了，世人皆知姚家害了母親的性命，咱們又被除了族，再說官字兩張口，衙門裡的事不是那麼簡單。左右有我在呢，妳若再胡思亂想，我是不依的。」

她把頭輕輕靠在姊姊的肩上，滿腹心酸。為了報仇，她昧著良心殘害無辜，姚家雖然有該死的人，但也有那麼多不該死的人，從前只覺得叫姚府滿門傾覆才解恨，事到如今，她心中竟然沒有一絲一毫大仇就要得報的快感，只有自己種的苦果自己嘗，一時間，心中竟是萬念俱灰。

姚姑哪裡發現妹妹的心思，她從鬼門關前走了一趟，醒來發現自己還活著，再一回頭看從前的心性，竟是許多事都看開了去，也悟出些人生道理。她摸了摸妹妹的頭，再沒問什麼。

姚姒看著姊姊沈沈睡去，轉頭便去了青橙的屋裡，青橙的肚子已經隆起來，姚姒進了屋，就朝青橙行了個大禮，算上這次兩回了，若非青橙挺著肚子來回奔波給她們看病，只怕她和姊姊也沒這麼快好起來。

青橙急急拉她起來，挽了她的手肩挨肩地坐到榻上，她眼尖，這一瞧就看出了些究竟，姚姒的眼睛紅腫，雙唇雖然點了胭脂但難掩咬痕，她是過來人，心下頓時明白發生何事，何況身邊的丫鬟一早便告知她趙旆昨兒夜裡來了琉璃寺的事情。她真沒想到啊，五爺那麼個人，竟然就敢做出這事情來，想想都叫人好笑，一雙亮晶晶的眼睛若有所思地朝姚姒望過去。

姚姒自己心裡有鬼，十分難為情不說，青橙就像一面鏡子，叫人無所遁形，只覺得無邊尷尬，又怕綠蕉看出究竟，就吩咐她去把午飯擺到這裡來，她要和青橙一起用午飯。

等綠蕉出了房門，青橙見屋裡只有她二人，再也止不住地呵呵笑起來，笑了好一會兒，見姚姒不理她，也就歇了聲氣，一把拉起姚姒的手開始切脈。等她把完了脈，姚姒連忙問她：「青橙姊姊，我的身子可還好？」

青橙笑著回她。「我可跟妳千萬交代，妳這小身子骨就要好生將養才行，上次手受傷還沒恢復元氣，又耗這麼多心神憂思做什麼？回頭吃上兩個月的藥補補。」見她不以為然，拿手指狠狠地點了點她的頭。「妳若有個閃失，光是五爺那兒我就難交代，怎麼著，是不想我過安生日子了嗎？」

姚姒能感受到青橙是真的關心她，只她滿腹心事不知道怎麼開口，昨兒她想必是真的傷了趙旆的心，她一而再、再而三把他的自尊和高傲踩在腳底，想想她可真過分，可是能怎麼辦呢？

想到這些，她嚥下苦澀，淡淡笑著回道：「妳的醫術我是不疑的，妳說要吃藥就吃吧，若是吃藥能治好一切，可真是再好不過的事情。」

她一語雙關，青橙卻沒聽出什麼來，只當她也著緊自己的身子，就真起身開藥方去。等開好方子，青橙吹乾了紙上的墨跡，到底忍不住好奇。「唉呀，知道我藏不住事，快點老實交代，昨兒個妳和五爺是怎麼一回事？」問完，很是耍賴地去撓她的癢，一副不說就要繼續撓下去的樣子。

姚姒最怕人撓她癢，青橙所碰之處尤其奇癢難耐，心知這是摸到她的經脈來下手，她一邊上氣不接下氣地喘笑，一邊又左閃右躲的告饒，又怕傷著青橙的肚子，真真是笑得連眼淚都流出來。

姚姒在榻上扭動逃躲一番，領子上的扣子不知什麼時候就鬆開了，青橙瞅了幾眼，自然把她脖頸上的紅印看了個一清二楚，見她笑成這樣仍是不招，自己也覺得好笑，兩個就滾成一團。

過了兩天，姚娡的傷口處慢慢開始結痂，並未有頭暈噁心的情況出現，青橙問了些五、六年前的往事，姚娡都答得出來。青橙高興地宣佈，再安養個三、五天就可以下床走動了，不過一定要人扶著，且剛開始不能太過勞累。

一屋子的人聽了都歡喜起來，有個小丫頭來回稟。「外面有個人說是青姑娘的相公，來接他娘子下山。」

姚姒忙吩咐人把青衣請進屋，看到青橙一臉甜蜜，多少有些自責。「說來都是我的不是，總是一出事就麻煩姊姊挺著大肚子奔波勞累，青衣大哥該要怪我了。」

青橙拍了拍她的手。「混說什麼，他也懂得心疼人？除非太陽打西邊出來了，我瞧著這回必定是五爺打發他來的。」

沒承想卻叫青橙給猜著了，等見到姚姒，青衣就把立在堂上的女子指給她看。「這回是奉五爺之命，給姒姑娘送個使喚的人來，她叫海棠。五爺說，姑娘身邊的幾個丫頭都不會拳腳功夫，海棠習武多年，留在姑娘身邊使喚是最好了，若遇到什麼事，至少不叫人欺負姑娘去。」一說完，就叫海棠認主。

姚姒怔了一會兒，卻不明白趙旆給自己送個會功夫的丫鬟來做什麼，但見海棠高高瘦瘦的，相貌普通得很，行禮的時候卻身姿輕盈，果然與尋常丫鬟不同。

姚姒不敢要，自然不會受她的禮，而是避過身去。「好端端的，五爺又費心了，只是這人我卻不能收，況且我這裡也不缺使喚的人，煩勞青衣大哥還是把人帶回去吧。」

她拒絕得很乾脆，青衣和青橙兩兩相望，青衣便把事情往趙旆身上推。「五爺只讓小的把人送到姑娘身邊，可沒說讓小的把人領回去，這要是不聽主子的話，姑娘是知道的，還不知道回去怎麼責罰。」

言罷又朝妻子使眼色，青橙也幫著勸。「姒姊兒，妳可別說我偏著五爺了，這人既是送來了，又是五爺發了話的，妳不收就是為難青衣了不是？」說完，就把海棠叫到身邊，指了指姚姒對她道：「好生保護妳主子，姒姊兒人很好，妳可要聽她的話，服侍得姑娘好了，就是給咱們五爺長臉，還不叫一聲姑娘？」

海棠脆聲喚了聲姑娘，又蹲身下來給她行禮，從頭到尾待姚姒都很恭敬。

青衣和青橙趁勢告辭，姚姒不得已只得收下海棠，並讓紅櫻安排她的住處。

姚娡能下地走動了，也看見屋裡多了個面生的丫頭，招了紅櫻來問明情況，也勸妹妹。「我瞧趙公子行事處處透著體貼，想來是真心待妳的。可我看妳卻有些不對勁，人家好心送個會功夫的丫頭來侍候妳，怎地妳反而給人臉色瞧？」

姚姒滿心苦澀，低頭拿竹籤叉了塊蜜瓜遞給姊姊，雲淡風輕地笑了笑。「若凡事都太過依賴他，我們滿身的人情債只怕怎麼還都還不完，他是一番好意，我也有自尊，總是這樣難免叫人看低了去。」

姚娡一想也是這個理，妹妹還沒嫁他，收他的東西是有些名不正言不順，也就沒再多問。

眼見姚娡的傷勢漸漸恢復中，姚姒就把重心放回姚家。她叫了張順來，頭一句便問起姚博瑞那個糧倉的狀況，張順急得嘴上起泡，說起這個，他也一腦子想不明白。

「小姐，我可以肯定恒王的人一定到了彰州。這些天我是日夜都隱身在那附近看著，就在小姐您從衙門回來的第二天，我親眼見到幾個黑衣人進了他的糧倉，看他們動作迅速齊整，一瞧就不是普通的高手。我當時偷偷跟了一段路，卻還是跟丟了，是以我才想不明白，既然恒王的人有了這個把柄，怎地還不動姚家？」

姚姒聽完他的話，良久沒出聲，若以正常人的思維來看，恒王既然手上有了證據，那麼姚家入罪板上釘釘是跑不了的，可她碰到的是將來的帝王，帝心難測，她也想不透為何還不出手。

足足過了盞茶工夫，仍是沒半點頭緒，姚姒索性不去想，又問：「那林青山那邊呢？可有什麼大動靜？」

「聚在衙門附近的學子越來越多，而且還湧出許多難民來，林青山就叫人放出風聲，說彰州要開糧倉賑災，是以先前那些往城外逃難的百姓都湧回彰州城，縣衙門附近全圍滿了災民。這人一多就容易鬧事，最近彰州城很不平靜，林知縣是天天往城中的大戶家裡遊說他們捨米施糧，眼見城裡就要有動亂，那些人家人人自危，不得不忍痛捨出些陳年舊米出來。」

張順看了姚姒一眼。「這樣看來，林青山肯捨了一身，這樣為災民籌謀，雖說有其私心，但到底也救了些人的性命。」

姚姒打心眼裡看不上林青山這樣的投機，但回頭一想自己的行徑又與他有何異，便有些意興闌珊，加上又擔心借恒王的手報復姚家的事情有變，略問了幾句姚家的動靜，得知並無異常之處，就結束這場談話。

海棠來了幾天，紅櫻瞧她雖然話不多，對姚姒卻很恭敬。見她手上沒分到什麼事情做，也不會偷懶不合群，夜裡還主動請纓帶著兩個膽大的小丫頭在院子裡巡夜。紅櫻對她很滿意，見她針線功夫委實不行，常常指點一二，一來二去的，兩人倒也相處融洽。

今日張順上山來的事情，姚姒早就交代紅櫻，叫她支開海棠，紅櫻雖不解，但也確實想了個法子。

她叫海棠拿了個繡框去找采菱，因采菱要繡嫁妝，姚娡未再叫她在屋裡侍候，采菱性子好愛幫人，這樣一留就把海棠留了半下午。許是采菱教人仔細，海棠一得空就往她那兒跑，這事叫姚娡得知了，有心想替妹妹做個人情，就把海棠叫到自己屋裡說話，問她多大年紀了、會些什麼等瑣事，末了賞了她幾疋尺頭和一些吃食，於是海棠跑姚娡屋裡倒是跑得勤了。

姚娡暗中觀察幾日，發現海棠性子好，人又大方，跟自己屋裡的丫鬟處成一片，終於找了個機會要試試海棠。

這日下午，姚娡把從前不用的小玩意兒叫人開了箱子，這些東西索性按人頭賞給屋裡服侍的，屋裡熱鬧了一陣，姚娡便嫌吵，點了海棠扶她，說往那樹蔭下走動走動。

海棠從善如流，扶著她出了屋子。「從前習武的師父告訴過奴婢，多活動活動有利於身子復原。」

姚姑本就是在試探她，有心想從海棠那裡打聽定國公府裡的人情家事，見她這樣識趣，索性指著不遠處的涼亭叫她攙扶過去。

二人一邊走一邊說話，姚姑觀她言行極有分寸，該說什麼、不該說什麼拿捏得當，很快話題就從京裡的物事說到定國公府，海棠倒豆子似的道：「雖說京裡權貴如雲，可咱們定國公府又與旁的勳爵人家不一樣，是當年太祖親封的，到現今爵位還在又深得帝心的只怕一隻手都數得出來，咱們定國公府世代戍守西北，家裡的尊貴體面都是男兒們真刀實槍掙出來的。大姑娘只怕還不知道，咱們五爺當年不過才三歲，就叫國公爺帶到西北，當時夫人不同意卻也沒辦法。」

話裡話外，滿滿都是對定國公府的崇敬，姚姑能想像出來，定國公府那樣的累世大族，一代一代的榮華富貴，外人只看到表面的榮光，誰又看得見為了家族的繁榮昌盛，身為子孫的他們付出多少代價？姚姑嘆了幾息氣。

「不瞞妳，今兒單獨叫妳出來陪我走走，想必妳也猜到我的意圖，非是我有意向姑娘打聽定國公府的事情，我瞧著你們五爺是真心實意待姒姊兒，我這個做姊姊的也只能腆著臉來向妳問這些話了。」

海棠笑得很實誠。「大姑娘不必介懷，有話只管問我，若我能告訴大姑娘的，絕不會藏著掖著不說。」

姚姑也就沒再扭捏，試探著問道：「我彷彿聽說國公夫人宗室出身？」

海棠點了點頭，眼見涼亭就在前方，扶了姚姑坐過去，續道：「夫人確是出身宗室，乃是常山王獨女，因常山王妃早逝，封地苦寒，夫人也沒個兄弟姊妹，就被太后養在身邊，封了端儀郡主，及笄後就被先皇指給了咱們定國公。」

姚姑面上雖然沒顯露什麼，內心卻越聽越是惶惶。累世大族，定國公夫人出身高貴，她的姒娣兒身分這樣低微，往後只怕婚事上頭不會太順當。

海棠瞧了她一眼，多少猜到幾分，笑著安慰道：「姑娘的擔心我明白，這不還有五爺在嗎？再說了，咱們夫人是個好人，對媳婦就跟女兒一樣的疼，大姑娘無謂多想。」

姚姑想想也是這個理，輕輕拍了拍海棠的手。「今兒可是多謝妳了，看得出來妳是個爽快人，若是姒娣兒有什麼怠慢妳的，妳可別往心裡去。」

海棠聽她這樣說，急得誠惶誠恐道：「大姑娘折煞奴婢了，五爺讓奴婢侍候二姑娘，往後奴婢就是二姑娘的人，大姑娘可別再說甚指點的話了。」

姚姑暗自在心裡點頭，越發滿意她的態度，她扶了海棠起身，笑道：「不管如何，我心裡是感謝妳的，往後若有甚為難的事不好同姒娣兒說，可以來找我。」

海棠笑著點了點頭。

第二日天氣晴好，海棠起了個大早就往姚姒身邊湊，紅櫻帶著她侍候姚姒用完早飯，姚姒卻把人都趕出屋子，一個人關在屋裡，也不要人侍候。

紅櫻見怪不怪，見海棠面上疑惑，便替她解惑。「咱們小姐若是琢磨什麼事情就是這樣，也不理人，也不叫人侍候，一個人有時能關在屋子裡一日不出房門，咱們呀，且自行忙活去。」

見海棠微微驚訝，就拉了她往自己屋裡走。「我看這些天妳跟采菱學針線，倒進益許多。反正屋裡的活兒不多，或是接著做針線，或是練拳腳功夫，妳也別拘著，看著安排就行。」

海棠笑著道是，就向她備案。「那行，昨兒采菱教了我幾個針法，瞧我這笨頭笨腦的，學功夫在行，可拿針卻是不行，今兒還得再去請教幾下才行。」

紅櫻自是叫她去，海棠回屋望了望沙漏，算好時間，就拿了針線簍子，又帶了一塊大紅色刻絲鳳穿牡丹繡品，往采菱那邊去。

到了采菱屋裡，她故意拿出那塊鳳穿牡丹繡品來，采菱一見就連連稱奇，這樣漂亮的好繡樣她何曾見過，一時覺得極稀罕，就帶著她一塊兒去了姚姞屋裡。

姚姞把那繡樣拿在手上也是看了又看，直讚這上面的花色豔麗幾近像真的，尤其那鳳凰活靈活現的，針法很奇特。

眾人圍著這塊繡樣嘰嘰喳喳說起話來，姚姞哪裡禁得住吵，海棠乘機道：「瞧大姑娘這幾日往院子裡活動得勤，臉色看上去倒有了幾分紅潤。要不，奴婢再陪著您去走走，多動動對身體也很有益處的。」

她一臉期待，看著就像隻可憐兮兮的小狗兒，姚姞哪會不同意，就道好。

海棠瞧著她身上一件家常素色繡綠折枝梅花對襟褙子，髻上只有幾支素銀簪子，頭上還纏了紗布，行動間如弱柳扶風，看著就讓人起了無限憐惜之意，直在心底道好。

半道上，她又給姚姞出主意，說她的傷口這些天應該正在長新肉，若是這個時候用一用腦子，也好知道這傷恢復得如何，不如回去拿把琴出來，到涼亭上擺起彈一彈，再好不過。

姚姞知她心思活絡，想必是聽人說起她擅彈琴，一時也有些手癢，便同意了。海棠把她送到涼亭坐下，就說自己回去拿琴。

第五十五章　緣分

琉璃寺地勢特別，雖是暑日，但山中清涼不說，陣陣海風吹來，最是宜人不過。

姚姑枯坐在亭中很無聊，放目四望，一片花木蔥蘢，玉簪素淨，芍藥嬌妍，紅紅白白的半掩映在綠蔭裡，煞是好看。

許是這一路走來經多了磨礪，又從鬼門關前走了一遭，她便有些大徹大悟，從前看花開花落，聽廊前落雨聲，多半是傷感的，只覺得落紅無情，雨絲飄零一如她這苦命人；但如今再看眼前這片奼紫嫣紅競相綻放，蜂隨蝶舞，她滿心滿眼都是濃濃的生機，都說草木比人有靈性，從不辜負大好春光，她才覺得，從前的日子真真是白活了一場。

心境一開，不知不覺，竟把那從前的自憐自艾都拋開去，她提了裙子出涼亭，慢慢地沿著眼前這條花木扶疏的小徑賞玩起來。

她生得像姜氏，長眉入鬢，容貌娟麗，尤其身段生得好，如今又消瘦得有點弱不勝衣之態，再往那兒一立便自成一股風流寫意，微風輕輕一送，衣袂飄飄，宛如畫中人。

恒王立在不遠處，一個錯眼，那畫中人捏了繡花帕子踮起腳尖摘了朵不知名的野花，羞著一張素淨的臉把周遭一瞄，眼見無人，把那朵柔麗小花輕輕往烏黑的鬢邊一插，拿手摸了摸，許是又覺得難為情，卻又捨不得把花兒取下，好不為難人。

恒王靜靜望著那邊的人兒兀自出神，一旁的慧能掩了臉上的笑意，意有所指地出了聲。「這姚家大姊兒經歷了一番生死，倒比從前開朗不少，也算是一番造化。」

恒王似笑非笑地看了慧能一眼，「噢」了聲，又看向那畫中人。「這就是那日在衙門裡狀告姚家後又撞柱明志的姑娘？」

慧能點了點頭，想著剛才恒王看過來的目光瞭然，他卻不動如山，笑了笑。「這姚家姊妹也是命途多舛，從前她母親還在世時，對寺裡多有布施，老和尚憐她姊妹二人孤苦無依，才捨出一片清靜地給她二人為亡母守孝。」

「如此嗎？」恒王狀似自言自語地發話，卻掃了慧能一眼。

這樣的情境，如何叫人猜不出他的用心，這老和尚，竟也幹起這等營生。

他心裡雖有幾分不悅，面上卻半分不顯，笑意未減，望著不遠處那幅少女簪花圖，淡聲道：「想不到琉璃寺中竟有這等春色。」

慧能呵聲笑了，都是聰明人，他對恒王話中的一絲譏諷並未在意，唸了聲佛，道：「我佛慈悲，今日也算是老和尚一點私心，世人皆信緣法，這姚家大姊兒至純至孝，孝心可嘉，菩薩才會令她與殿下有這場緣分。殿下仁愛寬厚，還望殿下還她姊妹一個公道。」

慧能這話說得很巧妙，適才與恒王講佛謁，我心中有佛，是以看萬物都是佛，至於恒王看面前的這位少女是何，那就與他老和尚不相干了。

恒王面上滿是閒散，卻未答慧能的話，就真如那風流倜儻的公子哥兒，對這紅塵美色很是陶醉。
那畫中人到底是簪了那花朵，手上的繡帕卻被風吹遠了，一路追，繡帕飛到人高的木槿樹梢上，她回頭左右張望了半晌，終是踮起腳伸出纖手往樹梢上搆，卻怎麼也搆不著。
烈日炎炎，她頭上出了一層細汗，細紗衣袖被她一抖一抖地就滑了下去，粉白的半截手臂露出來，她驚慌下急忙收回手掩好衣袖，臉上滿是懊惱。
隔得不遠，佳人宜羞宜嗔的天真模樣，就像她素衣上繡的綠梅般清新脫俗，恒王縱身幾個跨步，踏步無聲地就立到她的身後，伸手摘了那繡帕，往她面前一遞。「拿好了，小心風再吹走。」
姚姑聽到聲音嚇了一跳，一回頭便見到個二十七、八歲的男子立在身後，他手上是那條被風吹走的惱人繡帕，一想到這麼丟人的事情被個陌生男子瞧了去，她羞得不行。
接是不接？要不乾脆不承認這條繡帕是她的？但這主意一起立即就被否決了，那帕子是她自己繡的，上面繡了她的名字，這東西怎能落到外男手上。
恒王見她低垂著頭卻又含羞帶怯，隱約猜到她心裡的想法，朗聲笑道：「莫非是我弄錯了，這不是妳的東西？」他起了逗弄她的心思，就要把繡帕往回收。
她嚇得不行，抬起頭睜著雙清澈的杏眼連聲搖頭。「不不不。」
她一邊說一邊扯住繡帕，這樣的動作終於有些難為情，又一迭連聲道：「這、這是我的東西，多謝公子了！」

帕子到手她才覺得安心，欠身朝他一福，哪裡想到就是這樣一個動作，暈眩感卻一陣陣襲來，她捏了帕子慌亂無措，眼看就要歪下去。

剛才出了大力氣扯繡帕，又在驕陽下曬了一陣，頭上的傷口先前流了那樣多的血，身子還是虛的，這樣一彎身，自然就一陣陣發暈。

恒王嘴角含了絲玩味的笑，伸手扶了一把，這麼一托，她才沒倒下去。

待姚姞睜開眼瞧清楚，原來是他扶了自己，她臉上火辣辣的，被他扶的地方像針扎般不自然。她輕輕一掙脫，手臂就從他手裡溜出來，可還是暈得很。她眼疾手快往一旁的木槿樹靠上去，心裡好不懊惱剛才怎麼沒想到這主意。

許是背後有了倚靠，她再不像剛才那樣又驚又窘，卻不敢抬頭看面前的男子，眼前不停冒金星，知道這是氣血還沒回流，只好半閉了眼稍事休憩，心裡不禁埋怨起海棠，這丫頭去了那麼久也不回，也不知是怎麼回事？

「妳可還好？」恒王見她不領情，手上驟然失去那若有似無的溫度，心生不悅，見她半瞇著眼柔弱地倚在這半人高的木槿樹下，如此孱弱，十分堪憐。

姚姞不出聲，又怕失禮，只得輕輕一頷首。

他心裡微霽，隔得這樣近，他仔細地把她看了個遍，鬆鬆綰就的頭髮半垂在肩上，頭上纏著一圈白紗布，隱隱能聞到清苦的草藥味道，她的雙頰帶著紅霞，映著慘白的臉色，竟十分撩人。

他微微震驚，京城裡少不了攀龍附鳳的女人，不乏手段百出者，可面前這個女子，天真自然毫不作態，竟是別有一番風味。

他心裡頓時明白起來，想著她前些日子才在衙門裡撞柱，那日他在外頭瞧著，流了那樣多的血，如今雖然能走動，到底氣血虛得厲害，剛才那麼一福身，自然氣血不歸位就暈眩起來。

恒王朝慧能的方向覷了眼，卻哪裡還有慧能的身影，他心下一嘆，慧能眼裡看見的是佛，那他眼中所見的是什麼？

「那邊有處涼亭，不若我扶著姑娘去那邊歇息一會兒可好？」是畫皮還是佛，又有什麼打緊？他掩下心思，到底還是開口詢問起來。

姚姑倚了這半刻時候，覺得微微好了些，她心裡盼著海棠快些來，但睜了眼瞧，卻遲遲不見人影。

她身子虛軟無力，這會子再沒力氣，想想這四周一個人影也無，心裡很後怕，涼亭那裡地勢高些，若是她這裡有什麼異樣，也好叫喊。

她打量幾眼，見這男子身量頎長，身姿端正，即使一身素色道袍卻也難掩其清華氣質，又見他面相生得好看，正微微含笑看著自己，臉上並無一絲猥瑣之色。

她雖同人接觸不多，卻也知道這樣的人大約也不是什麼壞人，可轉而又覺得不大對勁，此處因靠近後山，琉璃寺未對外人開放，他又是怎麼到這裡的？

想到這裡姚姞就警醒起來，蒼白的臉上立即起了戒備之色，她的手極不自然地抓著樹幹。「敢問公子，此處你是怎麼進來的？」

恒王見她強撐，有些好笑，便朝慧能的禪房指了指。「這寺裡的慧能是我故人，適才從他那邊過來，見著此處景色宜人，不承想遇到了姑娘妳。」

姚姞頓時鬆了口氣，適才他說話時眼神並無閃爍，一派清風朗月的模樣，這樣的人，怕是不會說謊吧？再想到慧能這幾年對她們姊妹的關照，慧能的舊友再不是壞人的，她不禁對自己剛才的小人之心感到赧然，臉色就柔和下來。

她虛弱地朝他點了點頭。「煩勞你了，我的丫鬟回去取東西，一會兒就到。」也罷，就由他扶自己去涼亭吧，不管如何，總好過如今這樣。

恒王瞧著她這一番變化，覺得十分有趣，這姑娘什麼都寫在臉上，竟對個外人這樣放鬆警惕，越發覺得她天真憨直，也就越瞧越有趣。

他輕輕笑起來，扶上她的手臂，慢慢地就往涼亭挪步。

一段不長的路，姚姞走得很辛苦，這十六、七年來，莫說是見外男，就算是偷偷望一眼都覺得不應該，可如今這個陌生男人扶著她，手心的溫度傳到她的肌膚上，莫名其妙讓她臉紅心跳，她深深覺得羞恥不安，把頭偏向一邊，脊背僵硬地挺著，抓著帕子的手捏得死緊。

若說恒王這時能對姚姞起什麼情思，倒也不至於，京城中好看的美人多了去，姚姞的容貌頂多只能算中上。再說他也不是那等耽溺美色之人，之所以上前搭訕，不過是另有原因。

那日在衙門外他瞧得清楚，趙旆這小子急匆匆趕來，就是為了這女子的妹妹，慧能引他來這裡的心思他並非猜不透，慧能一介方外人，若說他有這操弄裙帶的心倒也不至於，那就只能是趙旆。

恒王穩穩扶著她，他能感受得到她的緊張與不安，對這樣一個看似柔弱實則剛烈的女子，他在心裡嘆了聲可惜。想到姚家暗地裡的所作所為，他忽地就同情起趙旆來，怪不得他要把這女子往他面前送。

他送她坐在亭子的石凳上，見她面色好些了，就避出了涼亭，立在太陽底下，問她是否好些了？

姚姑輕聲「嗯」了聲，算是回了他的話，見他還曉得避出亭外，心裡落下一塊大石頭，這至少說明他是位君子，又見他端身立在驕陽下，心下很愧疚，又不能把人乾晾在外頭。她抬頭望了望天色，心裡就直打鼓，這會子叫人在外頭曬著太陽，會不會不大好？

她實在不知道要說些什麼，沒話找話道：「剛才多謝公子。這日頭也大起來了，要不你還是進來躲躲太陽，我的丫鬟想是快來了。」

真是蠢，怎地說出這麼句話來，她後悔得直想咬了自己的舌頭，說什麼不好呀。

恒王把她的窘態都瞧在眼裡，忽地起了探究之心。

「其實我見過姑娘一面，那日妳姊妹二人在縣衙裡狀告姚家，當時姑娘撞了柱子生死不知，還生生被除了族。這世上無家無根之人活得像飄零的浮萍一樣無依，妳姊妹二人落得如此下場，姑娘如今想來可會後悔？若是早知這樣，還會不會當堂狀告生養自己的家族？」

他問她後不後悔？姚婥朝他琥珀色的眼瞳直直望去，裡頭深不見底。

這樣的人，終究是可惜了，也生了一顆世俗的心。想必他也覺得她們姊妹是忘恩負義之輩。可憑什麼姚家造了這等孽，卻叫她們姊妹遭受這等指責？

她收回眼不再看他，到底念著他扶她過來的恩情，忍住口出惡言的衝動，冷聲回道：「我看你生得相貌堂堂，儀表非凡，想必是父母手裡捧著長大的嬌兒，你可曾想過沒有親娘的孩子是怎樣的痛？我知道在你們這些人眼裡，一介女子做出這等驚世駭俗之事，恐怕覺得即便有冤屈，也不能這般對待生養自己的家族，是不是？」

亭外男子有片刻愣神，姚婥看在眼裡，就變成他是贊同這話。

她忽然有些意興闌珊，所謂話不投機半句多，再辯解下去徒惹人笑話，她冷笑道：「若是捨了我這一命，能為亡母冤情得訴，那又何妨？我，不悔！」

「好一個不悔！」他忽地朗聲大笑起來，她卻覺得他有些莫名其妙，黑白分明的眼睜得大大地望向他，就好像在問他為何而笑。

恒王瞅著她那雙彷彿會說話的眼睛，逕自走到亭中，在她對面的石凳上坐下。「我並未指責妳，試問這世上有幾人能跟著自己的心走，而不為權力和慾望所羈？姑娘是我所見過最特別的人，妳有著一顆乾淨善良的心。」

原來她又誤會他了，還對人這般指責，姚婥羞愧得更加無地自容。

她真有他說的這般好嗎？這話是在讚美她嗎？好多念頭在腦海裡一一閃過，令她慌了神，不知道該如何回應，喃喃了幾聲。「我、我……」

他把她的種種情態都看在眼裡，真是個實在的姑娘，這樣單純可愛，看她的樣子，就不難猜出她一定很少被人誇讚。

恒王朝她輕輕點了點頭，眼中有著連他自己都沒發現的溫柔。

她自然明白他點頭的意思，心裡止不住的雀躍和羞澀，把頭一偏，拿了繡帕遮了半張臉，終是有些難為情的。

他瞧著她一臉羞澀的樣子，慢慢浮起笑容。

海棠回了屋，就吩咐小丫頭們準備茶水點心等物，聽說采菱那屋裡還在討論繡樣，她拍了拍胸口，故意磨磨蹭蹭地又拖上了一陣，等找到琴抱著出了門，又在路上慢慢捱著，眼見半個時辰都過去了，心知若是再不出現就說不過去了。

她抱了琴又提了個食盒，就往涼亭走，隔得遠遠的就聽到一陣男子爽朗的笑聲，她又捱了些時候，才裝作急匆匆地小跑起來。

恒王不動聲色地朝遠處睃了一眼，就知道那是她的丫鬟找來了，有心替她解圍道：「妳瞧，那邊來了個抱琴的丫鬟，莫非是妳的丫鬟找來了？」

姚娡一聽如蒙大赦，立刻朝他所指的方向望去，果然是海棠，她頓時笑得眉眼彎彎。

「可不是，總算是來了。」

海棠進了亭子，低垂著頭向姚姑解釋。「姑娘恕罪，實在是奴婢……」

姚姑哪裡會當著外人的面責難她，笑著以眼神制止她的話，只道：「以後可不能這樣了，今兒多虧這位公子的幫忙。」

恒王望向海棠輕盈的身姿時，眼中極快地閃過一絲異色。

海棠大氣都不敢出，謹慎地從食盒裡取出茶水點心擺到石桌上，又取出兩個素青花白瓷杯子，俐落地倒了兩杯茶就分到兩人面前，她提了食盒就垂頭立到姚姑身後。

姚姑請他用茶，恒王端了茶放到鼻間輕嗅一下，茶是福建出產的鐵觀音，卻是陳了一年的舊茶，頓時心中瞭然，她姊妹二人的處境想必不會太好。他喝了一口，沒露出絲毫不喜，又再喝了一口，就起身要告辭。

姚姑略有幾分失望，她還不知道他姓甚名誰，可又一想，不過是一場萍水相逢，他們本就是陌生人，就又釋然了。

她目送他身姿瀟灑地離去，幾個錯眼已不見人影，她呆呆地出了會兒神，望著這滿眼的奼紫嫣紅，聽著不遠處傳來的陣陣鐘聲，懷疑自己剛才是作了一場春夢。

「回屋後妳莫同人說起今日之事。」姚姑轉頭吩咐海棠。

海棠正在想法子要怎樣提醒姚姑，沒想到她倒把話說在前頭，海棠自然是樂意的，若是叫姚姒知道她今日的所作所為，只怕五爺的日子要難過了。

第五十六章　悔婚

姚姒把自己關在屋裡好幾天，一會兒想趙旆的事情，一會兒又思量恒王和姚家的事情，有太多牽絆占了她的心思，幾天下來腦中一片混亂。若不是貞娘大著膽子拿了寶昌號的帳本求見，她還不知道要在屋裡悶多久。

貞娘坐在廳裡，姚姒略微收拾，換了身天青色比甲，素著一張臉，眼窩有些陷進去，一看便知是思慮過甚。

紅櫻打起簾子，貞娘迎上來，屈膝朝她見禮。「姑娘這幾日可是睡不大好，怎地把自己弄成這副樣子？」

紅櫻上了茶水，朝貞娘意有所指地皺眉，就退了下去。

姚姒微笑道：「這些日子睡得不大好，叫妳擔心了。今兒過來，可是帳目都核算出來了？」

見她不想提，貞娘自然不好再糾纏這個話題，她打開包袱，把面前的茶水拿開，把裡頭幾本厚厚的帳冊都攤在桌上。「姑娘猜得不錯，寶昌號手頭上該收起來的鋪子也都收了，糧食的帳也已經做出來。」

她指了指面前幾本帳冊。「今兒上山來，一來是讓姑娘看看帳；二來，也是楊大盛他們幾個託我問一聲，今後寶昌號該怎麼走，姑娘可有打算？」

「喔。」姚姒拿起寫著總帳的帳本翻開來看，意有所指道：「莫非他們有什麼好主意？」

貞娘不過是個傳話人，聞言就回道：「姑娘莫要惱，現在寶昌號的出路迫在眉睫，也不怪他們如此著急。」

姚姒聽貞娘的意思，想著他們只怕是已經有了主意。也是，作為寶昌號的老人，急主人之急，她怎麼會怪責他們？其實她心裡有數，看著帳面上那二、三十萬兩銀子白白放著，確實叫人難安心。

「說說，他們都有什麼主意？」她笑了笑，把帳本覆起，示意貞娘放開來說，那神情，分明沒一絲不悅。

貞娘放了心，笑著回道：「他們幾個的意思是，一是巧針坊接了不少大單，資金上周轉還是有些困難，不如趁著這一次咱們手頭有些銀子，再議增資；再有就是，姑娘既然打算離了彰州，咱們不如把寶昌號的重心挪向京城。」

接著又小心翼翼道：「這幾年各處都有災情，外頭亂糟糟的，生意人最怕亂象，再沒有哪處能穩過京城，楊大盛他們幾個走南闖北的，到了京城擇幾門營生不是難事。既然五爺這邊不需要咱們暗中幫扶，那咱們選擇京城，至少五爺能把心放下來不是，免得他記掛著兩頭。」

姚姒算是聽出來了，什麼記掛著兩頭，分明是他還在計較這次的事。

她半晌沒有說話，看來貞娘他們幾個必定是受了趙斾的指使，遊說她往京城去，一時間她心頭大震，苦澀難當。

那日她狠心說了狠話，他離去時她還一副不原諒他的樣子，現在想來她心頭都一陣陣痙攣，他為何不放手，還要把她安排到京城去？

「妳同我說實話，這是不是五爺的意思？」她幽幽一聲嘆息，終究還是問出口。

「就知道瞞不過姑娘，五爺確實是這個意思。」貞娘起了身，走到姚姒面前蹲下身，語重心長道：「我多少能猜到姑娘這幾日為何事而煩惱，在我看來，姑娘這般聰慧，如今卻是一葉障目啊。

「寶昌號有了這麼多銀子，姑娘合該要好生利用這些銀子。姑娘想一想，姜家眾人可還等著姑娘替他們洗刷冤情。再有，恒王眼下肯定在彰州有了一番布局，若真的拿住姚家把柄，姚家就絕對跑不了，要下獄、要抄家滅族不過是遲早的事。姑娘若再待下去，就怕姚家逼急了會對兩位姑娘不利，五爺的用心，姑娘可知？」

這幾日姚姒神思恍惚，好像一切都是從趙斾離開後開始的，從前那種泰然自若的心態不復存在。她摸著胸口不停自問，究竟是為姚家還是為了與趙斾牽扯不清而煩惱，如今貞娘這樣一說，頓時叫她啞口無言。

貞娘抿嘴微笑，再不多言，有些話稍微提點一、兩句，餘下的就要當事人想開了。

「五爺他除了這個意思，還有別的嗎？」姚姒恍惚一陣，見貞娘搖了搖頭，她把貞娘扶起來。「若是去京城，也未嘗不可，叫他們寫個章程出來，要預備多少銀子、多少人手，這些都要仔仔細細商量。」

貞娘見她話裡的意思多半是贊成的，就知她這是聽了自己的勸告，心裡不禁對趙旆更加讚嘆，只要拿姜家的事情這麼一說，料定她絕不會拒絕。

「這是一定的，只要姑娘一聲吩咐，去京城的一應事宜他們就可以著手準備。」

姚姒微微頷首，在屋裡走了兩圈。「至於巧針坊增資的事情，就由周留跑一趟南京，鄭老大是個有氣性的，未必就沒有想要大幹一場的心思，只有把生意做到京城，這樣才會做大，如此咱們提增資的事情就順理成章。」

貞娘滿是欣慰不住點頭，再沒有什麼比上下一心要來得好，她來之前還滿是擔心，他們算是趙旆的人，還怕姚姒心裡存了些想法。如今看來，姑娘不是那樣的人。

「那敢情好，這兩件事還得奴婢親自跟他們說。姑娘有這份雄心，咱們跟著姑娘也渾身充滿幹勁，奴婢這就下山去。」

姚姒送貞娘下山後，剛剛回屋，紅櫻就急匆匆上前來道：「小姐，出事了，您快去大小姐那兒瞧瞧。」

聽說姚姑出事，姚姒急忙問紅櫻：「說清楚，究竟是怎麼回事？叫人去請大夫了沒？」

紅櫻扶著她一邊小跑一邊回道：「不是大小姐的傷情反覆，是周家來了人，小姐陪著說了會話後，那婆子就急急下了山，之後小姐就把自個兒關在屋裡，任誰敲門都不應。」

姚姒聽完，頓時有種不好的預感，難道周家真的反悔了不成？她三步併兩步地跑到姚娡屋裡，內室的門果然緊閉著，蘭嬤嬤等人立在門口急得一臉汗。

她朝蘭嬤嬤睃了一眼，蘭嬤嬤會意，隨她避到屋外恨聲道：「小姐，這事可真是他周家不厚道，派了婆子來說了幾句話，送了些禮，就把先前的婚約當作從沒發生過。這樣出爾反爾，虧他周家還自詡書香世家，書都讀到狗肚子裡去！」

「嬤嬤先別惱，慢慢把事情經過說給我聽，到底是怎麼一回事？」

蘭嬤嬤說得急，但好歹把事情說清楚了。原來周家派了個婆子來，那婆子卻不是周太太身邊服侍的，而是周大人的奶娘，直接從任上過來，帶了一車賠禮，話卻說得很明確。

當初周太太與姜氏只是口頭約定兒女結親之事，周家是信諾守義之人，周大人便派人前去廣州府提親，哪知姚三老爺氣恨兩個女兒在彰州的所作所為，根本沒讓周家的人進門，還放話說他姚家已經將那兩個孽障除了族，姚家不承認這門親事也不認這兩個女兒。周家受了氣，大驚之下就派人打探，才知道她們姊妹狀告姚家之事，於是就使了婆子來退親。

姚姒聽了半晌無語，竟然是姚三老爺壞事，想那周大人本就為人古板，就算周太太有心做親，卻也不能違逆丈夫的意思。這樣看來，也怪不得周家，姊姊算是和周家無緣了。

她吩咐蘭嬤嬤。「姊姊如今指不定怎麼傷心，嬤嬤妳吩咐下去，誰也不准在姊姊面前再提起周家。既要撇清關係，那嬤嬤趕緊去庫房將周家前前後後送來的東西都整出來，派人追上那周家婆子，把東西全數還給他們吧。」

「這……」蘭嬤嬤還在猶豫，這件事就沒半分轉圜的餘地嗎？

姚姒疲憊地捏了捏額角。「即便能挽回，就能保證姊姊嫁過去不受委屈嗎？便是有半分疑慮，我也不能冒這個險。」

她立在姚娡屋門前，把所有丫鬟都支下去，對著裡頭道：「姊姊開開門，有什麼妳跟我說。姊姊妳人這樣好，善良乖順，是他們周家沒福氣。」

她把耳朵貼在門上，隱約能聽到裡頭傳來抽泣聲，她又叩了叩門，一副不開門她就不走的樣子。

過沒一會兒，門打開來，姚娡腫脹著一雙眼，蒼白的臉上滿是淚痕，令姚姒心裡隱隱作痛。她喚了聲姊姊，進屋扶她到窗邊坐下，又把窗櫺支起來，風一陣陣吹進來，好歹吹散了些鬱氣。見洗臉架上有盆水，就絞了帕子親自給姊姊擦臉。

姚娡的眼淚止都止不住，這回是真的傷了心，她沒想到姚三老爺竟然狠心至此，親手毀了女兒的親事不說，還把周家得罪了遍。任何人受到這樣的侮辱，都會吞不下這口氣，這門親事無論如何也就再不存任何希望。

她想到周太太從前待自己的好，可是現在周家悔了婚約，她如何不難過。

「哭吧，好好放聲哭一場，別都憋在心裡。」姚姒攬了姊姊在懷，輕輕拍著她的背。

姚娡伏在妹妹懷裡狠狠哭起來，想到這些年的遭遇，直嘆上天不公，為何要叫她遭受這些磨難？

等姚姑哭得累了，姚姒對姊姊道：「咱們去京城，再也不回這傷心地了，從此天高海闊，還怕沒有姊姊和我的一條活路嗎？咱們從頭開始，把這裡的一切都忘了，妳說好不好？」

姚姑哭得睜不開眼，哽咽道：「去京城好嗎？真的能從頭來過嗎？」想到她們身上還有官司，就問道：「那咱們不告姚家了嗎？就這麼放過他們，我、我怎麼甘心？」

姚姒拍了拍姊姊的手，像是保證似的。「咱們把狀紙撤了，姚家往後如何，妳且瞧著，人作孽天在看，總有一天會有人收拾他們的。」

這個風口浪尖撤狀紙，外頭一定會認為她們姊妹是為姚家所逼。

先前是她想岔了，就如貞娘所說，姚家的把柄握在恒王手上，恒王必定會找個最佳的時機發作。恒王有什麼布局，那不是她能猜得到的，但姚家一定跑不了。

她沒有同姊姊細說裡頭的原由，曉得姊姊傷了心，就跟她描繪到京城生活的樣子。「咱們買個二進的小院子，要在院裡栽幾株果樹，再搭個葡萄架，春天花開了，滿院都是香味；夏天我和姊姊可以在葡萄架下乘涼；秋天果子熟了，可以釀果子酒；聽說京城冬天特別冷，會下大雪，屋裡都要砌炕，不似咱們南方生個火盆就行。唉呀，咱們得準備一些皮子和冬衣料子出來，在路上加緊做冬衣了……」

她囉囉嗦嗦的，把未來的日子說得事無鉅細，不知道的，還以為她曾經在京城生活過。

姚姞起先只是麻木聽著，看著妹妹對新生活一臉期待，也漸漸聽得入神。若是真能那樣過日子，該有多好啊？就她和妹妹守著彼此，即便她一輩子不嫁人，也會活得很好。

「那咱們就去京城，到時姊姊給妳佈置閨房，冬天要用絨布做簾子，夏天換上銀紅細紗，窗上要糊高麗紙，妳屋裡要擺一張大書桌，博古架上不擺那些金玉器，咱們放些洋人的稀罕物件……」

許是未來的日子描繪得太好，兩姊妹在屋裡說了一個下午，直到掌燈時分，蘭嬤嬤親自進來問飯擺在哪裡，兩人這才打住。

見姚姞再不似先前那樣傷心，屋裡一干服侍的都鬆了口氣。

第二日，姚姒吩咐張順去衙門撤狀紙，林知縣自然是同意的，這件事於他也很苦惱，姚家給他的壓力不小，再加上城裡流民越來越多，這糧食還沒個著落，他手一抬也就准了。

既然決定要搬去京城，姚姒要做的事情就多了起來。張順把狀紙拿回來後，姚姒就吩咐他把留意恒王和姚家的人手都撤了。

對此張順很不理解，姚姒就道：「姚家跑不了，如何替姜家翻案才是最重要的。咱們此番去京城徐徐圖之，總好過在這裡空等著強。」

她望著張順激動不已的神情，心裡一陣感慨。「我和姊姊打算這個月底就啟程，越快越好，日子有些趕，張叔這裡的一應事情就都要加緊收手了，等人都回來齊全，你和手下的夥計一起隨我和姊姊進京。」

張順重重點了點頭。

姚姒便給譚娘子夫妻寫信，告知他們，她和姊姊七月底要啟程進京，請他們儘快在京城找一處合適的房子，其他並未在信中詳說。

接著她又提筆給青橙寫了封告別信，想著青橙的產期就在冬月，便吩咐蘭嬤嬤挑了些皮子和細軟布料出來，叫張順親自送去。

眼看姚娡開始打點行裝，遣散一些不願離開故土的僕役。姚姒也開始著手處理姜氏在彰州的一些產業。

過了兩天，張順從月兒港回來，一見到姚姒，他滿是歡喜。「小姐，五爺那邊一早就安排好海船，就等著小姐啟程。」

姚姒眼神一閃，趙旆這是料定了她會去京城嗎？

張順未注意到她的神情，想著趙旆這樣安排，卻是再好不過了。「五爺交代青衣，到時就讓兩位小姐從月兒港上船，旁的一概不用小姐操心。小的也覺得這樣妥當，這兩年陸路確實不大太平，兩位小姐坐了船一路航行到天津港下船，再從天津走陸路去京城，也不至於讓兩位小姐一路上太過疲乏。」

確實是方方面面都考慮到了，姚姒心裡說不上是什麼滋味，他若是要對一個人好，是容不得別人拒絕的。

「這樣會不會太過麻煩五爺了？」她不死心，想要讓張順察覺出她並不太想領趙旆這份人情，臉上就有幾分躊躇。

誰知張順卻會錯了意，以為姚姒這是女兒家面子薄，故而有此一問，他笑道：「不會不會，五爺留下話來，說這也不是為了小姐一人，小姐想想，兩位小姐身邊服侍的就有十幾口，再有寶昌號那邊楊掌櫃他們幾個，還有小的身邊幾個人，這樣一算二、三十人。還有各人的行李等雜物，五爺還撥了幾名護衛一路跟隨，五爺說不過一條船，比起大家伙兒這一路的安全，算不得什麼。」

姚姒知道這件事只能依著趙旆了。晚飯時候，她把這事跟姚娡一說，幾個大丫鬟頓時滿臉期待，她們長這麼大又何曾坐過海船？

姚娡看著屋裡一片熱鬧，心情好了不少，連忙問妹妹。「這是真的嗎？趙公子人真好，方方面面都想得周到，只是咱們承了這份人情，該怎麼是好？」

她望著妹妹笑得意有所指，頓時叫姚姒一個頭兩個大。

她垂了臉避開姊姊含笑的目光，嗔了句。「反正債多不愁，欠得多了也不在乎這一處了。」

姚娡抿嘴直笑。「妳這丫頭，都叫他把妳慣壞了，哪有這樣說話的？」她摸了摸妹妹柔軟的秀髮，眼神亮晶晶的。

姚姒一臉愣怔，姚娡以為她面皮薄，忙又把話補回來。

「罷了，他既有這片心意，妳受著也無妨。姊姊這回呀，算是沾了妳的光，也叫我坐一回海船，看看是什麼滋味！」

一屋子的人都笑起來，嘰嘰喳喳討論著，在船上要帶些什麼吃的、用的，衣裳要準備哪些……

姚姒一個激靈，難道真像姊姊說的，仗著他對自己的情意，從前她真的是任性妄為？她猛地記起來，那天夜裡他生氣時緊緊禁錮著她，說從前是他太過放縱她了，才叫她做了那樣不顧後果的事……怪不得就連姊姊也覺得是他寵著她。

想想這些日子以來，她確實一邊享受著趙斾給她的一切，一邊又矯情地說要與他劃清界線。就在這一刻，她才看清楚自己的內心。

她這是在害怕、自卑，趙斾是那樣好，像天上的太陽，有著一切令她仰望的美好，而她卻是那樣陰暗，還有那不值錢的可憐自尊在作祟。說到底，不過是她怕自己配不上他，其他什麼說詞統統都是藉口。

她悄悄出了屋子，倚在簷下的廊柱上渾身虛脫無力。

她終於知道為何自己這些時日會莫名煩躁，為何眼見姚家傾覆在即卻沒有一絲快意。

因為她把心丟了，在她以為不過是利用他時，那顆卑微的心早已為他沈淪。

第五十七章 失蹤

晚上是紅櫻值夜，半夜裡起夜時，就見著月光下有個人影坐在屋簷下，她揉了揉眼睛，仔細看了下背影，才發現是她家小姐。

雖然是夏夜，但山上風大，紅櫻摸黑拿了件外袍，輕手輕腳上前給她披上。「小姐什麼時候起來的？更深露重的，也不披件外衣，夏日裡要是得了風寒可是要遭罪的。」

「睡不著，就想起來看看月色。」姚姒轉過頭來，拉了紅櫻坐在身邊。「來，陪我坐坐。」

紅櫻抬頭看見天邊掛著老大一輪明月，不知名的蟲兒在周遭鳴叫，隱約可聽見遠處陣陣海浪聲，層層樹影搖擺，像巨大的怪物起舞。她心裡有些害怕，朝姚姒身邊緊緊挨過去，離得近了，才發現她兩頰好似染了胭脂一樣的紅。

紅櫻很吃驚，卻聽她細聲問道：「妳可有喜歡的人？那是什麼感覺？」

紅櫻驚訝得眼珠子都要掉下來，她張了張嘴喃喃幾聲，實在不知如何作答。

姚姒笑了笑。「其實我知道，妳心裡有人，這幾年來張叔腳上的鞋、身上的衣裳，一大半是出自妳的手。」

不待紅櫻解釋，她便道：「等這回去了京城，我就示意張叔來提親，女兒家青春年華有限，張叔也老大不小了，你們兩個既是彼此都看對了眼，就趕緊把婚事辦了。我知道，你們有心替我娘守孝，但眼看妳都快十八了，原是我耽誤了你們。」

「小姐……」被姚姒一語道破心事，紅櫻又羞又喜。「奴婢、奴婢哪有……」她把頭偏過去，臉上臊得慌。

姚姒善意地笑出聲，起身走到廊下梔子花樹下，輕輕嘆息。「妳是不是覺得我有些不識好歹，又矯情又自私？他那樣待我好，我卻拿冷臉對他？」

「不不，小姐，這……」紅櫻急著否認，旁人只看到她冷淡的外表，那卻是她的偽裝。她的小姐是那樣善良美好，之所以一再拒絕趙公子，不過是心裡存了障礙。姜氏的悲慘遭遇，到底給她家小姐心底留下了陰影。

姚姒自言自語道：「到今日我才知道，我也是個懦夫，面上再假裝得無堅不摧，心底其實是害怕的。」

「小姐在害怕什麼？趙公子待小姐這樣好，樣樣體貼周到。奴婢瞧著，這世上再找不出一個這樣待小姐的人。奴婢不明白，小姐為何要對自己那樣狠心？明明心裡有趙公子，卻還要傷他？」

紅櫻鼓起勇氣，終於把藏在心裡的話說出來。都說旁觀者清，這話紅櫻早就想拿出來勸，只是一直沒有個好時機。

紅櫻的話問得很犀利，姚姒沒有作答，隔了好久才緩緩道：「那年隨我娘去見外祖母，回來的路上遇到了賊人，他那麼個時機出現，未免巧得很，我心裡便對他起了疑心。後來幾經試探，為了禍水東引，便把外祖父的東西交給他，我心裡其實明白，他那樣自負驕傲，豈會空欠別人人情。我當時就用了心機，裝作大方把東西交給他而不索求任何回報，他卻同我說，只要不違背道義人倫，什麼要求他都會為我做到。」

她揪了一片梔子花樹的葉子，在手中轉了轉，陷在回憶裡。

「自那以後，我和他雖不時常見面，卻總能互相通信，那時我總跟自己說，我娘再不會出事的，哪知……卻事與願為，我娘還是走了。琉璃寺肯接納我和姊姊長住，又免了閒雜人等打擾，他不說我也知道是他出面才有這份人情。從前聽人說，看一個男子待人好不好，不是看他錦上添花，而是落難時的不離不棄，我心裡當然是感激他的。」

她的聲音飄蕩在寂靜的夜色裡，是紅櫻從沒有聽過的溫柔。

「後來我跟他說，我想做這海上的生意，他二話不說，才有了寶昌號的成立。接著又帶我出海，還三番兩次救我和姊姊出危難。這世為人，能碰到這樣一個真心待我的人，是我之幸。

「我的心被他撐得無限大，偶爾從他讚賞和期待的目光中，我開始明白，他那樣的男子，所欣賞的女子必定不是只會在深閨裡吟風弄月的小姐，我甚至開始渴望成為他所欣賞的人。對他偶爾的孟浪會心跳加速，在他出海的日子，我會為他擔驚受怕。

「他給得越多，我卻越來越自卑。姊姊勸我，說我和他是沒有未來的，我何嘗不明白我和他將來會有多難？我處處擺弄心機，毀了自己的名聲，為的就是要絕了那條後路。我自私，我怕，我怕和他有緣無分，到頭來不得不屈服在強權下，情愛成了鏡中月水中花，我更怕走了我娘的老路。」

紅櫻聽得心酸不已，別看姚姒人小，心思卻很深沈，難得有這樣敞開來說話的時候，於是連連勸她。「不會的，趙公子有情有義，對小姐一片真心，小姐若這樣想，豈不是對趙公子不公平？您想想，您和趙公子相識好些年了，他若真是那樣始亂終棄的人，又怎會事事都為小姐打算？」

見姚姒似乎聽進去了，便替她緊了緊衣裳，嘆氣道：「小姐別亂想，您是趙公子的心頭寶，奴婢這些年可看得一清二楚。小姐您該放下那些有的沒的，往後去了京城又是另一番天地。老話說人定勝天，小姐心裡有趙公子，往後便再不疑他，也莫看輕了自己才是。」

姚姒何嘗不知道紅櫻的用心？她非姜氏，而趙旆也非姚三老爺，這是在勸自己莫要辜負趙旆。只是正因為深愛，才會如此患得患失。

罷了，連一個丫鬟都看得明白其中的癥結，而她是該相信自己，也該相信趙旆……

眼見過了中元節，彰州城裡卻開始有流民帶頭四處搶糧打劫，連帶的隔鄰幾個縣也都不大太平。海上頻頻傳來炮響，沿海一帶的漁民再也不敢出海，而彰州這個曾經是海上走私最猖獗的地方，終於亂了起來。這時，也不知打哪裡傳出消息，說是恒王殿下到了福建，很快就會發糧食賑災。

等消息傳到姚姒這裡時，恒王第一批賑災的糧食已經到了彰州。

那日，整個彰州城空前熱鬧。張順急匆匆上山來，等見到姚姒，他激動道：「姑娘，恒王動手了！這回賑災的糧食您道是從何而來？」

屋外樹上的知了叫個不停，屋裡亮堂堂的，正是中午時候，熱氣彷彿從地上冒出來，見張順一頭一臉的汗，姚姒往他杯裡續了涼茶。「莫非……」

張順朝她點頭，掩不住眼中的笑意。「這糧食非從別處運來，城裡的幾家大戶囤糧最多，暗地裡都開了糧倉向恒王殿下獻糧。」

「恒王算無遺策，先前毫無動靜，偏偏等到起了暴亂就籌來糧食賑災，光是這仁愛的名聲就能傳千里遠。」她搖了搖素面絹扇，問道：「那姚家呢？姚博瑞的糧倉還是沒動靜嗎？老宅那邊可有異常？」

彰州這些大戶，哪個敢說自己是清白人家？海上走私、勾結倭寇燒殺擄掠，樣樣都是殺頭大罪，他們能輕易向恒王殿下獻糧，就很不尋常，莫非是叫人拿住了把柄？若是這樣，那姚家這會子就不可能毫無動靜。

張順卻皺起眉頭，疑惑不已。「先前小姐叫小的把人都撤了，只是小的還是不大放心，左右無事可做，就叫人喬裝去那糧倉前轉悠幾下，才發現不大對勁。那糧倉四周都無人看守，咱們的人裝著無意路過，那時正是黃昏時分，裡頭卻不小心閃過一絲奇怪的光，那分明是刀鋒被陽光折射所映的寒光，若不是恒王的人還能是誰？可怪就怪在姚家沒有任何動靜，這才叫人十分費解。」

姚姒也想不明白，隱隱覺得她好像抓住了關鍵，卻又模糊得沒有方向。

「罷了，既然想不通，咱們也別去費那個勁，眼瞧著這海上的炮一天比一天打得響，小的卻擔心咱們月底能不能動身。雖然五爺都打通了關節，可炮火無眼，小姐，要不再晚些動身可好？」張順今日來，主要為了這件事。

姚姒不是沒想過這個問題，但既然趙斾都安排好了，這個時候再生變故，還要煩他再變動，這樣一想卻是無論如何都不想延。

「不打緊，張叔是怕我和姊姊這些女眷會害怕吧？」她笑了笑。「世道不太平，走到哪兒都一樣。既然都定下了行程，就不要無謂變動了，姊姊那邊我會去說的。」

聽姚姒的意思，是堅持在七月底啟程了，張順沒能勸動她，只得作罷，便起身告辭，只是過沒一會兒，他又忽然滿頭大汗地折返回來，送來一個天大的壞消息。「小姐，五爺的船艦叫荷蘭人的洋炮擊沈了，現在生死不明！」

張順抹了把汗，聲音止不住地顫抖，紅櫻和綠蕉兩個頓時失色。

「怎麼會這樣？」姚姒腳下一個踉蹌，幸好紅櫻扶了她一把，她才站穩。

「你仔細說，究竟是怎麼一回事？五爺的船艦是在什麼地方被擊沈的？是什麼時候發生的？青衣現在在哪裡？不行，我得去月兒港！」姚姒一迭連聲發問，手中的絹扇叫她一抖就滾落到地上，她猶不自知，只覺得心都糾在一起，悶悶地疼。

張順臉上滿是沈痛，到底是男人，強逼著自己冷靜下來，回道：「小姐問的小的一概不清楚，我在下山的時候碰到來人，是青橙打發來的，說了這些便急匆匆趕回月兒港去了。青衣帶著人出海去尋五爺，月兒港那邊現在是青橙一個人撐著，小姐若要去那邊，小的這就下山安排。」

姚姒猛地吸了幾口氣，強迫自己冷靜，她的手狠狠撐在一旁的圈椅上，骨節泛白，好半晌才吩咐道：「綠蕉妳去請姊姊過來，紅櫻妳去叫海棠來，記住，這話誰都不許說出去，否則別怪我無情。」

紅櫻和綠蕉知道事態嚴重，兩個腳下生風地跑開。

隨後，姚姒對姚娡扯了個謊，稱青橙那邊好像動了胎氣，青衣一個大男人不好處事，這會子來接她去月兒港陪青橙。

姚娡不疑有他，準備了一些安胎藥材讓她帶上。姚姒忍住心中焦急，沒露出半點異常。過沒多久，張順上山來，姚姒和姊姊揮了揮手，甩下車簾後吩咐道：「盡全速趕路，天黑前一定要到！」

車夫甩起鞭子狠狠朝前面拉車的兩匹馬兒抽去，馬車飛一般跑了起來。

天才剛黑，海風迎面一陣陣撲來，帶著鹹苦的味道，海棠扶了姚姒下馬車，青橙得信兒迎上來。三人進了屋裡，姚姒心裡油煎似的，扶青橙坐下後，焦聲問道：「如今可有找到五哥他人？」

青橙扶了肚子搖頭。「事情是大前天發生的，青衣如今也沒遞個音訊回來，五爺如今在哪裡、是生是死，沒人知道，我這裡急得不行，只好叫人給妳送信。」

姚姒身子一軟，臉兒煞白，青橙慌忙給她把脈。

「我沒事，不用擔心，姊姊若是方便，能不能告訴我事情的經過？」姚姒抽回了手，不欲青橙多耗心神。

青橙曉得她心裡急，她自己何嘗不是心急如焚？這兩天肚子墜墜地往下沈，十分不舒服，撐了三天，早已是六神無主了。「具體情形我也不大清楚，只知道五爺的船艦是在東海被擊沈的，韓將軍率船艦趕過去的時候，海上已是一片火海。」

姚姒意識到趙旆這次是凶多吉少了，捧著茶杯的雙手顫抖起來，心頭一陣陣地發涼。前世趙旆並未這樣早逝，可這一世改變的事情太多了，她也不能確定他會不會有事。可不管如何，她不能慌急。

「不會的，五哥一定會逢凶化吉，我們不能坐在這裡胡思亂想。」這話既是勸別人，也是勸自己，她閉起眼狠狠甩開那些不好的想法，臉上多了些鎮定。

「青橙姊姊，妳前後派了幾次人馬去打探？」她望著青橙疲憊又滿含擔憂的臉，見她雙手捧著肚子眉頭一陣陣皺起，她頓時感覺不好，青橙該不是真的動了胎氣？

「姊姊，是不是身子不舒服？」她連忙喚海棠。「快，和我扶了姊姊去裡間躺著。」

青橙確實是在強撐，煎熬了三日已是疲憊不堪，如今打眼瞧姚姒還算鎮定，她便有些撐不住了。等躺在床上，就叫海棠去吩咐丫頭，按她先前開的藥方再熬一碗保胎藥來。

姚姒替她蓋了張薄被，燈光下青橙的臉色發白，豆大汗珠自額上流下來。

姚姒心疼地拉著青橙的手，鎮靜道：「這兒是五哥的營地，是他一手帶出來的人馬，想必這些人都和咱們一樣替五哥擔心，咱們如今要做的便是靜心等待，我相信五哥一定不會有事的。姊姊如今不宜再操心，若姊姊再有什麼閃失，叫我如何跟五哥和青衣交代？如今姊姊有什麼事情便吩咐我去做，可好？」

她從容鎮定的語氣安撫了青橙緊繃的心，待餵她喝完藥，海棠提了食盒來，兩人雖說都沒胃口，但還是胡亂塞了些東西入口。

青橙很快就昏昏睡去，姚姒親自守在床邊。

海棠出去了一會兒，再進屋裡來時，就拉了姚姒往一旁說話。「我瞧著營地裡依然整肅，並未有任何異常，不若奴婢晚上在這裡守夜，姑娘歇息去。」

姚姒搖了搖頭，青橙的樣子看著不太好，她身邊只有兩個做雜務的小丫頭，她又怎麼放心得下？更何況趙旆如今生死不明，她也睡不著。

「妳去抬張榻來，今晚我來守著姊姊。」海棠哪裡敢讓她來守夜，姚姒卻很堅持。「現在哪是講究這些的時候，妳也去歇息，再說妳對這裡熟悉，一定要時刻注意外頭的情形。我瞧著青橙姊姊許是動了胎氣，這幾天妳和我都打起精神，再不行，明兒再輪到妳來守夜，一定要讓青橙姊姊臥床靜養才好。」

海棠想想也確實如此，遂不再勸，找人抬了張榻擺到屋裡，鋪上軟和的褥子，又打了水來親自服侍姚姒洗漱，這才退下去。

第二天，依然沒有任何音訊傳來，姚姒忍住心頭的焦急安慰青橙。「沒有消息便是好消息，說不定這會已經找到人了，只是咱們還不知道。」

第三天，青橙沒忍住，又打發了一批人出去打探消息，如此過了幾天，還是沒有消息傳來。姚姒整夜整夜地睡不著，人眼看著都脫了形，幾人相對無言。

直到第八天黃昏時分，先前跟著青衣出去的第一批人裡頭回來了一個，終於帶來趙旆的消息。

姚姒不知道自己這些天是怎麼熬過來的，聽那人說在一座小島上找到了受傷的趙旆，因為他傷勢嚴重，島上缺水斷糧的，他們找到趙旆時，他周身都是傷，而且已經化膿，倒在半濕的沙灘上奄奄一息。

聞言，姚姒和青橙的臉色頓時都黯下來，如今人是找著了，卻又更添了層擔憂。

該問的都問了，那人卻只知道這些情況，青橙心裡明白，必定是丈夫怕她著急，故而在找到人後第一時間便打發人回來報信。

她掙扎著要起身，趙旆如今在三沙灣的港口營地養傷，她無論如何也不放心，說是要準備藥材就要趕到三沙灣去。

海棠從前跟在趙旆身邊時出過幾次海，自然知道三沙灣在哪裡，她附耳對姚姒道：「姑娘，三沙灣在福州上頭，從這裡過去少說也要兩日車程。」

姚姒聽海棠這一指點，就對青橙搖了搖頭。「姊姊不可以，明知道動了胎氣還要搶著去，便是五哥也絕不會同意妳這麼做。」她在屋裡走了兩圈，仔細思量了下，就道：「我替姊姊走一趟，我想青衣大哥是個穩妥的，既然只讓人回來報平安，便是不同意姊姊不顧著自己和寶寶。再說那邊必定少不了好大夫，姊姊這裡治外傷的成藥若有藥效好的，或是有那等珍稀藥材，就讓我帶過去。再者，五哥傷勢如何，不親眼目睹，我實在難以安心。」

青橙想了想，到底為了腹中胎兒，只得無奈地接受了她的提議。

等青橙吩咐人準備好一些成藥和成包的藥材，加上通行的權杖，姚姒早已叫海棠和張順準備好馬車。趁著夜色，他們三人連夜趕往三沙灣。

日夜兼程地趕路，到第三天上午終於趕到三沙灣。

青衣得到信，趕忙出門親自帶姚姒進了屋裡，這是個三間的土屋，裡外布下幾層的士兵。青衣指給她看，趙旆如今在東邊屋裡養傷。

姚姒一顆心懸得老高，突然不敢進屋，也不敢出聲問趙旆的情況。剛才進門時，青衣分明是一臉憂心忡忡，她怕聽到任何不好的消息。

青衣像是知道她的心事，低聲道：「五爺一身都是傷，尤其是後背上的口子約有二寸來長，大夫把五爺傷口裡的腐肉都挖了出來，五爺就反覆發高燒，雖然偶爾會無意識地睜開幾眼，卻是昏迷的時候多，如今大夫還不敢說脫了險境。」

他看了看她，語氣裡有著懇求。「營地裡都是粗手粗腳的大男人，姑娘您既然來了，小的就把五爺交給您照料了。」

姚姒重重頷首，胸口突然襲來悸痛，顫抖著手一把掀起簾子進屋。

趙旆半趴著昏睡在床上，上身赤裸著，便是下身也只穿了條寬腿紗褲。

這時候她顧不得羞，眼睛順著他的頭打量到腳，就連腳趾頭也沒放過。見他頭上、手臂上以及後背、腿上都纏著雪白紗布，紗布上隱隱有著暗紅色血跡，他的臉色白得沒一絲血氣，眉頭緊緊皺著，兩頰微微凹了進去，就連唇上也結了層血痂，一看便知他的情形並不大好，哪裡還有往日那等神采飛揚？

姚姒的眼淚驀地落下，半跪在床邊的腳踏上，伸出手輕輕撫了撫他的臉頰，他臉上的溫度燙得嚇人，顯然還在發高燒。她的手指冰涼，掌心抵在他的臉頰上不肯挪開，只有真實地觸到他的臉，才覺得這不是夢。

昏睡著的趙旆許是感覺到有隻冰涼的手貼著自己，令他感到一陣涼爽，他無意識地就想得到更多，微微動了動，直往她的手心蹭過去。

「睡著了還不老實！」她一邊掉眼淚，一邊低語，眼中的溫柔彷彿能融化千年冰雪。

見一旁洗臉架上盛著一盆清水，旁邊還有幾塊白色巾子，姚姒起身擰了塊濕巾子，輕手輕腳替他擦臉，又見他赤裸著的上身沁著一層汗，終究忍住羞意，含淚替他把全身上下都擦拭一遍。見他身上大大小小十幾處傷口，心疼得無以復加。

屋裡有壺涼開水，她拿了杯子倒了杯水，又用紗布沾濕，就替他潤濕那結痂的雙唇。等到把這些事情做完，她才覺得心裡踏實了些，見他鬢角又泌了汗，就拿起扇子輕搖替他搧著。

「五哥，是姒姊兒來看你了，你要快點醒過來。」她搧幾下，就柔聲低語幾句。

「從前是我不好，你看，我都知道錯了，只要你醒過來，姒姊兒都隨你，再不惹你生氣。」說著說著，剛停下來的眼淚又落下，一滴一滴都打在他的胸口。

海棠守在門外，聽得心裡酸酸的難受，暗暗在心裡道，等五爺醒過來了，她一定要把這些話說給五爺聽。

——未完，待續，請看文創風400《暖心小閨女》3（完結篇）

2016年3月出版

二嫁得好

文創風 390～393

穿過來後，
她從寡婦到棄婦到貴婦，活得像倒吃甘蔗，
不只銀兩賺得飽飽，再嫁後夫妻生活也和和美美，甜得快膩人……

有情有義．笑裡感動　活得率性．妙語如珠／小餅乾

人家穿越是穿得榮華富貴，要不就身懷絕技、運道絕佳，
而她田慧穿來竟就是個寡婦，還附帶兩個拖油瓶，
這就算了，還窮得聞不到肉香、吃不到米飯，連哭的力氣都得省下來。
才剛為丈夫守完靈就被趕出婆家門，帶著兩個小兒子窩山洞裡吃地瓜過活，
唉！穿過來之前沒當過娘，穿過來之後，不得不學著當個娘，
好幾回她氣得三人抱在一起哭，感動也抱在一起哭。
她想，既然回不去了，可得想法子讓這一窩三口吃飽、長進、活好，
看來能使得上力的就是她半吊子醫術、以及時不時來的靈光預感，
這風水可是輪流轉的，還真讓她等到——欺負她的，她能報報小仇，
從一窮二白到賺賺小錢，從被說棄婦到有人探聽……
日子開始過得有滋有味了……

2016年3月出版

商女高嫁

文創風 388～389

這位大將軍，工作危險係數高，獎金雖多但一毛沒攢下，
爹不親、娘已逝，小媽鳩占鵲巢，同父異母的大哥對世子之位虎視眈眈。
名聲比她差，家底沒她厚，家裡糟心事比她多……
成親，還真難說是誰高攀誰！

娶妻單刀直入．甜的喲！／輕舟已過

世人都道她白素錦不是一般的好命，
一個退過婚的商戶女竟能高嫁撫西大將軍，山雞一朝變鳳凰！
可惜世人看不穿，撫西大將軍府就是個虛名在外的空殼子，窮的喲！
他說：「數日前，偶然經過令府門前，有幸一睹姑娘風采，再難思遷。」
哼，與其說他會提親是對她「一見鍾情」，倒不如說是「一見中意」更恰當，
想他堂堂一方封疆大吏、榮親王府世子爺，帳面上就只有三百多兩的現銀，
這……拮据得讓人難以置信，遇見她這麼會理財又有錢的當然再難思遷了。
不過，看在他拿金書鐵券以死保證他只會有她一個女人的分上，嫁了！
唉，她原是考古學女博士，穿越成了平民女土豪，
這一嫁，怕是要與皇家窮親王互相抱大腿過一輩子了……

文創風
399

暖心小閨女 2

國家圖書館出版品預行編目資料

暖心小閨女 / 醺風微醉著. --
初版. -- 臺北市 ： 狗屋, 2016.04
冊 ； 公分. --（文創風）
ISBN 978-986-328-576-2（第2冊：平裝）. --

857.7　　105002296

著作者	醺風微醉
編輯	余一霞
校對	黃薇霓　周貝桂
發行所	狗屋出版社有限公司
地址	台北市104中山區龍江路71巷15號1樓
電話	02-2776-5889～0
發行字號	局版台業字845號
法律顧問	蕭雄淋律師
總經銷	知遠文化事業有限公司
電話	02-2664-8800
初版	2016年4月
國際書碼	ISBN-13　978-986-328-576-2
原著書名	《闺事》，由北京晉江原創網絡科技有限公司授權出版

定價250元
狗屋劃撥帳號：19001626
網址：love.doghouse.com.tw　E-mail：love@doghouse.com.tw